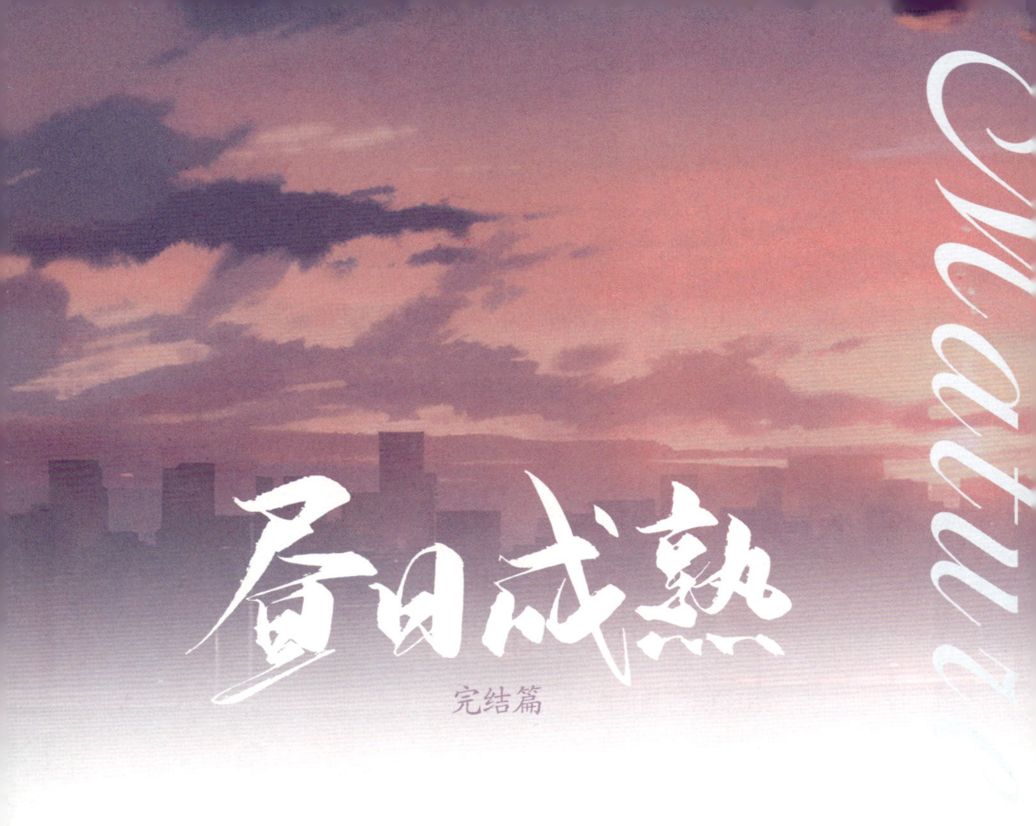

昼日成熟

完结篇

清途 著

江苏凤凰文艺出版社
JIANGSU PHOENIX LITERATURE AND
ART PUBLISHING

图书在版编目（CIP）数据

昼日成熟：完结篇 / 清途著. －－ 南京：江苏凤凰文艺出版社, 2024.6
ISBN 978-7-5594-7797-2

Ⅰ.①昼… Ⅱ.①清… Ⅲ.①长篇小说 – 中国 – 当代 Ⅳ.① I247.5

中国国家版本馆 CIP 数据核字 (2024) 第 008424 号

昼日成熟：完结篇

清途 著

责任编辑	周颖若
特约编辑	半　霄
封面设计	白茫茫
出版发行	江苏凤凰文艺出版社
	南京市中央路 165 号，邮编：210009
网　　址	http://www.jswenyi.com
印　　刷	河北鹏润印刷有限公司
开　　本	880mm×1230mm　1/32
印　　张	10.25
字　　数	266 千字
版　　次	2024 年 6 月第 1 版
印　　次	2024 年 6 月第 1 次印刷
书　　号	ISBN 978-7-5594-7797-2
定　　价	49.80 元

江苏凤凰文艺版图书凡印刷、装订错误，可向出版社调换，联系电话 025-83280257

那就借用这一方天地中的白雪和戍垣,
借用这经历百年风雨依旧矗立在此的戍堡,
以示他同样经历时间长河也不会变的情意。

Part 01
· · ·
甜度 Ⅱ
001

目录
CONTENTS

第一章

送苹果还没有过时

· · ·
002

第二章

每一次都是他

· · ·
034

Part 02
· · ·
昼日成熟
069

第一章

你是我的绝不让步

· · ·
070

第二章

要不我们结婚吧

· · ·
112

第三章

漂泊止于爱人的相遇

· · ·
151

番外
203

看着手里那个没有包装的苹果，
薛与梵一时间不知道自己应该是什么心情，
是应该笑话他傻不拉唧的，还是应该觉得感动。

世界大是为了让你有更多可以去的地方，
有其他的容身之所。
当你回头，家也会永远为你亮着一盏灯。

第一章

送苹果还没有过时

二十四分甜

十一月的购物狂欢节预热提前了好多天,薛与梵每年都要恨学校外面的材料店不参与满减活动。

就连游泳馆都推出了该死的消费活动。

薛与梵感冒快好了的那天,首府昼夜温差变化最大,睡觉前她还和向卉打了个电话,老妈在电话那头叮嘱她要注意保暖,她说知道了。

她看着手机上显示的天气和温度,也没有什么概念,这温度该穿什么衣服,还得明天一大早起来站在阳台上亲身感觉一下冷热。

薛与梵早上被冻醒的时候,她心想,完了。

果不其然,好不容易快好的感冒去而复返。反扑之势异常凶猛,纸巾消耗量迅速攀升。

不仅流鼻涕和咳嗽,更难受的是她还发了一场低烧,而且泪腺不知道为什么会受刺激,一直止不住地流眼泪。

连带着讲专业课的铁血老王都铁汉柔情了一回,安慰薛与梵遇到瓶颈不要哭,要相信自己的能力和潜力:"没关系,是在担心我带你写毕业论文的事吗?你不用害怕,正常发挥就好了。老师好好指导,你可以毕业的,不要焦虑,不要哭了。"

小八在对面看到了一切,中午跟薛与梵一起去吃饭,因为打针她只能吃一些清淡的午饭,看着方芹锅里的辣椒,馋得不得了。

她羡慕:"我要是弄论文的时候对着老王哭一场,你们说能管用吗?"

方芹拌着饭:"老王或许会觉得,这个学生笨得无可救药还好意思哭。"

小八嗤笑:"伤员现在大病初愈,就再也不是全宿舍的宝贝了,是吗?"

薛与梵没有参与这两人的对话,自己嗓子疼得不行,也不像小八那么馋方芹碗里的辣椒,她现在鼻子也闻不着味道。

唯有眼睛像是被辣椒熏红了一样,眼尾泛红,眼泪蓄满了眼眶,一眨眼,眼泪就掉下来了。小八给她抽了张纸:"你感冒成这样,就像被人分手了伤心痛哭似的。"

薛与梵接过纸巾做成手帕,凄凄惨惨戚戚的模样说来就来:"我那么爱他,他居然为了一个小狐狸精抛弃了我和孩子。"

话音刚落,隔壁桌埋头吃饭的人被饭粒呛到了,剧烈的咳嗽声引得薛与梵都侧目。唐洋咳红了脸,人都快要钻到桌子下面去了。

他对面的左任相对来说就淡定一些,但薛与梵那一刻没有分清石化和淡定的区别。

那桌的人很快就走了,薛与梵嘴里没有味道,吃着炸鸡块像在嚼蜡。小八还沉浸在情景剧里,给薛与梵加设定:"必须要有狐狸精上门挑衅,然后那个狗男人还护着那个狐狸精。你婆婆也不站在你这边,然后推推搡搡之间,你的孩子没有了。狗男人看着你腿上鲜红的血突然愣住了……"

薛与梵又抽了张纸巾擦了擦眼泪,擤了擤鼻涕:"我就掉了两滴泪,你脑补了好多内容啊,希望你写论文的时候也能这么思如泉涌。"

小八耷拉着嘴角:"好好吃饭呢,提论文这个倒胃口的东西干吗?"

因为左任和唐洋去吃饭了,乐队的训练一直没开始,翟稼渝和钟临去外面透透气,周行叙戴着耳机在听半成品的曲子,唐洋和左任开门进去的时候就看见他那副专心致志的样子。

门一开,秋风乘虚而入。周行叙下意识地朝着风吹来的方向看,看见他们吃完饭回来了,将耳机摘掉,还没来得及说话,唐洋就对着他来了句:"好狠的心。"

"啊?"周行叙丈二和尚摸不着头脑。

左任扯过椅子,坐在周行叙对面,一脸严肃:"薛与梵怀孕了。"

周行叙蹙着眉,依旧不解:"啊?"

唐洋唾弃他:"你'啊'什么?你还移情别恋,喜欢上别人了。你不要脸,难怪别人都说摇滚圈的男人不靠谱。"

过了半天,周行叙还是那一声不解的疑问:"啊?"

薛与梵画着稿子,没头绪就想吃东西。嘴巴里因为感冒没有味道,什么东西都尝不出滋味,偏偏那苦到倒胃口的感冒冲剂的味道尝了个十足十。

她在宿舍问:"有没有人想吃零食?"

室友众口一词:"没有。"

薛与梵又问:"有没有人想去超市?"

室友又一次众口一词:"没有。"

薛与梵拿起手机和钥匙:"我要去超市。"

这回没有那么默契了。

"魔芋爽一包,买那个绿色的,酸辣的。"

"薯片,红烩味和番茄味。"

"我要可乐,百事可乐。"

薛与梵对着那三个人投去鄙视的眼神,但也没有多说什么,穿了件厚外套出了门。

刚从楼梯下去,口袋里的手机一振。

耕地的牛:在宿舍?

004

居然还有脸给她发消息？最初的感冒就是拜他所赐。

薛与梵：不在。

耕地的牛：我等会儿就到你宿舍楼下了。

薛与梵：你来干吗？我已经在被窝里了。

宿管阿姨们在不碍事的地方跳着广场舞，一点儿也不觉得"社死"，还互相纠正对方的舞步。小时候跳广播体操，老了以后跳广场舞，人生就是一个圆，首尾相连。

薛与梵裹紧了身上的外套出了宿舍楼，大约是因为现在突然降温，小情侣们还没有适应，今天夜风萧萧，宿舍楼下空荡荡的，没有什么人。

薛与梵一眼就看见了樟树下难得穿了件灰卫衣的人。

他扬了扬眉梢，望着站在原地的薛与梵，慢慢走上前："从被窝里出来的？"

薛与梵没回答，望着发消息说等会儿才到她宿舍楼下的人："你不是说等会儿才来吗？"

"怕你觉得让别人等会有心理负担，想让你慢慢下楼别着急，所以就说等会儿才到。"

薛与梵感觉自己是阿喀琉斯，细节之箭击中了她的脚后跟。但她嘴上还是不承认："谁会着急啊？"

"你啊。"周行叙笑，"看你消息回复的内容，我以为我得在这里等到天亮了。"

"我是去买话梅的，又不是因为你的微信消息下来的。"薛与梵说着朝超市走去，装作和平时一样随口问起旁边这个人为什么突然来找自己："你干吗来的？"

"我来问问你干吗污蔑我清白？"他说着，丢了袋感冒药给她，"到现在还没有好，所以让你平时多锻炼。"

薛与梵看着手里的感冒药，她拆开塑料袋，里面装着口服液和几盒药，只听他又说："走，不是要吃话梅吗？去买。"

可能真是因为天冷了，平时人多的操场今天都没有人散步了，超市迎来了惨淡的夜间销售额。

薛与梵专挑平时不敢尝试的酸咸话梅下手，他在旁边来了句打趣的话："酸儿辣女啊。"

薛与梵白了他一眼："你有病吧？"

薛与梵把手里的话梅递给他，又去给小八她们跑腿买东西，周行叙伸手想帮她拿，结果被她拒绝了。

"这些是我室友的。"

周行叙立马就懂了，她不准备让自己帮她室友买单："你前男友很抠吗？他没有帮你室友买过零食？"

薛与梵不知道他干吗突然提这个："不是啊，他追我的时候就经常买奶茶送给我室友她们喝。在一起之后他还请我室友吃了饭。"

"那不就好了。"周行叙伸手把薛与梵手里的东西全部拿了过来。

"那和你帮我拿东西有什么关系？"薛与梵不解，他又不是自己的男朋友，但突然脑袋里的小灯泡一亮，她扬了扬眉梢，"怎么，要竞争上岗？想当我男朋友啊？"

她真的像只小狐狸，尤其是挑眉或是假寐的样子。周行叙视线落在她那张有些得意的脸上，看着她因为感冒而有些泛红的眼睛。

周行叙："你要是觉得自己何德何能，太受宠若惊了，我也可以不……"

话说到一半，周行叙就听见薛与梵的嗤笑，嫌弃里带着些可爱："你最好不想，我才不稀罕。"

她说着，扭头就走了，还不忘喊他跟上，过来结账。

夜风卷着枯黄的落叶满世界溜达，有些落单的叶子躺在马路中间给校工制造明天工作的困难，树的枝丫被吹弯，薛与梵在夜风中打了个喷嚏。

她伸手准备接过周行叙手里的那袋零食，吃人的嘴软，她客套地

说了一句:"谢谢。"

周行叙没给,拎着那袋零食把薛与梵送回了宿舍。

外套的帽子被风吹掉了,周行叙伸手不厌其烦地帮她戴了几次,最后干脆把手搭在她脑袋上。

贴心倒是贴心,但是薛与梵仰着头瞅着他:"我觉得我好像一根拐杖。"

他没讲话,女生宿舍楼近在咫尺了,他问她这周末要不要去他那儿。

薛与梵突然想起来:"这周五,你过生日吧。你准备怎么过?"

他要是周五过生日,那她就周六再去他那里。但如果挪到周六过生日,她就周日再去。

周行叙和她想的不一样,以为她问自己怎么过,是想给自己过生日,有些意外她居然记住了。周行叙不太喜欢过生日,有周景扬这个全家的焦点在,周行叙总觉得生日那天其实和自己没有多大关系。

周行叙问她:"那你要不要给我过生日?"

薛与梵倒是没拒绝,只有一个要求:"前提是你的生日蛋糕不能选择带菠萝的。"

她又很好奇,继续问他:"那天你不回家吗?"

霍慧文还没有打电话给他,周行叙自己也不是很想回去跟周景扬一起过生日。一开始他就误会了薛与梵问自己怎么过生日的用意,这次也就顺理成章地以为她是担心那天不能给自己过生日:"可以提前或者延后一天和你过。"

薛与梵听罢,扯了扯嘴角:"果然不重要就可以提前或者延后。"

周行叙笑:"薛与梵,'阴阳怪气界'少了你,真是万古如长夜。"

她有小脾气了:"算了,我不给你过。给你过生日还要我去准备生日礼物,还是给我自己省点儿钱。"

薛与梵拎着那袋子东西就跑了。

宿管阿姨们的"舞林大会"已经结束了。她跑进宿舍楼刚摘掉帽子,又噌噌地跑回来。周行叙还没走,站在原地看她像个炮仗一样冲过来。她站住脚停在他面前,问他:"你感冒好了吗?"

莫名其妙的一句。

周行叙点头。

只见她突然踮起脚,钩着他的脖子,往他下唇咬了一口:"还你的,感冒病毒攻击。"

薛与梵风风火火地跑来,又准备走了,她刚转身,胳膊就被人拉住了。

周行叙的手抓得很紧,她躲不开,被禁锢在原地。

好在,在命案发生之前,周行叙结束了这一吻:"这样攻击才有效。"

什么叫偷鸡不成蚀把米,这就叫鸡毛都没捞到,米还没了。

薛与梵感觉自己之前化身为阿喀琉斯中箭的那只脚,现在被石头砸了。抡起的小拳头还没捶在他身上,下一秒,自己重新被他抱住。

不远处走来一对小情侣,周行叙认出那个男生是周景扬的室友,他帮薛与梵戴上帽子,扣着她的后脑勺搂在怀里,怕她被认出来。

薛与梵挣扎着,下一秒就听见周行叙和人说话。

"谈恋爱了啊?"对方问他。

周行叙"嗯"了一声。对方笑着说:"没听你哥说啊。你们继续。"

听见是认识他的人,薛与梵没敢动。良久,等禁锢着自己的手收了力,她才抬头:"走了?"

"周末去我那儿。"周行叙答非所问,伸手帮她拢了拢外套,"薛与梵,知不知道什么叫作交叉感染?"

二十五分甜

薛与梵的关心,来得猝不及防。

那天之后,她以每天三次的频率发消息问周行叙。

——你感冒了吗？

今天也不例外。

乐队训练的时候，唐洋问，周五周行叙过生日，要不要聚一聚。一群人提了不少建议，倒是周五的寿星，拿着手机不知道在和谁聊天。

唐洋离得最近，偷瞄了一眼。

是聊天界面，周行叙给人的备注是：种草莓的园丁。

不知道对方的真名是什么，但这名字一看就知道和他关系不一般。

最近红豆制品成了现象级热销产品，原因是国产动画短片《相思》在短视频网站上迅速火出圈。

故事以悲剧收尾，剧情围绕着王维的《相思》展开，其中最后一句"愿君多采撷，此物最相思"使得红豆迅速称霸，甚至有望超过玫瑰成为情人节新的流行礼物。

然而诗里说的红豆和超市卖的红豆制品，从样子到功效都完全不一样，它们甚至是两种东西。

赤豆狐假虎威，一路身价暴涨，备受追捧。

薛与梵和周行叙约好了时间，周五晚上去他公寓。

她下课时间早，回宿舍前她去了趟图书馆。连学校图书馆里的咖啡厅都不能免俗，大大的"红豆"两字写在招牌上。

碰见周景扬的时候，他刚从图书馆里出来。

好久没见他了，他理了头发，比以前的发型看上去精神、干练了一些。

因为上次他帮了小八，薛与梵在他和自己打招呼之后，难得给了他好脸色："嗯，好巧。"

他支支吾吾地，想说话又不敢说。薛与梵猜到了他是想邀请自己去他的生日饭局，拒绝的话没有以前那几次那么不留情面。薛与梵和他说了句生日快乐，又胡诌自己这周要回家，因为最近降温，想回家拿两件厚衣服。

"是的，要注意保暖。"周景扬也没再像以前那样胡搅蛮缠，但也一步三回头，依依不舍地和薛与梵在图书馆门口分开了。

借完书，周行叙已经在约好的地方等她了。薛与梵在拐角碰见了迎面走来的娄渺，对方嘴角扬着，薛与梵的视线无意识地落在她身上，一直目送着她消失在自己的视线里。

周行叙车里已经开暖气了，薛与梵把书和包都丢在后座上，看见了同样放在后座上的一个粉色的礼物袋。她转身，膝盖跪在座位上伸手去够那个袋子。

里面不光有红豆味的牛奶，还有面包和铜锣烧。

薛与梵故意问："你来大姨妈了？量多？所以买这么多红豆味的东西？"

"神经。"周行叙发动车，打着方向盘，"别人送的。"

别人。

嗯，薛与梵知道。

是娄渺。

"上次收礼物是名正言顺，你这次又帮她解决了什么麻烦？"薛与梵把粉色的礼物袋暴力地往后座上一丢。

他说："不知道，可能我招人爱吧。"

话一说完，周行叙感觉车里的气压都低了。

一路上她一言不发，玩着手机不知道是在给谁发微信。

中途去拿她订的蛋糕，薛与梵也没有下车。

到了小区停车之后，周行叙想帮她拿东西，她往常像个大爷一样当甩手大掌柜，今天动作比他快，拎着自己的包拿着几本书就下了车。

周行叙故意磨磨叽叽地拎着娄渺送的东西和蛋糕走过去，问她干吗走这么快。

她语气很冲："冷，因为冷。"

……

薛与梵还在生气，嘴巴上能挂酱油瓶了。

周行叙问她为什么不开心。

她不讲话。

周行叙问她吃不吃晚饭。

问这句话之前，薛与梵做好了一直不理他的准备。杀千刀的人，就会用吃的撬开她的嘴巴。

"吃。"

肯说话就说明还没有到需要跪下认错的地步。

周行叙："吃什么？点外卖，还是我煮面给你吃？"

薛与梵："你家不是有现成的吗？"

薛与梵捡起床边他的卫衣就往她自己身上套，然后眼睛都不看地面，直接踩过他的裤子和拖鞋，踩完还觉得碍事，抬脚把他的裤子踢开了。

一切举动都证明了她在生气。

周行叙跟着她下楼，穿着那条被她踩了一脚的裤子。

薛与梵坐在沙发上，坐姿极为不优雅。

娄渺之前送的东西被她全部拿出来放在了茶几上。她将吸管的透明包装撕掉，插进红豆味的牛奶里喝了一大口。等周行叙下楼，她将喝了一半的牛奶当着他的面丢进了垃圾桶里。

周行叙听见牛奶被丢进垃圾桶里的声音，光听声音就知道浪费了不少。

"我都没喝完就丢了。"薛与梵阴阳怪气，"那我岂不是把小百灵鸟的相思给糟蹋了？"

周行叙话里带着笑意："神经。"

薛与梵拿起茶几上的铜锣烧，咬了一口就又丢了："太甜了，我都觉得甜，你肯定不喜欢吃。"

她又吃了口面包："也不好吃，干巴巴的。"

没一会儿，茶几上的红豆制品全部被她消灭。

消灭完之后，薛与梵瞥了眼在她消灭这些东西的中途离开，现在又回来的周行叙，他手里拿了条毯子，将毯子展开盖在薛与梵腿上。

"你还真是好了伤疤忘了疼，不怕再感冒？"

薛与梵抬起胳膊，让他更方便给自己盖腿。看着视线里的人，薛与梵有点心虚："生气吗？"

周行叙"嗯"了声。

但他又很快补了一句："浪费不好。附近公园有个爱心橱柜，我原本想把这些东西放在那里的。"

没想到他将收别的女生礼物这件事升华到了一个更高的境界。

薛与梵没理了，气也不壮了。

周行叙又去给薛与梵找了双拖鞋，把拖鞋放在她脚边的时候，他突然来了句："合着路上一声不吭，下车才哼唧两声是因为我收了礼物啊。"

薛与梵死鸭子嘴硬，尤其是在丢面子的这种事情上："没有，我只是在为被赤豆鸠占鹊巢的红豆鸣不平。"

周行叙在沙发那头用手机点火锅外卖，选完菜之后把手机递给她："你觉得我会信？"

"为什么不信？"薛与梵伸手接过手机，手指在屏幕上滑动着菜单，"掐指一算，如果我们顺顺利利一直苟且到大学毕业，也只有七个月吧。七个月之后拍拍屁股，我去国外继续念书，你在国内找小百灵鸟。"

的确。

不是意料之外的结果。

但也不是他们想要的结果。

吃火锅的时候，霍慧文打了个电话过来，周行叙在位子上接了电话，薛与梵起身去冰箱里拿蛋糕。谈话结束得很快，薛与梵刚把蜡烛

012

插上,他也把电话挂了。

"怎么了?"

周行叙把手机放在一旁:"我妈叫我明天回一趟家。"

薛与梵"哦"了声:"那你明天回家之前把我送回学校。"

薛与梵弄着生日帽,问他要打火机点蜡烛。

周行叙递给她,她将蜡烛点燃后,让他许愿,他说他不信这个。

薛与梵:"又不是非要追求愿望实现,就当是给自己定下一个小目标。难道你一个想许的愿望都没有吗?"

有,但刚刚他愿望之中的人亲自把他的愿望给按灭了。

"许愿的机会让给你。"

听他这么说,薛与梵干脆地把蜡烛吹灭了:"不要,又不是我过生日。"

十一月的首府不比南方暖和,薛与梵洗掉了身上的火锅味之后,躺进了被窝里,趴在床上,拿着平板电脑开始做毕业设计。

deadline(截止日期)距离现在还很遥远,她也不着急,膝盖屈着,竖着的脚把被子拱得老高。周行叙好不容易焐暖的被窝,热气全被她这样抖掉了。

他抬手打了一下她,她正巧也不想弄毕业设计了,将平板电脑往地上一放,裹紧了被子,只露一个脑袋在外面。

周行叙把手机充上电之后,关掉大灯,拿掉一个枕头,躺了下去。人还没有找到一个舒服的姿势,旁边的冰块就挨了过来。

她虽然平时吃得比他多,但是这忘恩负义的脂肪不肯变成冬天里的一把火来温暖她。

有些凉的脚搭在他腿上,周行叙"嗞"了一声,但也没有躲开。

"薛与梵,我突然发现你好像没有说过你生日是什么时候。"

说完,周行叙觉得怀里的人身体都僵了一下,开口说是七月四号,语气听着有些奇怪。放在以前她肯定也要阴阳怪气一句他不知道她生日是哪天。

这么平平常常地就直接把生日说出来,周行叙觉得有诈:"怎么了?"

"我一般不过生日。"薛与梵说着从他怀里稍稍离开了一些,枕到她自己的枕头上。周行叙搂着她的手还没有收走,她在他胳膊的束缚下只能稍稍离他远一点儿。

她的嘴撇着,有些委屈,还有些难过。

周行叙问她为什么,她说家里不给过。

周行叙:"你奶奶?"

薛与梵摇了摇头:"不是,小时候想过生日的时候我爸不给我过,等我长大了也不想过了。"

周行叙不理解:"但是我看你发的朋友圈,你爸不是还给自己过生日吗?"

"我妈生我的时候难产,我听我爸说当时都下病危通知书了。"薛与梵后来长大了慢慢也就理解了。现在到了这个年纪,过一次生日就意味着老一岁,想吃蛋糕随时随地都可以买,生日也就没有什么过的必要。

薛与梵:"和室友庆祝,也不过是随便出去吃一顿饭。"

周行叙等她说完,重新把人抱回怀里,什么话也没有说。

她从他怀里仰起头,只能看见他下颌的线条:"你要给我过生日吗?"

"那时候应该毕业了吧。"

薛与梵:"肯定毕业了。"

周行叙收紧了手臂:"你不是说毕业了就拍拍屁股走人吗?"

"也是。"薛与梵想了想,"对了,别说我没有送你生日礼物。我想了想,床头柜里的那些我们用到七月都用不完,剩下的就当作礼物送给你和小百灵鸟妹妹了。"

那还真是要谢谢她。周行叙深吸一口气。

怀里的人还在碎碎念,自以为"贴心"地提示他,千万别脑抽告诉小百灵鸟妹妹这些东西是她买的，不然太硌硬人了。

真是被她气到了。

周行叙开口，语气有点无奈："薛与梵，我今天是寿星。"

卧室里的灯在他放下手机的时候就关掉了，只亮着用于起夜照明的灯。

二十六分甜

因为霍慧文的那通电话，第二天他回家吃饭，薛与梵让他把自己送回学校。

小八好奇地问她上次不是说把学生fire（开除）了吗，怎么突然又开始夜不归宿。

薛与梵躺在上铺，把蚊帐和窗帘统统放了下来，换上睡衣，笑嘻嘻地回答小八："向金钱屈服。"

小八在下面碎碎念："也是，出国真的需要好多钱。"

薛与梵参加的进修是学校和学校之间搞的活动，能免除一部分的费用，但珠宝设计本身就是一个非常烧钱的专业。

她说向金钱屈服，不会让人起疑。

换上睡衣，薛与梵开始午睡。下午她是被周行叙的微信消息吵醒的，他发了张礼物盒的照片过来，说是周景扬送给他的。

耕地的牛：八百年来第一次收到他送的生日礼物。

耕地的牛：我再怎么和他吵都没有用，不敌你随便说说管用。

在周行叙的消息下面还有好久没有和她联系的二姐的消息。

二姐说她今天不上班，在家里烧烤，问薛与梵要不要去吃，她等会儿去买食材的时候正好顺路来接她。

跟着二姐一起来的还有小外甥。三岁的小孩坐在安全座椅里，拿着一瓶奶,喝出了醉奶的气势。薛与梵和小外甥不常见,他并不亲近自己。

"薛献,喊小姨。"

小孩有些害羞,支支吾吾地,声音特别轻。

二姐的家距离她上班的医院很近,停车的时候,后座的小孩已经睡着了。薛与梵搭了把手,拎着菜,二姐用薛献那件带着耳朵的小怪兽外套将他裹起来,抱下了车。

薛与梵看着小孩子的睡颜,比起之前,这孩子现在才慢慢地长得像她二姐。

二姐带路,说起小孩虽然满嘴嫌弃,但好像从不后悔生下他:"虽然都说儿子像妈妈,但是从刚生下来一直到两岁,他和他爸小时候简直一模一样。"

"真的吗?"薛与梵还是头一次听她说,"不是说儿子像妈妈吗?"

二姐单手抱着孩子,还能按个电梯键:"真的,所以你以后要找个好看的对象,看看献献这双眼皮就是随他爸的。虽然那个男的不怎么样,但好歹给我省了一万块钱,以后不用带孩子去割双眼皮了。"

二姐从来没有和别人透露过薛献的爸爸究竟是谁,薛与梵也只能从二姐这几年的只言片语里知道,他们是大学同学,男的现在留在首府工作,二姐依旧没有和他结婚的打算。

因为没有孩子他爸,二姐的公寓不大,不算厨房、客厅、阳台,有三个小房间,一个是薛献的房间,一个是二姐的主卧,还有一个是储物间。

既然来了,免不了要留下过夜。

既然要留下过夜,二姐顺势开了瓶啤酒。

薛献吃完他的儿童餐,就去客厅的沙发上看他的《奥特曼》,小小的人站在沙发上,因为沙发软,他身形不稳,但也不妨碍他学着电视机里各种释放技能的动作。

二姐的倦意在喝醉后尽露。她手肘撑着桌面,手扶着额头,摆弄

着面前的竹扦子,突然来了一句:"他要结婚了。"

她没说名字,但薛与梵一下子就猜出是谁。

"我当时怀孕了,我就和他说了,结果他第一反应就是让我把孩子打了,他说他读研,没办法照顾我和孩子,也会影响他念书。我就说孩子在我肚子里,他可以继续念书。我说我会照顾好孩子的,我和他保证……他又说现在不要孩子也是为我好,我当时有一个非常好的工作机会。他说了好多好多,就是没有说一句愿意为我和孩子负责的话。我当时就想,我这辈子都不会和这个男人结婚的。"

这些话薛与梵还是第一次听二姐说,当时大家都以为二姐可能都不知道孩子的爸爸是谁。故事的真相远比谣言更让人瞠目结舌。

"我听我们以前的同学说,他是因为那个女的怀孕了,所以着急结婚。现在结婚就不影响他的前程、他的远大抱负了?他现在就能负责了?"二姐声音不大,有时候甚至会被薛献模仿的电视里的奥特曼的台词盖过去,"梵梵,说一句触霉头的话,你以后要是走到我这步,那个男的不愿意负责,你千万别脑子一热把孩子生下来。生下来会后悔,不生下来也会后悔,但是不生下来一定不会吃亏。"

晚上,薛与梵和二姐挤一挤,睡在了一起。喝了些酒之后,二姐睡得很早,薛与梵重新点开手机,才发现之前周行叙发给自己的那几条消息,她看过之后就一直没有回复他。

到现在她也不知道要回复什么了。

她并没有觉得自己有多认床,但是现在闭上眼睛却久久酝酿不出睡意。脑子里开始想二姐之前说的话,如果有一天她套上了二姐的剧本,她会怎么样?

她大概不会步二姐的后尘,可能她更自私一点儿,还是更爱自己。

脑细胞得到一定消耗之后,薛与梵入睡就特别快了。

只是当晚,她就梦到有一个小孩子追着她喊妈妈。被吓醒的时候,薛与梵挨着二姐睡姿洒脱。

二姐跟着也醒了："这么多年你这个睡相真是一点儿都没有变。"

气温持续走低的十二月，除了上课，谁都不要妄想把薛与梵从被窝里拉出来，连去吃早饭都不行了。

好在课变少了，薛与梵能在宿舍的床上赖着不起。向卉最近几次打来电话的时候，薛与梵都在床上，惹得将"年轻人多运动"奉为真理的老妈念叨了她好久。

让她不要一直躺在床上，要多去操场走动走动……

翻来覆去还是那么几句话。

有一回，向卉看见她微信的步数。

个位数，四步。

向卉问她："是不是你在床上翻身翻出来的？"

冬日里的被窝总能让人生出一股想要在里面生老病死，和它永不分离，类似于爱情的情绪。薛与梵现在就处在这种状态，看着周行叙在朋友圈隔几天发一张乐队演出完聚餐的照片，她只能点一个赞，来表达对他居然在冬天没课的时候不待在床上捂在被窝里而是出门的敬佩。

想在床上生老病死的不只薛与梵一个，她们整个宿舍的人都是这么打算的。前提是宿舍的暖气没有坏。

薛与梵第二天起床的时候有些轻微的感冒症状，吓得她冲了杯感冒冲剂预防着。方芹哆哆嗦嗦地从上铺下来："这暖气是不是坏了？"

一刻钟后，宿管阿姨背着手"嗯"了声："坏掉了，去楼下填张单子。"说着，视线扫过她们，"你们谁去啊？"

填单子只用了一分钟，但是维修师傅一直没有来。

薛与梵怕冷，立马去学校小卖部买了一个注水的热水袋，顺带给宿舍其他三个人也各买了一个。佳佳在被子上盖满了大衣和羽绒服："这暖气坏了，让人怎么活？"

小八抱着薛与梵买的热水袋，蜷缩在被窝里："不过有一点是好的，至少今天不写作业我不会良心不安、心虚了。"

热水袋慢慢消除了身上的寒意，晚上睡觉，包括下午睡觉，薛与梵都离不开它了。

妾有情郎无意，薛与梵第二天下午睡觉还打算和热水袋双宿双飞，傍晚醒来，就发现脚踝上被热水袋烫出了一个水疱。

看着脚踝上的水疱，薛与梵在宿舍里展示了一遍之后，在室友惊恐的目光中拿出手机拍照，发了条朋友圈，然后又把图片发到了一家三口的家庭群里。

关心收到了，责备收到了，她最想要的金钱安慰却没有。

爸爸：你睡觉睡得有多死啊？感觉不到热吗？烫成这样。

妈妈：去买药膏，拿根针消毒之后把水疱挑破。

薛与梵：那给你们贫穷的女儿转点儿医药费呀。

爸爸：几十块钱你没有啊？

薛与梵：你有你转给我啊。

爸爸：亲女儿，像爸爸。爸爸也没有。

再发消息，爸爸妈妈没有一个搭理自己的，薛与梵看着那个水疱，忍不住用手碰了碰，又心有余悸地收手。

水疱没有烫在脚底板上，但她走路还是本能地开始一瘸一拐。她端着盆，拿上换洗衣服去洗澡。

她用浪漫的跷脚姿势，洗了优雅的金鸡独立澡。方芹怕她洗完澡，这么走路会摔着，又把人从厕所扶了出来。

薛与梵觉得没有大问题，还有心思吃晚饭，准备拿手机叫个外卖。

未读的微信消息躺在手机锁屏上。

耕地的牛：我等会儿到你宿舍楼下。

周行叙照旧把演出赚的钱全部给了队友，他们在里面分钱的时候，周行叙不怕冷似的站在后门那盏路灯下，姿势随意地玩着手机。

首府进入十二月之后，已经发布了一次寒潮预警。商店里的冬装早就严阵以待，它们远比这座城市的人更早开始等待冬天的到来。

首府每年都不会少了大雪，就是不知道今年什么时候会下。

手机屏幕的光因为头顶有路灯在晚上并没有那么刺眼，薛与梵的动态挂在他朋友圈全部好友动态的最上面。

动态内容：没有男人的被窝，少女的脚总是很容易被热水袋烫伤。

配图是脚踝上的一片红，以及一个大水疱。

他们两个没有什么共同的微信好友，在周行叙这边看，动态下面光秃秃的，他是唯一一个点赞的人。

唐洋推开后门，和周行叙打招呼："阿叙，我们收拾好了，走，一起去吃饭。"

周行叙把手机揣进口袋里："不了，我还有点事。"

二十七分甜

骗子。

薛与梵裹着羽绒服看着空荡荡的女生宿舍楼下，别说人了，连只鸟都没有。

八卦的宿管阿姨捧着把瓜子来看热闹："等男朋友啊？这不行啊，要让你男朋友等你。哪有让女朋友等的。"

阿姨虽然年纪大了，但是在这青春校园里爱情故事看得太多。阿姨说让女生等的男生不靠谱，过不了多久两个人就要闹掰。

薛与梵想说她不是在等自己的男朋友。为了不成为之后大妈们跳广场舞时第二喜欢的八卦女主角，她只好站在旁边听着宿管阿姨的恋爱心经。

阿姨聊到圣诞节送礼物的时候，周行叙来了，他看见了一楼玻璃门后被阿姨慷慨"赐座"的薛与梵。

薛与梵也看见他了，和宿管阿姨告别后，她一瘸一拐地走出门。

"等很久了？"他明知故问，"我不是说了等会儿到吗？"

周行叙给她发消息的时候，人在学校外面的药店。

薛与梵等了他快一刻钟："你说等会儿到，一次假的，一次真的。我怎么搞得清楚。"

周行叙把手里装着药的袋子给她，伸手帮她把羽绒服的帽子戴上："那让我等等也没事，你就慢慢下楼。"

薛与梵拆开袋子，看见了里面的烫伤药膏，"哇"了一声。

"别光'哇'呀，掉两滴感动的泪。"

周行叙就是周行叙，一边打趣惹人生气，还能一边贴心关怀。他低着头看着薛与梵的脚，打趣完了，又一改那副没正形的样子："宿舍不是有暖气吗？怎么用起了热水袋？"

"暖气坏了。"薛与梵拆开烫伤药膏，放到鼻子下面闻了闻，闻出了一股芝麻的味道。

"你这么说，感觉我不邀请你去我那里的话，太狠心了。"

周行叙满屋子找针，最后只找到一根回形针，徒手调整了回形针的形状之后，从裤子口袋里摸出打火机。

薛与梵脚搭在沙发的抱枕上，看他简单粗暴的消毒手法，说不害怕是假的："就这样会不会感染？感染会不会死？死了怎么办？"

他把薛与梵的脚放在自己腿上，还在说笑："生死簿、棺材布，步步到位。"

薛与梵从头到脚都很白，这显得烫伤的那块红色格外可怖，一个和硬币差不多大的水疱在踝关节上鼓起来。

"一点儿都不幽默。"薛与梵嗤笑，她想凑过去看，被周行叙抵着额头又给推开了，说她挡住光线了。这副坐位体前屈从来不及格的身体也不支持她前倾身子观察，"你说会不会留疤？"

021

周行叙垫了个抱枕在她脚下："忌口，什么榴梿、韭菜就都不要吃了。"

"骗人，这不是和体质有关吗？"

挑水疱一点儿都不疼，他用纸巾将水疱里的液体吸掉，一只手拿着棉签，单手拧着药膏的盖子。上完药又用创可贴包扎了一下。

两个人都没有吃晚饭，点外卖的工作交给了薛与梵，周行叙帮她处理完脚，就去洗澡了。

周行叙洗完澡坐在餐桌边，面前琴谱铺了一桌子，民谣吉他还是他上次用的那把。他断断续续地弹着，用铅笔在纸张上书写，涂涂改改，最后字和纸都被丢进垃圾桶里。

薛与梵坐在对面无聊地把他所有的铅笔都用卷笔刀削了一遍。

听他问自己曲子怎么样，薛与梵点了点头："但我这种门外汉的意见，价值不高吧。"

"下里巴人，听过吗？"周行叙手搭在吉他上："音乐也有面向普通人的普通音乐，我是普通人，那就写普通的好听的歌。"

他好像就真的只是单纯地在玩音乐，商演不分钱，写歌精雕细琢，不幻想什么爆红、被赏识。薛与梵还是比较现实和市侩的，她会幻想人生什么时候能快进到一年出一条项链就衣食无忧，以及"恭喜薛总喜提新房"的那一步。

晚上留下过夜顺理成章。薛与梵毫不客气地将冰凉的手脚挨过去，周行叙怕碰到她脚踝上的伤口，没敢动。

她感慨暖气坏掉至今短短几十个小时，自己就像是冬天菜园子里唯一一棵没有被采摘、收进地窖的小白菜。

周行叙伸手把她身后的被子掖好："我这儿不比地窖好多了。"

薛与梵乖巧地"嗯"了一声，然后卖俏："你要是明天早上不拉我起来晨跑，我一整个冬天都想和你一起睡。"

"冲着你后半句话……"周行叙收紧了抱着薛与梵的手臂，下巴

022

贴着她的额头,"明天早上六点开始晨跑。"

周行叙醒的时候都快七点了,他睡姿变了,但不变的是旁边的人一直紧紧地挨着他,不因他的姿势而改变。

想叫醒她,拉她一起起床晨跑。但也想让她睡到自然醒,想让她一整个冬天都跟自己睡。

……

薛与梵是自己翻身之后自然醒的,被窝里已经没有什么暖气了。

她伸手去够床头柜上的手机,时间不早了,快九点了。

她刚把手机放下,周行叙洗完澡,端着一杯水上了楼。看见睡意还正浓的人,他单脚立在床边,一只脚从拖鞋里伸出来,隔着被子踢了踢趴着睡的薛与梵的屁股:"醒了?今天没课?"

"下午三点的课。"薛与梵动了动,原本好不容易留存的暖气也跑没了。她像个几个月大的婴儿一样费力地仰起脖子,看着床边的人,灵机一动,"周行叙,你快进被窝,我有事。"

周行叙听罢,没有控制住扬起了笑容,眉梢一扬,掀开被子躺到了床上,"八爪章鱼"立马朝他发起攻击。

早上他去晨跑前还暖着的被窝,现在一点儿暖气都没有了。

他瞬间就懂了:"原来是叫我来给你暖被窝的。"

她打感情牌,周行叙顺势出牌:"既然关系匪浅,平安夜和圣诞节乐队的演出你去看吗?"

除了之前的迎新晚会,薛与梵的确很久没有去看演出了。薛与梵答应了,那天回去之后她还特意看了看日历,平安夜是周五,圣诞节正好是周六。

日子就像走马灯,宿舍的暖气修好之后,时间更是过得飞快。

两个人已经习惯了提前一天确认见面的时间,薛与梵从卫生间洗漱完出来,听见手机在响,已经默认是周行叙发的消息。

结果看到微信备注是"老薛",薛与梵还挺意外,平时和家里联系都是向卉打给她，或者薛与梵打给向卉。

除非是要钱，否则薛与梵和爸爸的关系全靠户口本上的"父女关系"维持着。

网约车司机车技很不错，导航显示半个小时能到，最后司机提前了快十分钟把薛与梵送到了医院。老爸在住院部的电梯口等到了薛与梵，和女儿解释时忍不住叹了口气。

有家长不分青红皂白来补课中心投诉向卉，说自己钱都花了，但是孩子的成绩为什么没有提高。

说着说着就开始泼脏水，说他们家没有送礼，所以老师不照顾，孩子的成绩上不去。说向卉只照顾那几个家里有钱的。泼皮野蛮，甚至上升到家庭了，对方说什么她丈夫出轨，孩子不幸。向卉这么多年补课下来，被那么多不听话的学生锻炼出来很强的心理承受能力，听到这些话也让她一口气没有缓过来。

薛与梵没敢进病房，在门口听完老爸的话，眼泪立马就流下来了："他们怎么能这样啊！"

老薛安慰着闺女，叫她别难过："眼泪擦一擦，你进去陪你妈。老爸回家收拾点儿东西再过来。"

向卉醒着，也知道薛与梵要来。隔壁床的阿姨看见薛与梵了，问向卉是不是她女儿，向卉说是的。她也和所有妈妈一样，听见陌生人夸自己女儿漂亮，高兴得不得了。

向卉招手，让薛与梵坐到床边，靠在床头数落起老薛："我就是高血压，一下子昏过去了。我没事，你坐一会儿，等你爸回来了，叫他把你送回学校去。"

看向卉表面若无其事的样子，薛与梵眼睛更酸了："妈，你就干脆直接辞职算了。"

向卉抬手摸了摸薛与梵的脑袋，笑她像小孩子。

"你也不用给我攒出国的钱了,大不了我就不去了。"薛与梵刚说完,脑袋上一疼,向卉打了她一个栗暴。

向卉置气:"去,必须去,必须给妈争这口气。"

"你从小教育我,不要和别人攀比。"薛与梵看破了,"这回大舅舅和外婆又干了什么?"

"你外婆家的老房子拆迁,你舅舅骗走了你外婆的拆迁款,给你哥做生意,结果钱全打水漂了。你爸爸之前也劝过,说不要投,你舅舅和你哥哥不听,还说是我们家见不得他们家好。"向卉叹了口气,"结果你外婆病了,你舅舅不肯拿钱出来,你外婆的钱又全在你舅舅那里。"

薛与梵听罢蹙眉:"舅舅骗走了外婆的拆迁款?我怎么感觉外婆知道,而且给得心甘情愿呢。"

事实被女儿说中了,向卉也只好讪讪一笑。

向卉看着面前的薛与梵,这是她疼了一天一夜,搭上半条命生下来的女儿。当时她妈妈、她亲哥哥——也就是薛与梵的外婆和亲舅舅听说向卉生的是个女儿后,医院都没有来过一趟。

反倒是看着老古板的婆婆每天都炖了不同的补身体的汤带来医院,还说:"闺女也好,贴心。老了能照顾你。"

前一段时间薛与梵舅舅把钱赔光了之后,来找向卉借钱。

向卉的工资还好,除了用于日常家里的开销,还能存点,不过她存的那些钱都是留给薛与梵出国用的。她自然更不会拿老薛存的给薛与梵的嫁妆钱。

拒绝之后,向卉却接到了薛与梵外婆的电话,老人在电话那头说向卉心狠:"一个闺女读那么多书干吗?你把钱借给岳岳吧,这要是回不了本,他以后怎么讨老婆,你哥哥怎么养老?"

那些话一直哽在向卉心里,上不去,下不来。

学生家长今天再一闹,向卉的一口气就没有提上来。

放周行叙鸽子是必然的，薛与梵晚上没走，在病房里陪了向卉一晚上。

周行叙也没有说什么，只问了向卉情况如何。

第二天，二姐和大伯母听大伯说起向卉住院了，一大早就带着薛献来探病。二姐今天调休，她到了之后打量着医院的病房："怎么没去我们医院？"

挺普通的一句话，但是把大家都逗笑了。

大伯母问薛与梵，医生怎么说。

薛与梵洗漱好，刚吃完早饭："医生还没有来查房呢。"

大伯母若有所思地点了点头："那正好，等会儿医生来了，我们听听医生怎么说，看看病历上是怎么写的。"

二姐把闹腾的薛献放下，让他自己在病房里瞎逛，叮嘱了他一句不准跑到病房外面去，之后，坐在向卉病床的床尾和她们聊天："你看得懂吗？"

大伯母："不是有你吗？你不是医生吗？"

二姐："我虽然在医院上班，但是我又不给人治病。"

就像每个大学生都会面临的情况："你是学什么专业的？""计算机。""那你帮我看看，我的电脑坏了，该怎么修？"说完"不会"之后，有些素质高的亲戚只会尴尬一笑，但和没素质的最大的区别，不过是那句"书都白读了"是在你面前说的，还是在背后嚼舌根。

二姐才说完，查房的大部队就来了。二姐礼貌地从床尾起身，薛与梵和她装作隐形人挪到最边上。

薛与梵看着那群医生想到了一个段子，就是医生查房的时候手为什么不放在前面，而是放在后面。

她扭头想和二姐分享，只是还没说出口，就看见二姐的视线落在查房队伍末尾的一个男人身上。

眼中恨意和不甘混杂在一起。

大伯母也让开了，环顾四周没有看见孙子，她站在病床那一边，突然开口："薛映仪，献献呢？"

话音刚落，队伍末尾那个翻看着病历的医生突然抬头。

二十八分甜

医生查完房的时候，薛献拿着一根不知道是谁给的香蕉，从门外跑进来，外套上的小耳朵一抖一抖的。他撞到薛映仪的腿上，很有眼力见儿地在看见他妈妈板着张脸的时候，扭头跑去找他奶奶了。

医生查房的队伍里不知道是谁喊了一声："宋南，走了。"

按照早上医生查房的情况来看，向卉的问题不大，不过是不要太操劳，不要太费心思，少生气。

薛与梵给老薛打了个电话，跟他说："医生说了，明天就可以出院了。"

下午薛献要上启蒙课。大伯母准备下午煮汤，要去买点儿东西，查完房她坐了一会儿就先走了。薛映仪带着薛献后脚走的。他们才走，薛与梵就看见床上落下了一个薛献的玩具。

……

薛映仪接到薛与梵的电话说薛献有玩具落下的时候，她正在消防通道，时隔快四年再次审视面前这个男人。

什么道歉的话她都懒得听。

看着他脖子上挂着的名牌，她伸手拿了起来，上面是两寸照片，下面是科室和姓名。

"宋南……"薛映仪轻声地念着这个名字，随后抬头问他，"你知道我们的儿子叫薛献吗？"

他缓缓点头。

薛映仪告诉他："名字是我取的，献，文献的献。这个字有你名字里的'南'……"

薛映仪全然漠视了他所有道歉的话,以及他听到那句话时的错愕,视线继续落在他的名牌上,语调漫不经心:"献,南加犬。意思是他爸爸宋南是个狗东西。"

薛与梵走到消防通道门口的时候,薛献一个人靠着墙站着,样子乖巧又让人心疼。

消防通道的门没有关好,讲话的声音从里面传了出来,薛与梵蹲下,把玩具递到薛献手里。大约是因为最近见过几次面,他开始亲近起了薛与梵,伸手环住她的脖子。薛与梵不太熟练地把他抱起来。

薛与梵听见小外甥小声问她,里面那个人是他爸爸吗。

薛与梵不知道要怎么回答,好在消防通道里的两个人也很快结束了聊天。

回到病房,薛与梵随口和老妈聊起二姐,向卉给她剥了一个手剥橙:"所以说当时你大伯母气个半死。"

"算了。"薛与梵叹了口气,把一瓣橙子肉送进嘴里,"我还是远离男人吧,以免变得不幸。"

这种在长辈耳朵里属于离经叛道的话,向卉自然也是听不得的。她洗完手从厕所出来,抽了张纸巾擦手:"薛与梵,你少气我。"

"想想万一以后老公对我不好,还遇见一个恶毒的婆婆,怎么办?"薛与梵两三口吃掉橙子,伸手又去拿水果篮里的梨。

向卉从抽屉里拿出水果刀,把梨从薛与梵手里拿走,开始削皮:"所以你睁大点儿眼睛找对象。你看看我,虽然你外婆人不怎么样,但是你奶奶在我坐月子的时候对我很好。"

向卉又拿了一个保鲜盒出来,把梨肉削下来,放进保鲜盒里。

她去厕所把刀具清洗了之后,没忍住来了句:"我就不乐意让你陪我,你陪我就是我伺候你。"

薛与梵嘴里叼着块梨肉,起身装模作样要去搀扶向卉躺回床上:

"不这么招人嫌，怎么对得起你从小预言我将来结婚要被婆婆打死呢。"

"贫。"向卉将薛与梵放在床尾的外套整理好，她闲不下来，"不过你现在不要考虑这些，我先跟你说，你不要谈恋爱啊。"

薛与梵心一虚，下意识地挺直腰板。向卉没有看见她的小动作，专心地整理着薛与梵那件容易粘毛的大衣："你半年后出国，现在谈恋爱，晚了。对方要是和你一起去留学就还好，要是不一起去留学，到时候你移情别恋了，多耽误人。"

见老妈不是往那方面"逼口供"，薛与梵放心了，为自己打抱不平："我就这么花心啊？"

"我这不是还没有说完吗？万一他在这边瞎玩，到时候你也不知道。"向卉让薛与梵把大衣挂在她那个储物柜里，"去把衣服挂在柜子里。听见没？"

薛与梵拿起大衣，也不知道老妈问的"听见没"，是指叫她挂大衣还是让她别谈恋爱。

"那当时我爸做生意，一年就回来一两次……"薛与梵小声嘟囔，随手把大衣往柜子里一丢。

"那能一样吗？我和你爸爸当时都结婚了，我们是受法律保护的。"向卉咂舌，"不是有衣架吗？挂起来。"

当妈的看不惯自己小孩做事，忍不住想亲力亲为的时候，和向卉住同一间病房的病人刚散步回来。

阿姨和她们说起了自己刚刚在楼下，看见有个男人出车祸，他老婆在电梯里哭得撕心裂肺。

向卉听不得这种故事，让薛与梵挂完衣服赶紧给老薛打电话，让他今天开车慢一点儿。

周行叙回绝了那个自称是星探的男人的邀约之后，回到后台装吉他。东西快收拾好的时候，唐洋过来了，不知道从哪里变出来一个苹果。

他看见周行叙狐疑的目光，自己反而不解了，提醒道："今天是平安夜啊。"

"送苹果还没有过时啊？"周行叙拎起吉他，将手里的苹果丢还给唐洋，"拿去哄别人吧。"

唐洋接过苹果，又递过去："你买了吗？已经给薛与梵送过了？"

周行叙不吱声了，接过苹果，说了声谢谢。

"这么见外干吗。"唐洋背起包，跟他一起往外走，"我和那个人谈了谈，我想去。"

他话没有说全，但是周行叙知道是什么意思，他想签约公司，试试看走唱歌这条路。对于他的选择，周行叙没有多说："挺好的，想做就去试试看。"

唐洋反问他："你呢？玩了这么久的乐队，你就真的一点儿都不想以后也走这条路？"

从后门出去的时候才知道外面在下雪，唐洋把帽子戴上。周行叙仰着头，看着看不清从何处下坠的雪花飘飘扬扬地落下来。

今天大家都有点事，晚上没有约一起吃饭。他俩被一个自称是星探的男人拦下来聊了会儿天，其他人都跟着运乐器的人走了，剩下唐洋由周行叙送回学校。

后门挨着护城河，护城河不宽，没有货运航线，只有此刻看上去像是黑色的河水在河床里翻滚。

周行叙从口袋里摸了盒烟出来，单手打开烟盒之后递给唐洋一根，又送了一根到自己嘴边："一件事做过了就够了，不能因为做得久了，就觉得要一直做下去。公交车还有终点站呢。"

打火机还不错，火苗迎着风也没有灭掉。

唐洋借了火，笑着说："我觉得比起乐队，你更喜欢的是游泳。"

可能吧。

周行叙也不知道，可能是因为那是小时候没有守护住的东西，断了也就没了。玩乐队的时候他翅膀硬了,家里不准他玩,他照旧背着吉他到处跑。

如果小学那时候真的就走了那条路,泡在泳池里好几年,他或许也会厌烦。

周行叙:"可能小学那次就是我游泳的终点站。"

唐洋好奇:"给一件事设立终点站不觉得很残忍吗?喜欢就坚持下去,或许一眨眼就出走半生了。"

"喜欢就坚持下去……"周行叙边笑边摇头,重复了唐洋的话,"要真这么简单,毕业季前后分手的小情侣,就不会哭得比通货膨胀时国际期货市场土豆的黄金价格还惨烈了。"

这比喻把唐洋逗笑了,他吸了口烟,烟圈刚吐出口,就被风吹散了:"但你们应该还好。薛与梵好像也是本地的吧,你们之间没这问题。"

周行叙手上的烟灰全被风吹掉了,衣服上落着烟灰和雪花,随后都消散了:"她要去英国进修。"

唐洋一哽,好家伙,直接成异国恋了。

这简直就是在问厌学的小学生喜不喜欢上学。

唐洋灵机一动:"相信自己,你们可能不一样。"

周行叙:"嗯,不一样。"

唐洋竖起大拇指:"对,就是要自信,相信你们的爱……"

唐洋话说到一半被打断了。

周行叙:"她已经告诉过我,一毕业就不要再联系了。"

不再是问厌学的小学生喜不喜欢上学那种友好的模式了,这叫什么?这简直就是在祝福不孕不育的新人早生贵子。

唐洋扯出一抹礼貌的笑容:"我刚刚那些无知的话伤害到你了吗?"

"有那么一点儿。"周行叙点头。

两个人在周行叙的车边站定,唐洋反应快:"惩罚一下我,让我自己打车回去吧。"

周行叙象征性地客气一下："算了，我送你。"

唐洋在手机上叫网约车："不用，我讲出那些话，我不配。"

"行。"周行叙解锁车，上车上得格外不拖泥带水。

等唐洋看着车尾灯都消失在夜色里的时候，才意识到跟周行叙聊到薛与梵的时候他就没打算送自己了。要是送自己就要先去一趟学校，再去找薛与梵。

这回不带自己，他就可以直接去医院了。

到了医院，周行叙停完车准备给薛与梵发消息的时候，看见了唐洋发的微信消息。

唐洋：你着急去见女朋友，不送我就不送，害得我以为我真说错话了。

消息周行叙没有回，直接被他滑掉了。

他点开那个备注是"种草莓的园丁"的账号，给她打了个语音电话过去。

趁着电话还没有接通，周行叙解开安全带，拿起苹果，下车，锁车，一套动作行云流水。

"嘟"声之后，灌入耳朵的是一片风声。

周行叙狐疑地开口："喂？"

"喂。"电话那头有点吵。

周行叙按下停车场电梯的上行键："有点吵，你在医院吗？"

薛与梵吃不习惯医院的伙食，入夜之后出来买夜宵吃，现在已经走到了医院住院部的楼下。"嗯"了一声之后，她吃着鸡肉，口齿不清地说自己在医院。

周行叙："我还有十分钟左右到医院，你下来。"

电话那头的人意外极了。

"你来了？"薛与梵想到了白天在病房里阿姨说的那个出车祸的

男人,下意识地提醒他慢点儿开车,自己加快脚步往住院部走。

　　她出门买夜宵,没注重形象,穿的是向卉的保暖的黑色羽绒衣,样子有点不好看。想着周行叙还有十分钟左右才到,她赶紧回楼上换了件大衣,两三口把炸鸡块吃了,总不好带着气味重的东西坐电梯。

　　电梯来得很快,薛与梵嘴巴里的鸡肉还没有嚼碎咽下去,电梯门就缓缓打开了。入目是周行叙穿着一件黑色夹克,里面搭配的是同色系的印花卫衣。

　　他全身的搭配依旧是最简单的黑色,唯一艳丽的是他手里的苹果。

| 第二章 |

每一次都是他

二十九分甜

她望着电梯里说大概十分钟之后才到的人,他望着电梯外说自己在外面还没回到医院的人。

薛定谔的十分钟,两个人谁也笑话不了谁。

薛与梵之前听隔壁病床的阿姨说医院的绿化很不错,昨天晚上取外卖的时候她看到了一条幽静的走廊,在住院部大楼的西侧。

住院部大楼的西侧走廊上有一张长椅,和前面的放射科大楼形成了一个锐角,医院的绿化部门很用心,连这个锐角处都布置得像个小花园,种了一棵梅树在这里,但是薛与梵白天来看的时候它还没有开花。

半开放式的走廊,夜风被前面的大楼挡住了,是个能欣赏雪景的好地方。

看着手里那个没有包装的苹果,薛与梵一时间不知道自己应该是什么心情,是应该笑话他傻不拉唧的,还是应该觉得感动。

心里的天平慢慢倾斜向后者。薛与梵低头看着那个苹果,心想他来就为了给她送个苹果吗?随后听他问起自己她妈妈身体怎么样了。

薛与梵说明天就出院了,问起他今天演出顺不顺利。

周行叙"嗯"了一声,和她说起唐洋被唱片公司看中了,想去尝试一下。他说那个唱片公司比钟临之前签约的那个要正规很多,但在电视上看见唐洋大概率会是毕业之后的事情,唐洋还是更倾向于先毕业，要是唱歌这条路走不通，自己有个毕业证就业也不至于太困难。

"挺好的。"薛与梵听他说，听见了话里"毕业"的字眼，视线落在走廊外纷飞的雪花上，"还有半年就毕业了，我还记得我刚考上大学的时候一把鼻涕一把眼泪，以为自己以后能过上一天只有四节课的好日子。"

最后的确是一天四节课，大学的一节比高中的两节还要长，还有魔鬼的实训周。

当时觉得四年好久，现在想来时间已匆匆而过，只剩下六个月的时间，这六个月里又将有一批人执笔上战场，他们也终将慢慢退出"无涯"的学海。

薛与梵叹了口气，扭头看向旁边的人："时间过得真快，又是一年平安夜了，去年平安夜我们两个还在KTV里唱歌呢。"

周行叙纠正她："你是在睡觉。"

薛与梵假装没有听见，借着这飘飞的雪，继续将自己塞进感慨时光匆匆一去不回头的文艺包袱里："明年这个时候我就一个人在异国他乡，看着别人家里灯火通明，从窗户望进去，别人成群结队，合家团圆，我……"

周行叙似乎执意要扒掉这不符合她气质的文艺范："然后你被人举报大半夜窥探别人家里的情况，不尊重他人隐私，进局子里喝茶了。"

薛与梵决定忍最后一次："我会手里拿着一根蜡烛，看着窗外雪花飘飘，参与子夜弥撒或是为耶稣和我自己祷告。晚餐是魔鬼的英国菜，我像小白菜打了霜要被冻死那般可怜。"

周行叙随意地伸着腿，一条腿挨着旁边坐着的薛与梵。其实他喜欢秋天，不热，也容易感受到彼此的体温。冬日的衣服很厚，厚到挨着也感觉不到对方身体的冷热。

他在薛与梵的视线里摇了摇头："不会的。"

"是吗？"薛与梵不觉得。虽然自己的措辞可能太夸张了，但她大概也会觉得孤单吧。或许她可以期待有人跨越国境、穿过暴雪出现在她的面前，替她击败独自一人在异国他乡最恐惧的孤独感。

视线落在旁边那个人的侧脸上，薛与梵挑了挑眉："罗曼蒂克一下？翻山越岭来见我的那种？"

周行叙偏头，对上薛与梵带着笑容的脸，他显得很平淡："天冷你只会躺在被窝里。还参与子夜弥撒，想得太多。而且躺在被窝里的大概率还是你一个人。就你这个暖被窝的水平，小白菜打了霜要被冻死倒是可能性最大，不得不说你还是有点自知之明的。"

被损了。

虽然周行叙刚刚说的那些话才会是薛与梵的真实写照，但她就是不服气："我相信我自己的魅力。"

周行叙抬眸望着她，脸上带着难以察觉的怒意："怎么？找个外国进口的人形热水袋？"

旁边的人还没有察觉到什么，点了点头，说什么要尝试一下女娲和上帝手艺的区别。

人就是奇怪，周行叙觉得她随随便便地跟自己开始没什么，但是听她说准备和别人也随随便便地开始就很不爽。觉得她不应该这样，也不可以这样。

"薛与梵，到那时候你和他们才认识四五个月，你不了解他们的……"周行叙人生导师的模式进入得很突然。

"逢场作戏而已，还需要提前了解他们的人生目标和之后十年的人生规划吗？"薛与梵不解地看着他，但突然又想到了什么，"你在暗示我跟你在一起之前没有采访过你吗？"

冬日里说话的时候白雾隔在两个人之间，像是人手一根香烟。向卉的病并不需要陪床的人如何操劳，但是那张折叠床总没有家里的床睡得舒服，她眼下还有些乌青。今天在电梯碰见他的时候，她开口第一句话就是解释自己身上这件衣服是她妈妈的。

问他是不是很难看。

当时周行叙没讲话,只是用拇指帮她擦掉了嘴角的蜂蜜芥末酱。

周行叙手搭在椅背上,大冬天他没有穿高领的衣服,也没在脖子里围条围巾,扭头看她的时候,脖子的线条很漂亮。

他明眸熠熠,视线不移:"采访的话,需要我坦白吗?"

自上而下的月光都因为这飘飞的雪冷冽了几分,那银盘因为今天不是月中而有缺损,但丝毫不影响今夜城市上方翻滚的爱意。

他那双眼睛里有一种难以定义的情绪,它尚不够格被冠上"爱意"这么伟大的名号,但又好似爱。

今天是平安夜,他大约是今夜所有说爱的男人里,最适合也最会说爱的人。

薛与梵率先错开视线,重新望着在夜里和夜色相近的绿植:"你这话说得像是在问我你需不需要表白。"

周行叙喉结一滚,启唇想说话,音还没有发出来,旁边的薛与梵继续说话,打断了他:"周行叙,你以前是怎么对你那些前女友表白的?"

"就随便问一下要不要试着交往。"他说这话的语气就像这话一样随意,"你呢?"

好像现在这年头,两人在一起都变得随意。薛与梵当时被前男友追了一段时间后,有一次晚上逛完操场他送自己回宿舍,他突然偷亲了一口她的脸颊,然后他俩就莫名其妙地在一起了。

不过薛与梵更好奇另一件事:"你那句话的成功率是百分之百?"

他思索了一下,摇头:"不算。"

不算?

这个问题又不存在第三种回答,要么"是",要么"不是","不算"算什么答案啊。

薛与梵:"不算?什么意思?"

他突然扬了扬嘴角:"刚刚问了一遍,有个人还没有答应,也没有拒绝,所以不知道怎么算。"

薛与梵很快反应过来他在说自己,笑容一瞬间占据了她整张脸,她有些得意:"哎哟,撩我呢?"

周行叙抬了抬下巴:"怎么样?"

薛与梵发出"嗯"的声音,声音拉得很长,一副在思考的样子,像是要解决一道数学难题。最后她咂舌:"感觉我还是拒绝你比较好,这样等你老年回顾战绩时就会永远记得有这么一次折戟沉沙。"

"非得让我老年回顾吗?"周行叙看着她。不能让他老年不用回顾吗?想念的人就在身边。

薛与梵还没来得及细思,口袋里的手机就响了。

是向卉打电话来问她什么时候回去,薛与梵胡诌了一句店里太忙了,她现在正准备回去,电话那头的向卉说她是好吃鬼,又提醒她回来的路上注意安全。

挂了电话,她没有再纠结他刚才的话,将手机揣回口袋里:"我要走了。"

周行叙也起身:"走吧。"

他们两个都乘住院部的电梯,路过楼下的超市,薛与梵驻足:"周行叙,站在这里等我一下。"

总不好不给人回礼。

但是超市只有果篮,没有单卖的苹果。没办法,最后薛与梵买了瓶果汁,又买了一个面包。结完账从超市出来的时候,他已经帮自己按了电梯。

购物袋里装了两样东西,周行叙大概看出来是一瓶饮料和一个面包。

薛与梵把手里的购物袋给他:"没有苹果了,苹果汁将就一下吧。"

周行叙又拿起那个面包,露出狐疑的神色。只听薛与梵继续解释:"红豆面包。"

她以为周行叙忘记了之前学校里流行的红豆爱情文化,念了一遍王维的诗："相思呀。"

周行叙把两样东西都装回袋子里，垂下眼睑，面上的平静和心里情绪的翻涌奇迹般地在一个人身上共存。他开口说："我知道。"

电梯到达的提示音率先响起，电梯门还没有开。下雪天，没有人来探病，也没有人出来瞎走动，电梯里没人。

薛与梵看电梯已经来了，和他挥手说再见，顺带提醒他雪天注意行车安全。上行的电梯开门，她正准备进电梯的时候，他又开口："薛与梵。"

薛与梵脚步停在电梯前："嗯？"

她在等自己说话。

但是自己该说什么呢？

他不能像与谢野晶子一样，在人离去前于幽暗的黄昏写下一首关于白萩的诗。或许他可以借用一下陆凯的《赠范晔诗》，诗的最后一句也可以用于表达爱吧。

他还年轻，或许这些他都不需要，只需要大胆一些。

但他没有，他没来由地怯懦了，只是开口说："平安夜快乐。"

薛与梵还以为他要说什么呢，她晃了晃手里的苹果："你千里迢迢给我送苹果来了，我快乐的。"

不只是这个平安夜快乐，明年的，后年的，他送不到苹果的每一个平安夜都快乐。

三十分甜

向卉出院后的那个元旦过得比较热闹。经过深思熟虑，向卉放弃了工作。

身体是革命的本钱。向卉正在做晚饭，看着假期里回来的女儿，随口和她聊天："要不然等你有了孩子，我身体不好都不能给你带孩子。"

薛与梵坐在餐桌边偷吃菜:"还早着呢。"

"早什么啊,你去国外念完书回来不就差不多了。"向卉算她的年龄,到时候她也是"年过半五十"的一个大人了。

薛与梵叫她老妈打住:"你别说了,都让我产生年龄焦虑了。"

向卉辞职在家了,薛与梵再没有什么理由周末还不回家。其他事倒是还好,只是和周行叙鬼混的时间大打折扣,又赶上元旦返校后的实训周,他们近半个月没有见过面。

今年春节过得晚,考试周得到二月才开始。薛与梵裹着羽绒服小心翼翼地走在积雪的路面上,背着书包费力地爬上图书馆反人类的几十级台阶后,喘着气,喉咙火辣辣地疼。

图书馆里暖气开足了,今年薛与梵提前来了都没有订到图书馆的储物柜,只能克服自身基因里的懒惰和嗜睡在宿舍搞创作。

薛与梵没来过经济类书籍区,她到的时候差点儿被书架边半蹲着的一个男生吓到,她小心翼翼地踮脚,身形灵活地走过去,悄无声息地出现在周行叙身后。

他伸手够着最上排的书,没有注意到身后的人,薛与梵刚想打招呼,一个女生咋咋呼呼地冲过来,手里拿着一张考卷:"周行叙,这道题怎么做?"

薛与梵立马灵巧轻盈地一百八十度转身,随手抽了本书,摊开挡在面前,然后再转过身光明正大地偷看。

周行叙拿过她的笔,在考卷上帮她写出解题思路,写完之后把笔和考卷都递回去,继续找着他要的书。

那个女生将考卷翻了一面:"还有这道。"

他闻声只是偏了一下头,然后说这道题和之前那道是一样的解法:"照着做就行了。"

那个女生"哦"了一声,有点失落地慢慢挪步走了。薛与梵将书从面前拿下去,手伸起来,扶着他肩头。他第一反应就是躲开,结果害得踮着脚重心全在他身上的薛与梵一个趔趄，差点儿对着面前一架子"神圣的学识，无数金融人的心血"磕头。

他自然是很快反应过来，反手扶了一把薛与梵："神出鬼没的。"

薛与梵稳住身形后，摆出一副小女生娇嗔的模样："学长，这道题怎么做？"

周行叙将她手里的书拿走了，看了一下书的封面，大概知道薛与梵是从哪里拿的，直接找到了位置，放了回去。

他跟她解释："同班同学，讨论学习来着。"

薛与梵手背在身后，手指头相互钩着，继续装着小女生的模样："没有误会啊，难道周学长不为别的院别的系的学妹答疑解惑吗？"

周行叙瞧她演上瘾了，抬眸看着她："薛与梵。"

薛与梵仰头："嗯？"

玩笑话点到为止，周行叙问她有没有要借的书，薛与梵说她随便看看，让他先去登记借阅。

周行叙答应了："车在后面。"

两个人一前一后出了图书馆，他今天借书是为写论文的开题报告做准备，来晚了书都要被借没了。薛与梵上车的时候车里已经有些暖了，她脱掉了身上的羽绒服，吐槽起他们的毕业展。

"你们那些专业，毕业美术展是一大亮点。"

作为一个绞尽脑汁做"亮点"的人，薛与梵听到这句话产生不了多大的自豪感："但是好难，到时候忙起来，可能我们这样快半个月才能见一次就是常态了。"

周行叙没讲话，专心开车。旁边的人突然好奇："周行叙。"

薛与梵叫他。

他开车不能分心，只用余光瞥了她一眼："怎么了？"

她语气听起来有点幸灾乐祸："守活寡是什么感觉？"

他笑，重复着薛与梵的问题："守活寡是什么感觉？等会儿你就知道了。"

……

薛与梵知道了。

薛与梵觉得眼角一热,泪水从眼角滑入发间之后她才发现自己哭了。一开口嗓子疼,声带负重工作了几个小时。薛与梵看着他的肩头,上面有好几处被她用指甲掐出来的小月牙,还有一个牙印。薛与梵吸鼻子:"知道了。"

刚到公寓的时候天上还挂着落日,冬日里的落日余晖被钢铁森林遮得七七八八,最后只能从缝隙里看见几片染上橘色的云朵。

像是玩一盘大富翁游戏,她在起点丢了一个"1",脱了鞋一步未行就"被开始"了。

随着"大富翁"不断地进行,骰子滚动。从门口到二楼,代表玩家的两枚塑料棋子,拼搏行驶在由衣服构成的大富翁单航道地图上。

……

醒来的时候身上是干爽的,她穿着他的长袖,只盖着没有套被套的被芯睡在沙发上,茶几上摆着一支已经拆开的药膏。

薛与梵费力地从沙发上坐起来,正巧周行叙抱着换下来的床上用品下楼:"饿不饿?晚饭我买好了,起来去吃点儿。"

薛与梵没接话,看着他走去阳台,把手里的东西丢进脏衣篓,似乎打算明天再洗。

周行叙从阳台回来,看见她还呆呆地坐在沙发上,没打扰她放空。他径直走去厨房,把买药的时候顺路买回来的外卖拿到沙发边。

是海鲜粥,他还打包了一份清水煮的大虾。

薛与梵闷声喝着粥,他让她把虾吃了。薛与梵略带怨气地瞥了他一眼:"我真的不是懒,是真的没有什么力气了。"

周行叙听罢不语,想了想觉得这句话的真实性很高,薛与梵面对吃的还能无动于衷,看来是真的没力气了。

周行叙拿了垃圾桶过来,戴上一次性手套,把虾一只只全部剥了。看着她喝粥都费力的样子,他干脆把虾仁撕成一缕一缕的虾丝放进碗里,全部撕完之后,淋上酱汁递过去给她。

薛与梵看着他剥虾的时候全程没有流露出一丝一毫的不耐烦,扬了扬嘴角,但还是傲娇十足地哼了一声:"算你还有良心。"

等薛与梵吃完都已经过十二点了,周行叙怕她现在直接去睡觉胃会不舒服,硬是陪她在沙发上坐了半个小时。

两个人随便聊着天。

比如两个人考试周的时间还是错开了,薛与梵说这个寒假她没有那么自由了,向卉现在无业在家,不需要像以前一样去上班,薛与梵就不能偷偷跑出去玩了。

周行叙:"就是说我要继续守活寡?"

薛与梵想了一下今天的经历,腰发酸:"周行叙,你考虑一下可持续发展行不行?"

周行叙回答:"那你也考虑一下市场供应是否合理啊。"

薛与梵不讲话了,算了,反正说不过他。

他拿着手机不知道在看什么网页,人靠在沙发上,坐姿有点懒散,一只手滑着手机屏幕,另一只手摸着自己的短发:"你真是得锻炼,寒假和你妈妈说你要学游泳,锻炼身体的事情阿姨不会拒绝的。"

薛与梵鄙视他:"欺骗一个快五十岁的长辈,周行叙你的良心不会痛吗?"

他一副泼皮样:"只不过是锻炼身体的时候多个我,不算欺骗。"

他说完还朝着薛与梵眨了眨眼睛。

薛与梵嗤笑,没接话。周行叙又说了两句让她寒假出来游泳,她依旧后脑勺对着他,假装没听见。

能让薛与梵开口讲话的办法太多了,"吃"这招永远灵验。

"三月上旬左任过生日,到时候我带你一起去吃饭。"周行叙报了餐厅的名字，不是学校附近的小饭店，而是快靠近市中心的高档餐厅。

她立马转头，眼睛一亮，但她很会推拉："可以带我去吗？"

周行叙从沙发上起身，朝她笑："等你学会了游泳，我就带你去。"

一盆凉水从头浇到脚，薛与梵见他端着水杯起身准备上楼，顾不上置气，朝他伸手："抱我上去，我好累。"

他没有刚才那种不可商量的强硬态度，单手把薛与梵用"公主抱"抱起来，另一只手还能端着杯水。他上二楼也不费力，把薛与梵放在床上，又把杯子搁在她那头的床头柜上。

薛与梵以为他忘记拿了，等他也躺进被窝后，把水杯递给他："杯子，给。"

周行叙没接："给你倒的水。"

薛与梵将杯口送到嘴边，"喊"了一声："这么贴心？看来为了哄我寒假出来，费心思了啊。"

周行叙把手机充上电，看她"咕噜咕噜"喝了两大口，一笑。

薛与梵瞪了他一眼，又喝了两口。周行叙提醒她小心半夜上厕所，薛与梵将水杯搁回床头柜上："就是要喝水，然后上完厕所浑身冰凉地回来，冻不死你。"

三十一分甜

原本以为昨天结束之后是噩梦，没想到第二天早上醒来才是人间炼狱。薛与梵记忆中自己有一次看医生，被抽了三大管血，那天手臂就是动一下都疼。

薛与梵估量自己应该是被抽了很多血，难得昨天一晚上她都没有抱着周行叙睡，毕竟她全身上下任何一处人体结构都不允许。

周行叙早上又给她上了一遍药，一边帮她穿衣服，一边听她骂自己。这时候他说什么话都不可能把她在寒假前哄出来了。

薛与梵这学期考完试之后,还是头一次体验家长早早在楼下等的滋味。向卉现在清闲,一开始他们还担心向卉习惯了工作,突然离职会不适应,但她现在每天干点养花遛鸟的杂事,研究研究食谱,也挺开心。

老妈勤快,女儿多半都是懒的。薛与梵这个寒假待在家里每天好吃懒做,搞搞毕业设计,看看书,画画别人欣赏不来的草图。

有时候也干坏事,比如她那天经期肚子疼,非要学网友做什么红糖奶冻,结果毁掉了向卉的一个新锅。

向卉心疼个半死:"薛与梵,你这样不行,以后你一个人去国外念书,你怎么办?"

"吃外卖"三个字,在当代爸妈耳朵里那就是:"爸爸妈妈你们好,你们养了二十年的女儿今天早上没有吃饭,我在折磨我的胆。中午吃的是草甘膦配砒霜,晚上喝了地沟油加敌敌畏。"

薛与梵大概会成为第一个出国留学前没有锻炼口语能力,而是锻炼厨艺的人。

好在小时候每个人都喜欢过家家,薛与梵对于做饭还是有一点儿兴奋的。只是看着那一锅东西,薛与梵就纳闷儿了,自己明明是照着食谱做的啊。

她不得不在朋友圈征集简单的、有手就能做的菜的菜谱。

受她厨艺毒害的人最后蔓延到了唐洋他们,那天训练结束,一群人撒丫子跑得比兔子还快。薛与梵看着便当盒里这次绝对算得上她厨艺高光时刻的寿司卷,"嗤"了一声:"哼,你们没口福。"

这个寒假她努力提升厨艺,周行叙他们则像亡命徒,进行最后的末日狂欢,一场接着一场地商演。

毕竟毕业之后,再也没有这样的机会了。

周行叙从餐具盒里拿出一双筷子,吃了一口寿司卷。说句实话,这次虽然不美味,好歹不算难吃了,但他还是不由得担心:"薛与梵,你以后出国饿死了怎么办呀?"

说完,他扭头却看见薛与梵吃得津津有味。

多虑了,虽然薛与梵厨艺一直没有进步,但好在她不是个挑食的人。

他抬手把她嘴角的饭粒拿下来:"真好养活。"

薛与梵的爱心便当也不是天天送来,但每次送来,都免不了让周行叙在他们那几个人的心目中更可怜了一些。

他们讨论演奏的时候唐洋大多不怎么参与,所以他第一个看见门后拎着袋子鬼头鬼脑的薛与梵,他叹了口气:"在外面闯荡累了,晚上下班回家,看见这么一桌子菜,会突然觉得加班算什么?"

薛与梵听见了,举起拳头。他倒是很快认怂,立马喊周行叙:"阿叙阿叙,打人了!"

薛与梵是打人的那个,又不是被打的那个,周行叙肯定不管,还在和左任讨论最后一段旋律怎么演奏。

唐洋躲开了:"等我出名了,我就要曝光我们乐队队内霸凌。"

翟稼渝倒是爱凑热闹:"对,把你上次偷吃我粽子那件事也爆出来。"

"说到这个,你居然爱吃甜粽子。"

于是战争又转变成了甜咸粽子的帮派之争,薛与梵端着便当盒吃着炸鸡,看得挺开心。

丝毫没听见左任在抱怨临时换曲子这件事。

左任过生日那天,薛与梵提前和向卉报告过了,说是有个同学过生日,她可能会晚一点儿回来。向卉答应得并不爽快:"你最近总是出去。"

薛与梵还没有想好怎么解释,向卉还是同意了:"这是最后一次了。"

她好久没有来看他们演出了。周行叙还是和之前几次一样,带她找了个位子后,给她点了杯低酒精的饮品。

他顺手把她嫌热脱掉的外套和少了外套搭配背着不好看的挎包都

拿走了。

钟临抽完烟在后台的门口碰见了周行叙,他臂弯里挂着一件女士的外套和一个流苏包。

他拧门把手的时候,注意力全在手机上,一下子没有拧开。钟临站在他身侧,看着他单手打着字。

亲昵且有趣味的备注。

钟临感觉胃液一瞬间上涌,喉间像是被胃酸侵蚀过那般难受,她怪腔怪调:"难怪今天突然加上那首你自己写的抒情情歌了,是特意改了曲目要表演给她看的吧。我说你怎么写起情歌了,原来是内心独白啊。"

她说的这些话没有得到回应,他拧开门把手推开门,和门后面的唐洋面对面差点儿撞上。周行叙一副什么也没有听见的样子走了进去,留下门外的钟临和唐洋面面相觑。

唐洋听见了。

钟临是被他连拖带拽拉走的,他说要和她谈谈。钟临觉得他们两个没有什么好聊的,每次都谈不来,然后两个人都是一肚子火。

他开口还是那句话,问她就这么喜欢周行叙,数落她每次说话都夹枪带棒地针对薛与梵。

"我不讨厌薛与梵。"钟临将走廊上的窗户打开一条缝,三月的首府寒意犹在。

她现在讨厌周行叙,讨厌他落俗,讨厌他写出那么一首词曲都好的从薛与梵身上找到灵感的小情歌。

她问唐洋:"周行叙真的那么喜欢薛与梵吗?"

"至少在我看来是的。"唐洋想到了平安夜那天演出结束之后,周行叙说起他和薛与梵时的表情,"他说他们毕业大概就要分开了……"

当时周行叙告诉他,薛与梵说毕业就不和他联系了,唐洋记得周行叙的表情,就像是让他彻底放弃游泳和吉他一样,失落和难过交织在一起。

虽然唐洋不知道这份感情会不会最后也泯然于时间的长河，但现在周行叙是喜欢薛与梵的吧。

唐洋只来得及说到一半，视线里的人听到他的话，脸上的喜悦之情突如其来："周行叙说他们毕业就要分开了？"

薛与梵受不了旁边的男人一直跟她搭讪，给周行叙打了电话，用最快的速度逃开了。

一群人还是分了两拨去餐厅。

也还是每个位子都分得很开，唯有她和周行叙的位子挨得近。

翟稼渝和他们坐的一辆车，手机从上车一直响到了下车。联系他的还是那个只在赛季初和赛季末才找他聊天的小学妹。

今天的饭局开了酒，连薛与梵都喝了两口，周行叙没喝，提早给她凉了杯茶："回去你妈收拾你，我可不管。"

薛与梵说自己酒量很好："他们这样喝没有关系吗？"

他抬眸瞥了她一眼，偏头凑到她耳边，小声告诉她："他们喝醉很好玩的。"

十分钟之后，有人已经显出醉态了。蒋钊是薛与梵不太熟悉的那个贝斯手，他一喝酒整个人就发红、出汗，有些不文明地把上衣衣摆掀上去一半。

薛与梵还没有反应过来的时候，一只手已经从她肩后绕过来，捂住了她的眼睛。离蒋钊最近的左任还没有那么醉，伸手把他的衣摆扯下去："注意形象，你当还是我们几个男的一块儿吃饭啊？"

蒋钊朝着对面的薛与梵笑："对不住，对不住。"

慢慢地他们开始相互揭老底。听见翟稼渝的手机一直在响，醉鬼嫌烦："谁啊？不会又是你那个小学妹吧？"

翟稼渝打着酒嗝："不行啊？"

左任嗤笑:"不是她不行,是你行不行?她就把你当个工具人,要是她喜欢你,早就和你表白了。"

喝多了,谁管形容的是哪里不行,只要说自己"不行",那就不行。

翟稼渝"呸"了一声:"你懂个屁,你谈过恋爱?"

唐洋站队左任:"我也这么觉得。"

翟稼渝连带着唐洋一块儿骂:"你也不懂。"

"我没谈过恋爱,但是关于渣男渣女的情歌我不要唱得太多。"唐洋说完采访起已经彻底倒下没有反应的蒋钊,在他耳边大声地问:"你说对不对?"

自然是没有回应的。唐洋又指着对面的薛与梵和周行叙:"不信你问他们,喜欢对方的话是不是早就表白了?"

被点名的薛与梵正在啃鸡翅,餐桌上没有倒下的人都纷纷投来目光。

被一双双求知若渴的眼睛看着,但很遗憾这个问题他们两个都不太好回答,他们又没有跟对方表过白。薛与梵只好在桌子下踢了踢周行叙。

周行叙这才慢慢放下茶杯,卖关子地来了句:"拒绝回答。"

这句话引起众愤。

翟稼渝鄙视他:"拒绝回答?你以前追个人两三天就表白了。可见就算表白也不一定是喜欢……"

薛与梵听罢不得不为翟稼渝竖起大拇指,一个醉酒的人还能有这么清晰的头脑,实属不易。

只是,失落突然袭来。

他随便追个人两三天就会表白。

对她呢?大半年了也没有表白。看来的确是应了那句"要是喜欢,早就表白了"。

蛋黄鸡翅冷了,她觉得难以下咽。

薛与梵起身去上厕所,她不知道自己全程表情的变化都落在钟临的视线里。

餐厅的洗手间很干净,薛与梵打上泡沫,站在洗手池前慢慢洗手。

音箱甚至装到了厕所里,播放的抒情钢琴曲她听不出来出自哪位大家之手。

马丁靴的脚步声很特殊,听见声音的下一秒,薛与梵一抬头,在镜子里看见了朝自己走过来的钟临。

她站在薛与梵旁边的洗手台前,用沾了水的手理了理头发。洗手台前的光线很好,大约是为了方便来这里补妆的人。

钟临看着镜子里垂着眼眸认真洗手的人,她不得不承认薛与梵长得很漂亮,不是小白花那种清纯,也不像浓颜浓妆的女生那样明艳动人。

也不介于两种之间。

薛与梵是漂亮的,和大众流水线的漂亮有差别。对于钟临而言,这句话是她对别人很高很高的评价了。

只是在她看来,薛与梵再漂亮也还是被周行叙玩了。

"我听说,周行叙说你们毕业就结束了,是吗?"

流言大约就是这么来的。

一开始从薛与梵口中说出来的是七个月之后拍拍屁股,她去国外继续念书,他在国内自己找小百灵鸟。

周行叙说给唐洋听的是,她已经告诉过我了,一毕业就不要再联系了。

最后唐洋转述给钟临的话是"他说他们毕业大概就要分开了",进了钟临耳朵里意思便完全不一样了,是周行叙说他们毕业就分开。那话里周行叙仿佛还是她认识的浪子模样,他只和薛与梵玩到毕业,毕业之后他们就说再见。

差不多是毕业就分开的意思,到最后主语变成了周行叙。这话薛与梵听来,和钟临理解的是一个意思。

难怪大半年都不表白呢,他也盘算着毕业就分开。

薛与梵面无表情地抽了两张纸擦完手之后,把纸团成球,精准地投入垃圾桶:"你要上岗,也得等到毕业。慢慢等吧。"

回到包厢,他有先见之明提前帮她凉好的白开水可以喝了,里面加了蜂蜜。薛与梵落座的时候,他拿着勺子正在搅拌,然后把杯子放到她手边:"不烫了,直接喝。"

薛与梵回过头发现,自己所谓的"清醒",早就千疮百孔了。

有东西填满了她皲裂的清醒之身,那些东西如同银针细线一样,重新将四分五裂的"清醒"一点点地缝合起来。可缝合之后那不再是"清醒"了,它被剪裁缝合成沦陷的姿态。

沦陷在大半年的情爱里,在一个个细节之中。薛与梵不止一次觉得他比世界上任何一个人都适合说爱,她想她这辈子遇不到几个会被她这样评价的人。

这么一个适合说爱的人,为她做的每一件事都带着爱意,却没有说过一个"爱"字。

脑海里又响起钟临的话——"我听说,周行叙说你们毕业就结束了,是吗?"

的确是既定的事实,但她没来由地嫌烦。

本着人道主义精神,周行叙没有把他们丢在这里,给他们在附近开了房,然后把薛与梵送回去了。一路上她没怎么讲话,说是喝得有点多,头有点晕。

她能在钟临面前,不让对方发现她一丝一毫的破绽,但这时候有点装不下去了。周行叙靠路边停了车,去便利店买了瓶牛奶。

"还不舒服的话,我去给你买解酒药。"

薛与梵掌心握着温热的牛奶,视线里像发光橙子的路灯有点模糊了,她扭头看着窗外:"我在想一个问题。"

他继续开车,问:"什么问题?"

薛与梵答非所问:"我想不通。"

他说:"那就不想。"

"不行,我想弄明白。"薛与梵拗着。她想知道自己为什么突然不开心,是因为以前的那份"清醒"突然离家出走,她却在今天被告知是他捡走了自己那份"清醒"吗?

周行叙打趣她:"这么有钻研精神,一看就不是学术问题。"

他越是说笑,薛与梵心里那种堵着的难受劲就越是一点点地转变成生气。人类的悲喜并不相通——多伟大的辞藻组合出来的贴合现在情况的句子。

悲喜不相通,所以薛与梵下车的时候,甩上车门的力度把没有设防和心理准备的周行叙吓到了。

他立马拿出手机给她发消息,她也没有回。车停在小区门口,保安很快就来赶人了。周行叙将手机丢在副驾驶座上,不得不开车走人。

……

薛与梵开门,迎接她的是明亮的客厅。向卉还没有睡,戴着眼镜在看书。听见玄关的动静,向卉把眼镜摘掉,捏了捏鼻梁:"回来了?"

薛与梵"嗯"了一声,向卉立马听出来她情绪不高。

向卉将书放在茶几上,眼镜放在书上,问她:"今天不是去给同学过生日吗?你怎么不开心了?"

"没事。"薛与梵把牛奶放在鞋柜上,费力地脱着脚上那双长靴。

到底是自己生下来的孩子,向卉知道这次不是一般的原因。这个女儿她养得简单,平时薛与梵回来不开心的话,要么是菜不符合胃口,要么是和朋友闹别扭了。

如果是这两个原因,薛与梵都会直接告诉她。

向卉又不傻,以前她在工作上操心,相对就忽视了薛与梵。现在她没有工作了,整天无所事事。当老师这么多年,她早就练出洞若观火的本事。

就像抓考试作弊的学生一样，薛与梵这些小心思她一猜一个准，一摸就清楚："是不是谈恋爱了？"

她说完，看一眼薛与梵的表情就知道是这样。

向卉不像薛与梵奶奶那样，她没有那么反感孩子之间懵懂的感情，这是她对待早恋的态度。

更何况是对待二十二岁已经到了法定结婚年龄，是个大人的女儿呢。

"只是，你要出国了。你现在谈恋爱，之后打算怎么办？"

见老妈的态度出乎她的意料，薛与梵老实地回答："就先相处着，等毕业了能在一起就继续，不能就散了。"

薛与梵说话做事还是带着孩子气，她对待感情这么不负责任，让向卉忍不住犯了职业病："你是这么想的，但是对方呢？如果对方很认真，你这样就是伤害别人。但如果对方和你一样是这种准备走两条路的想法，你们就不要继续了，这是对待感情不认真。如果是真的互相喜欢，就应该好好规划未来。觉得顺其自然还能有退路，这不叫爱情。"

……

薛与梵洗完澡，抱着菠萝抱枕，面朝未拉窗帘的窗户侧卧着。

银盘向各个角落洒下月光。

薛与梵小时候拿过一个小碗去接月光，现在想来就像是竹篮打水般徒劳。

长大之后懂了道理，但没有想到自己懂了却还在干竹篮打水的蠢事。

临了懊恼年轻时错付青春，是一件光想想就让人失眠的事。

她曾经以为自己是个适合谈恋爱的人，因为不管伤心难过，她都已经食之有味，睡觉不会受影响。

包括和前男友分手的时候，薛与梵都没有难过太久，不存在什么茶不思、饭不想，为伊消得人憔悴更是没有。

到了现在，她在黑夜里和已呈沦陷之姿的"清醒"大眼瞪小眼，她恨它是叛徒，它笑话自己把持不住。

薛与梵把被子扯过头顶，吸了吸鼻子，才晓得自己原来也是个能因失恋减肥的"幸运人士"。

何以解忧，唯有发愤图强。

但安逸的家之牢笼里，艺术的猛兽肥过屠宰场的猪崽。

小八说艺术猛兽胖成猪那是艺术灵感膨胀的意思，是好事。薛与梵费力地整理着行李，将手机开了免提扔在一旁："我要返校了。"

学校对大四的学生没有返校时间要求，薛与梵将实习资料提交后，孤零零地生活在宿舍里。

虽然孤单，但是做毕业设计的效率大幅提高。

周行叙在左任过完生日之后找了薛与梵好几次，她每次都不冷不热地回复两句，渐渐地他也不再发消息过来了。

他们的聊天界面再也没有更新消息。

薛与梵完成今天早上列的任务清单之后，难得想要放松一下，拿着洗脸盆，装上洗发露、沐浴露准备先洗澡，还拿着手机在找适合洗澡的时候听的歌。平板电脑和手机都跳出了电量不足的提示，好在只是用手机放几首歌，坚持到她洗完澡问题不大。

歌还没有选好，邮箱推送了消息，是一封全英文的邮件。薛与梵看着眼熟的大学校名的缩写，才发现是自己申请的那所英国大学发来的邮件。

说是她提交的资料有一部分不齐全，希望她可以回复一下邮件。

在花洒下拍摄MV的行程只能搁置，薛与梵扯过凳子，拿着充电线准备给"饿"了半天的平板电脑充电，结果刚把插头插进去，宿舍一下子就跳闸了。

外面一瞬间响起的哀号声让薛与梵知道是整栋女生宿舍楼跳闸了。人倒霉的时候，坏事一件接一件地来。手机和平板电脑的电量不足以让薛与梵回复邮件，她去翻出自己的笔记本电脑，太久没有用落灰了不说，电量都不够开机的。

她没办法，只能等来电。等了半个小时，通上电了，但就她们宿舍还没电。

薛与梵下楼找宿管，新换的宿管阿姨面露凶相："那就是宿舍欠费了。"

这个时间点交电费的服务台都关门了，薛与梵想借电脑回复一下邮件，谁知道阿姨铁面无私："不行，你们一个个的平时偷用违规电器……"

薛与梵没时间听她教育自己了，拿着手机用仅存的电量给周行叙发了消息。

薛与梵：江湖救急，我们宿舍没电了，我需要一台有电的笔记本电脑。

她站在女生宿舍楼下等了半个小时，周行叙没有等到，周景扬倒是等到了。

他也是提前返校弄毕业论文的，刚和室友散完步路过女生宿舍楼下，看到薛与梵急得直跺脚的样子，问她怎么了。

她实在是有点不好意思，平时她对周景扬也不算太客气，但眼下的事更重要："你的笔记本电脑有电吗？能不能借我回一封邮件？我宿舍停电了，我的笔记本电脑、平板电脑和手机都没电了。"

他自然没二话，五分钟之后拿着笔记本和好几个借来的充电宝回到了女生宿舍楼下。

薛与梵就地坐在台阶上，登录邮箱之后，熟练地用全英文回复了那封邮件。周景扬全程坐在旁边，问了她两句之后，看她着急的模样就乖乖闭上了嘴巴，不去打扰她。

周行叙忙了一个寒假乐队的事，论文几乎一字未动。他写了快半个月，今天晚上才把初稿发给了导师。

在电脑前面坐了一天，他难得泡了个澡。他没有洗澡时听歌的习惯，手机一直放在外面。

等他看见薛与梵的消息，已经是半个小时之后了。

头发都没有擦，他换上衣服，拿着笔记本电脑就出了门。

但他还是来晚了，脚步停在拐角。他看见不远处坐在台阶上的两个人，薛与梵一脸认真，而正帮她赶着被电脑屏幕的光吸引过来的小虫子的人，是周景扬。

三十二分钟

薛与梵花了二十多分钟才把邮件回复完，虽然没有注意旁边的周景扬，但也知道他帮自己赶了二十多分钟的小飞虫。

怎么说都要客气一下，薛与梵说请他吃饭。

他一点儿都没犹豫，直接答应了，然后把他从室友手里和隔壁宿舍搜刮来的充电宝全都拿出来递给她。看见她因为自己爽快答应的样子而发愣，周景扬怕她后悔，就说随便吃点儿什么都可以。

"就在食堂吃也可以。"周景扬的姿态放得很低。

薛与梵心里有些负罪感，让原本就拿人手短的她更不好说话不算话了。

看见周行叙的时候，周景扬已经走了。他脚步放缓，慢慢地从远处走过来。薛与梵看见了他手里的笔记本电脑，知道他是因为看见自己快一个小时前发的江湖救急的消息过来的。

薛与梵说不用了，随手指了一下周景扬离开的方向："之前遇见你哥哥了，他借我电脑了。不过还是要谢谢你跑这么一趟。"

薛与梵的一只脚已经踩在了女生宿舍楼前的台阶上，准备跟他挥手说再见。他在原地驻足，还没走："宿舍不是没有电吗？要不要去我那里住？"

薛与梵晃了晃手里的充电宝："不用了，你哥顺道还帮我借了几个充电宝。"

邀请的话周行叙说了第二遍,薛与梵也保持着站在台阶上要走的动作,下意识地拒绝,随口胡诌:"我生理期。"

"我没想那么多。"周行叙看她,"只是怕你一个人住在没有电的宿舍里不方便。"

这还真算是头一次两个人不是为了那档子事往他公寓里跑。去他公寓的路上,周行叙解释自己在泡澡没有带手机进浴室,所以过了很久才看到消息。

薛与梵知道他没有洗澡时听歌的习惯,也和他解释其实不是什么天大的危机,是自己要回复一封邮件。

对面车道行驶的车不知道有没有规范行车,反正车灯很刺眼。薛与梵之前在外面回那封邮件,就像晚上不开灯玩手机一样,此刻眼睛发酸。

车里载着两个人和一车的沉默。

周行叙在红灯前的路口停了车,扭头看着后脑勺对着他,此刻不知道在看窗外什么好风景的薛与梵,问:"左任过生日那天你为什么生气?"

薛与梵没有想到,都大半个月过去了,他玩失踪十几天,现在会突然问她这件事。

其实她当时生气,后来想通了就觉得没什么了。

不过是她发现了她允许自己保持清醒,但不允许周行叙保持同款清醒这种双标行为。想通的过程很难受,但是想通了就还好。

薛与梵手肘搭在车门上,手指缠着一缕头发,绕在指间:"没什么,我后来自己想明白了。"

周行叙不笨,他心里有个答案。

她不对劲是在左任过生日时被他们问"喜欢对方的话是不是早就表白了"那个问题之后,后来她上完厕所回来就更不对劲了。

思前想后，周行叙觉得那个答案可能是薛与梵误以为自己不喜欢她。

——要是喜欢，早就表白了。

是啊，可就是会有那么一个人，你不敢向她表白。再无畏无惧的人都会变得怯懦忸怩，不知道应该用什么话去表白。

想讲的情话东挑西拣，表白这件事一拖再拖，慎重又慎重。

"薛与梵，别生气了。"周行叙搭在挡位上的手伸到她脑袋上，她一躲，手落在了她后颈上。他五指微微用力捏了捏指下的皮肉，想告诉她，自己不是不喜欢她。

要是不喜欢，写那首情歌的时候就不会满脑子都是她。

只是她抬手把捏自己后颈的手抵开，比他先开口："反正我们就只是逢场作戏，你不用管我。"

十分钟前她要是说这句话，周行叙就应该留她一个人睡在没有电的宿舍里。

一瞬间，周行叙所有想说的话都哽在喉咙。原本想告诉她因为想到左任过生日那天她会去，他特意改了曲目，想专门表演给她看。那首歌也是他写给她的。

头一次，薛与梵第二天离开周行叙公寓时，还是生龙活虎的。周行叙也是头一次第二天没有送她回学校。

昨天不知道是什么日子，到了他公寓之后，他全程没有说过几句话，就戴着耳机埋头弹吉他，五线谱和铅笔堆在旁边。薛与梵洗完澡，坐在他对面，听他和那一小节音乐死拗了半个小时，最后她打着哈欠上楼睡觉了。

半夜醒来的时候床边没人，今天早上起床的时候床边还是没人，薛与梵赤脚下楼，看见他裹着条被芯睡在了沙发上。

茶几上全是成团的五线谱，他半张脸埋在被子里，倦意难挡。薛与梵没等他醒来就直接走了。

训练室，左任听着周行叙刚发过来的歌曲 demo（试样唱片），实在是不像周行叙以前的曲风。他写这首歌的时候没和他们透露一星半点儿的消息，突然就发来了个半成品。

唐洋听着音乐，看着手里的歌词，半开玩笑半认真地说："这歌词像离了八次婚的苦情痴男写的自传。"

蒋钊背着贝斯凑过去，看了一眼之后笑着说："阿叙，你找谁写的词？"

周行叙从他们的外套里摸走了一包香烟："我自己写的。"

一瞬间三张嘴巴都闭上了。周行叙让他们先听着，自己走到窗边，把窗户开了条缝，开始抽烟。灌入室内的风将架子上的琴谱吹动。三个人悄悄凑到一起，开始讨论。

"你说这歌词的灵感出自哪里？能哀伤成这样。"

"论文吧。"

"导师发疯了？"

"初稿被毙了？"

三个人没讨论出个结果，这时万马奔腾似的脚步声从走廊上传过来，颇有军训时在食堂打菜和小学生放假的气势。

"薛——薛——薛与梵！"翟稼渝一个箭步冲到训练室门口，未见其人先闻其声，训练室的门被大力地推开，"阿叙，后院失火了！薛与梵被你哥绑架去食堂一起吃饭了。"

一阵风将烟头蓄起的烟灰全部吹散了，停在路灯上在风起时就展翅飞走的麻雀又飞回来了，樟树被吹得枝丫乱颤，清明刚过，天要回暖了。

周行叙觉得左任的烟不好抽，换了自己那包。翟稼渝来的时候，他手上那根抽了一半。在众人吃瓜的目光中，周行叙淡定地掐灭了手里的烟："不是，是薛与梵请周景扬吃饭。"

说着，他将窗户关上。

滚轮在窗轨上滑动的声音不小,两根抽了一半的烟躺在窗台上。周行叙抖了抖卫衣上的烟灰,拿起手机出了训练室的门。

目送着他走出门,众人走到训练室门口又目送着他消失在走廊上。

唐洋抱着曲谱,迎着四月的春风叹了口气:"春天,生机盎然。难怪连歌词都透着充满生机的绿。"

周景扬问了薛与梵好几次什么时候一起吃饭,又解释自己不是好吃,也不是催薛与梵,只是怕她要是突然约自己吃饭,自己没有时间去。

反正早请晚请这顿饭都逃不掉,薛与梵干脆当场定了,就现在去吃。

两个人在食堂打了饭。薛与梵今天早上从周行叙那里回来,赶上导师约谈初稿的时间,初稿谈下来,导师很满意,只是害怕薛与梵构思的框架太大最后会虎头蛇尾,让她后续再多花点儿心思。她从办公室出来又临时去了一趟图书馆,背了一大堆书回宿舍。结果最重要的交电费差点儿因为这些事没赶上午休前服务台最后的营业时间。

不知道是不是一上午事情太多忙昏了头,薛与梵打完饭才发现自己餐盘里的是咕噜肉。那一块块方形的小菠萝肉,就像是念书的时候老师口中的"极个别"和"某些同学"。

她和周景扬也没多熟,换作小八她们,薛与梵就能厚着脸皮和她们换道菜。能让她食之无味的机会少之又少,薛与梵用筷子戳着餐盘里的米饭,没什么食欲。

他们坐在靠窗的位子,清明过后天开始放晴回暖,阳光从采光好的玻璃窗照进来,一个影子压着桌子,最后停在了薛与梵左手边的位置。

四人位,一排两个椅子相连。

薛与梵还没有来得及跟着影子移动视线,她旁边的椅子就有人落座了。

耳边传来耳熟得不行的一道声音,她听过这道声音在迎新晚会上致辞祝福，听过这个人每次和她插科打诨时的笑声。近一年里，每次情热相拥时这道声音贴在她耳边会变成低声闷哼。

"这么巧？"周行叙堂而皇之地在薛与梵旁边坐下了，打招呼的话是对着斜对面，和薛与梵对面而坐的周景扬说的。

薛与梵身体一瞬间僵直，拿着筷子的手平时抡得动锤子，这时候手里的一双木筷子却好像比什么都重。她的手心微微出着汗，但好在他像是看不见自己一样，兀自和她对面的周景扬在聊天。

一点儿火药味都没有的普通兄弟间的对话，因为专业相同他们聊着论文，薛与梵悬着的心稍稍落下了一些。只是下一秒，一条腿伸到她腿下，然后膝盖弯曲，一瞬间她的脚就离了地。

就像是之前去吃饭，自己好几次嫌腿酸，和他挨着坐会把腿跷在他腿上一样。全身的细胞都发出危险警告，她抽腿要离开的时候，他另一条腿压着她的脚踝，让她那条腿动弹不得。

这些动作被白色的桌面挡住了，就像是这张好皮囊挡住了他为了报复周景扬所用的那些上不了台面的手段一样。

薛与梵没有办法不紧张，因为她是他用卑劣手段时的共犯。

主谋却像个没事人一样，和周景扬聊完天，瞥见薛与梵埋怨的眼神，想到昨天晚上她那句"反正我们就只是逢场作戏"，周行叙扬了扬嘴角："你不是对菠萝过敏吗？怎么点了咕噜肉？"

语气平平，但是过敏这些事太私密。

他伸手直接交换了两个人几乎未动的餐盘。

见面连招呼都没有打的两个人，现在一举一动全都体现相熟。薛与梵看着他餐盘里那份糖醋小排，的确比咕噜肉诱人不少。

薛与梵一直戳米饭的筷子终于还是忍不住诱惑，夹了一块小排。

周景扬将一切都看在眼里，想到了之前室友有一次在女生宿舍楼下看见周行叙和一个女生接吻，当时周行叙大方地承认了那是他女朋友。

周景扬并不觉得那天在宿舍楼下和周行叙接吻的女生是薛与梵，

弟弟骗小姑娘感情的形象实在是太根深蒂固了。周景扬怕薛与梵不知道，拐弯抹角地说出了周行叙有女朋友这件事。

"对了，上学期我室友看见你和你女朋友在女生宿舍楼下，现在还在谈吗？"

薛与梵记得，那次一开始是她和周行叙前后脚感冒了，后来她等周行叙感冒好了妄图把感冒病毒传染给他，当时他还狠狠地给自己科普了，什么叫作交叉感染。

周行叙夹了一块咕噜肉，笑容更深了："还在谈啊。"

他又补了句："改天带她和你一起吃饭。就像这样，三个人一起吃顿饭。"

三十三分甜

周景扬没法不好奇周行叙为什么会知道薛与梵对菠萝过敏，他们之间的磁场看上去一点儿也不像陌生人。

薛与梵怕周行叙再说出什么此地无银三百两的话，抢答："我认识他女朋友，当时随口聊过两句。"

周景扬一下子就松了一口气，既然薛与梵认识周行叙的女朋友，他们两个现在自然没有在一起的可能。

周行叙听她胡诌，顺杆而下："是啊，你和我女朋友不要太熟。"

他尾音拉长，让人觉得奇怪。

薛与梵觉得这饭是没办法吃了，但对她来说没有浪费粮食的可能，只有为食而死。换作别人会说一句"我先走了"直接走人，薛与梵则要埋头先把饭吃了。

只是吃到一半，薛与梵感觉到周行叙有意无意地蹭着她的小腿肚。

把最后一块排骨吃掉后，薛与梵待不下去了："我先走了。"

人刚站起来，又立马跌回了原位，因为自己的腿还被周行叙压着。直到她重复了一遍要离开的话,让周景扬都狐疑的时候,周行叙才挪开腿。

他难得胃口很好,餐盘里的咕噜肉被一扫而光。他将筷子搁在餐盘上,带着胜利者的微笑:"你等会儿回宿舍,顺路给我女朋友带句话,让她下楼来找我。"

她可以算得上是落荒而逃了。回到宿舍,因为已经通电,断电跳闸时没有关掉的灯,在来电了之后就一直亮着。

薛与梵拿出手机,想打字骂他一顿,骂人的话还没有想好,他倒是好意思先给她打了个电话。

……

周行叙给薛与梵打了一个语音电话,她正巧要打字骂他,所以接通得非常快。

周行叙料到了她开口要说什么,还特意把手机拿远了一些。她在电话那头生着气:"周行叙!"

薛与梵想问他是不是故意的,但答案太明显了。

他就是故意的。

他喊薛与梵下楼,电话那头"哦"了一声,居然没有拒绝他,只听她来了句:"等我一会儿,我找把刀。"

他没在女生宿舍楼下,而是在宿舍区外面靠近学生服务中心的地方。活动楼就是社团活动中心,那里有一层户外的二楼楼梯,楼梯后面背阴,除非是夏天,否则没有人来这里。

他站在那棵不起眼的槐树下等她,薛与梵怀疑他是不是知道等会儿自己要指桑骂槐,所以已经提前在该站的位置上站好了。

发飙的话还没有来得及说,他已经把薛与梵拽到了那棵槐树后面。加上他的身躯,把薛与梵整个人堵得死死的。

他就是见不得她和周景扬挨得近。许久没尝到的雪松的味道再一次覆盖在自己唇上的时候,薛与梵一时间没有任何反应。

薛与梵心里存了断联系的想法，拼命让自己已经缝缝补补又三年的理智不下跪。

她的手抵着他胸口："我不想亲。"

"不想亲？"

是不想要他亲了，还是想要别人亲了？怎么，借她一台有电的电脑就让她这么感动了？

他的唇重新覆上来，力道变重了，不准薛与梵躲开。

薛与梵招架不住，她忘记了，忘了他太了解、太熟悉自己了。她忘了在这方面她所有美好的体验都是周行叙带给自己的。

不只是这一次，每一次都是他。

薛与梵腿软了。

他稍稍往后撤了一点儿，看着十几天没亲也好久没带去游泳的人喘着气的样子："怎么样？还想不想了？"

"你烦死了。"

语气娇嗔，没拒绝就是想呗。

想，那就继续。

周行叙带她回公寓的路上接到了唐洋他们问他吃没吃晚饭的电话，他说了句抱歉，然后放了他们鸽子。

周行叙后脚跟着她进浴室的时候才想到，昨天她说自己生理期。

本来就是她胡诌的话，他一下子就戳穿了。

一分钟无打扰的思考加陈述时间内，薛与梵没有想到能作为免死金牌的发言，干脆卖乖讨好他。

周行叙怎么也看不出她葫芦里卖的是什么药。

战火波及床上的时候，他手机响了。

他们通常都是不接的，只是这次打电话的人锲而不舍。他伸手准备把讨厌程度仅次于高中闹钟的电话铃声给按掉。

可来电备注显示的是令他硌硬的一个"哥"字。

薛与梵看不清他是怎么操作手机的,只听见铃声没了。正准备放松下来的时候,她看见周行叙将手机音量调到最大,然后把手机放到了她胸口上。

下一秒,开免提扩散的声音从手机的扬声器里传来,带着轻微的震动感,有小气流在扬声器旁形成,擦过薛与梵的皮肤,酥酥麻麻的,没办法忽视。

"喂,阿叙,你真的谈了个女朋友吗?"

周景扬的声音一出,周行叙一瞬间感觉到薛与梵绷紧了身体。

薛与梵知道他是故意的,但她不信就她一个人害怕被别人发现。在周景扬面前被发现,他的麻烦还能比自己小?她故意发出了声音。

周行叙听得出薛与梵这就是故意的。

奇怪的女人声音传到了电话那头。

周景扬一愣:"你在干吗?"

周行叙伸手握住薛与梵扶着自己腰的手,手指扣进她的指缝里:"和女人在一起,你觉得呢?"

话音刚落,电话那头立刻传来挂断的"嘟"声。周行叙把手机拿开,随手往床尾一丢,对上薛与梵的视线,丝毫不掩饰自己的恶趣味。

"你说我哥要是知道出声的人是你,会不会被气死?"

薛与梵扭过头,看着他卧室里那一面全是黑胶唱片的墙壁:"奔丧是你的事情。"

他笑:"弟妹不得去上炷香?"

见她扭头看向另一边,周行叙往旁边一倒,完完全全把薛与梵落在黑胶唱片上的视线挡住了。

"你知道我觉得世界级的傻子行为是什么吗?"薛与梵继续说,"用生日当密码,还有谈异地恋。"

盖棉被聊天成了抽烟的备选节目。

"为什么对异地恋这么没信心?"

薛与梵枕着他的胳膊,闭着眼睛在小憩,听见他问自己,她缓缓睁眼:"我和你详细说过我前男友吗?"

周行叙:"没有。"

当时网络上还没有PUA(被人操控情感)这个词。

"我不是有实训周吗?"薛与梵说就是每个月都有一个星期几乎见不到她人的时候,"我们当时甚至都不能算作异地恋,只是没有像以前约会和见面那么频繁了,他就开始PUA我。"

薛与梵在他怀里翻了个身,抬眸看着他:"我不是说你是这样的人,但是我觉得异地恋就是很不靠谱。我爸有一个朋友,我还小的时候,和他一起吃过好几次饭,知道他是外地来这里打拼的叔叔,每次他都带着一个阿姨过来。我长大了才知道那个阿姨根本就不是他老婆。他在老家有儿有女儿,因为和妻子异地耐不住寂寞,就找了个女人陪在自己身边。"

周行叙一直没有说话,听她讲了一大堆。她在他怀里调整了好几个姿势之后,又平躺,看着天花板:"我之前觉得和你的关系有点不靠谱,但是我现在觉得这关系不要太好。"

所以前一段时间她想通了,她不应该谈恋爱,去赌这是一段可能成为佳话的两年异国恋,还是一段痴男怨女相互抱怨、收场难堪的恋爱。

今天经此一役,薛与梵发现自己好像对他有点上瘾了。

就像以前薛与梵听他说自己,说她对他有吸引力。今天薛与梵发现他对自己也是,事后的空虚感变成了此刻脑袋里的胡思乱想。

要不恶毒一点儿,从现在开始每天睡前拜佛,吃饭荤素搭配,求佛祖和菩萨保佑她回国的时候周行叙还没有对象。

周行叙弄不懂学艺术的女生脑袋里的发散性思维,那天之后薛与梵彻底将"炮兵连队友"的模式运用得如鱼得水。

再也没有以前吃顿饭都要告诉他的闲聊了。

但薛与梵也是真的忙。小八她们一个个的现在才返校，薛与梵帮她们搬了行李、拿了快递，又继续待在教室里准备她的毕业设计。

连着断了四根锯丝之后，薛与梵的手指也负伤了，可惜只有三毫米长的伤口，这种出血量都淹不死一只蚂蚁的程度并不能得到室友的怜悯。

写论文也到了瓶颈期，虎头蛇尾的悲剧仿佛在劫难逃。

四月的天越来越热，薛与梵的毕业设计刚完成，又开始忙着准备她出国进修的资料。这些表格不允许有一个错别字，她打印花费的金额迅速增长，而且这资料表隔几天来一张，过几天又来三四张。

而且还都是拖延不得的。

那头周行叙拿着吉他坐在床尾，在弹《两只老虎》，他一本正经地在乐谱上写下几个大字后，递给薛与梵看。

——赠吾爱。

薛与梵把乐谱揉成团丢还给他，纸团砸到了他身上，然后又掉落回床上。他洗过澡，没穿上衣，宽肩窄腰的身材因为游泳、晨跑从不懈怠，一直保持得很好。

网络发达了，有时候看着网上美女跳舞的视频，大家也都理解为什么昏君不上早朝。薛与梵躺在床上看周行叙弹吉他，他头发微湿，胳膊上的抓痕犹在，扫弦的手手背青筋明显。

薛与梵发誓，这是她最后一次当昏君了。

昼日成熟

曲/周行叙

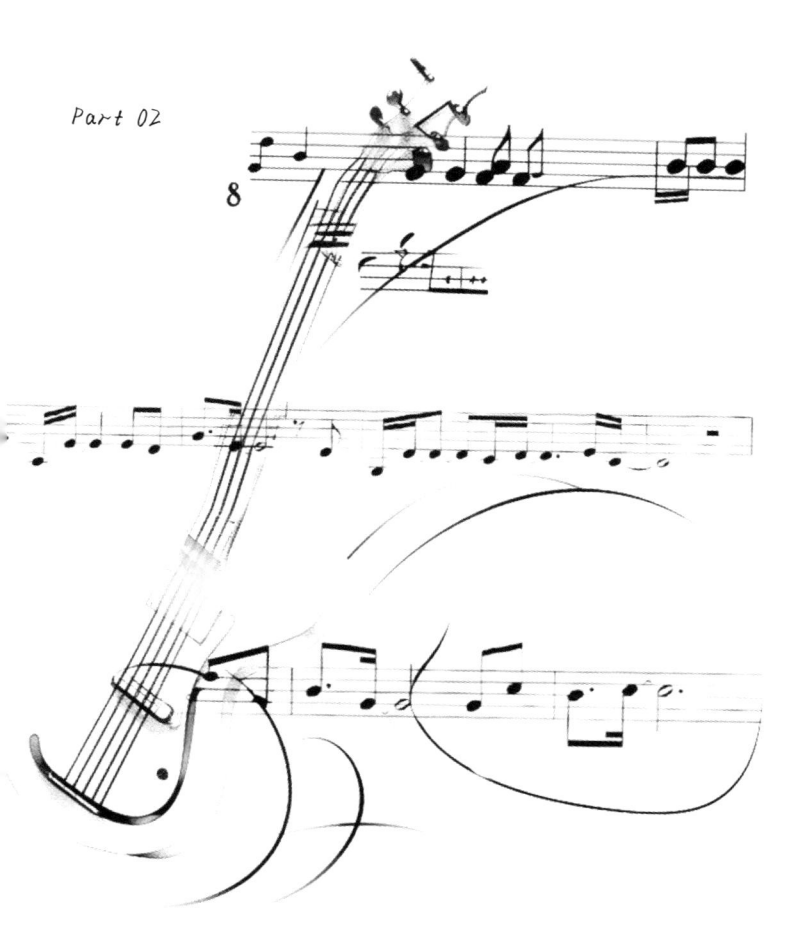

Part 02

| 第一章 |

你是我的绝不让步

生芽（1）

然而打脸来得特别快，薛与梵尝试了几次都没有成功。

薛与梵翻了个身，看着周行叙公寓里的装潢，又看向他搭在自己肩头的手，指腹有茧子。他趴在床上睡觉，后背上的肌肉线条格外清晰。

薛与梵吧唧了一下嘴巴，口腔里全是今天娄渺送的巧克力的味道。

想说的话还是没有说出口，设置静音放在床头柜上的手机有消息进来，屏幕只是亮了一下，很快就暗下去。

是老王喊她去最后微修一下论文。

薛与梵和字大眼瞪小眼了半个小时，还是什么都没有想出来。

抱着笔记本电脑和书离开图书馆的时候，收到了辅导员叫她明天弄资料的消息。除了薛与梵已经入土为安的太爷爷那一辈，她真不知道还有什么资料是她没有填写过的。

虽然她嘴上吐槽有病、形式主义，但还是笑嘻嘻地拿出手机回复了辅导员："好的老师，收到。谢谢老师，麻烦老师费心了。"

时间一天一天地过，劳动节近在咫尺。

天越来越热，薛与梵懒得动弹。隔壁宿舍去年保研上岸的人轻松自在的模样，惹得跟跟跄跄爬过大学英语四级考试分数线的小八格外羡慕。

她一边擦眼泪，一边敲键盘："西湖的水，我的泪……"

"好了，别哭了。"方芹拿着湿毛巾像大人给小孩擦脸一样，帮小八洗了把脸。

小八擤鼻子："大禹治水最后发现洪水的源头是一群写毕业论文的大学生在哭。"

薛与梵给她丢了包小零食："别哭了，别让我们一边写论文还一边抗洪。"

小八抱着薛与梵的腰，寻求安慰和学术指导："我实在是太笨了，你还干一份补课的兼职，论文都进入最后的修改阶段了。我一天到晚什么事情都没有，到现在论文还要重写。"

说到这事方芹好奇，随口问了一句："梵梵，你这份兼职的工作做到什么时候？"

薛与梵一愣，她正在努力结束这段关系，但每天都处在痛失男色的后悔和继续下去又懊恼的折磨中："快了，等最近再去的时候就和他们家说最近忙毕业的事，不过去了。"

佳佳："毕业的事更重要，暑假也是补课的高峰期，以后还有机会做兼职，但延期毕业耽误出国进修就惨了。"

……

老薛的戒烟史是向卉小时候教育薛与梵"男人的话不可信"的经典模板，老薛出尔反尔，嘴上说着抽完这根马上戒掉，结果这烟一直到现在都没有戒掉。

从遗传学来说，她完美地继承了老薛这一点。

薛与梵没想过谈异地恋，更没有想过谈跨国恋，考虑到英国的水质，她不想嫁给一个中年就被封为"贝勒爷"的男人。

可能最近他俩见得太频繁了，她安慰自己只要冷静一段时间，习惯了就好。

她好不容易鼓起勇气又找了周行叙一次，结果学校突然抓大四的学生去听讲座。

每个宿舍派一个代表，作为论文进度最快的一个，薛与梵顺应民意得到了一张会议中心两小时睡眠卡。在这儿碰见翟稼渝倒是挺意外的，他和自己挥手，指了指旁边的空位子。

"这么巧？"

同是天涯沦落人，薛与梵环顾四周没看见熟人："你也来这里睡觉啊？"

他笑："没有，替别人来的。"

薛与梵："那个小学妹？"

他倒是不藏着掖着，讲座苦闷无聊，翟稼渝就给薛与梵讲八卦，说他和那个小学妹的故事。

两个人一开始是打游戏认识的，后来玩着玩着游戏发现两个人是同一所大学的，再后来他们就在现实里见了面。他也表白过了，但是对方的答复模棱两可。

他也知道自己是条"鱼"。

翟稼渝叹了口气："但她真的好漂亮。"

"漂亮也要认真对待感情吧。"薛与梵光从翟稼渝的描述里觉得这个小学妹不怎么样，嫌弃地撇了撇嘴。

"我要是有本事让她收心就好了。"翟稼渝叹了口气，突然想到什么，扭头看向薛与梵，"你是怎么让阿叙收心的？开个补习班呗，解救一下我们这些爱情路上的'小白'。"

这问题超纲了，薛与梵没回答，但好在翟稼渝觉得薛与梵不说是因为这是小情侣之间的小秘密。

他话还挺多，讲到那个小学妹之后话匣子就打开了，分析起他们在一起的可能性，还很清醒地知道他们两个不可能："我毕业之后应该就回老家了，到时候异地恋也好辛苦。"

薛与梵问他是哪里人。

他说是南方的。

纵观往年这个时候,一直到毕业的六月,不知道多少段连国门都没有出的恋爱一出校门就结束了。就算有幸维持到出校门后,到时候因异地恋吵架心生嫌隙的小情侣数量能和黄金周飞机场的游客一较高下。

薛与梵觉得自己不能再拖下去了。

讲座渐渐接近尾声,最后的总结发言一开始,整个会议中心的人都开始躁动了。薛与梵伸了个懒腰,看了眼手机上的时间。

一条消息躺在锁屏上面。

耕地的牛:后天翟稼渝过生日,我下午四点半去接你。

消息刚看完,旁边的人开口了:"对了,后天我过生日。你记得和阿叙一起来啊。"

……

薛与梵把忙了两天的论文交给了老王。

得到了老王"可以定稿"的回复后,薛与梵准备找个时间去把论文打印并装订了。赶上翟稼渝过生日,论文答辩还没开始,薛与梵也不着急。

室友羡慕地看着薛与梵从厕所换完衣服出来:"梵梵,你的论文可以了吗?"

薛与梵系着泡泡袖上的飘带:"嗯,我昨天查重率降下去之后老王说可以了。"

佳佳看见她之后主动伸手帮她调整了一下袖口的松紧,再把飘带系成一个蝴蝶结:"你今天还要去给学生补课啊?"

薛与梵转了一下身体,佳佳帮她系起了另外一根:"挺好,你结束了那边的补课,就可以在宿舍开一个辅导班了,救救我们的论文。"

还是在老地方的樟树下,周行叙把车窗降下来,他穿了一身黑,快和车子的内饰融为一体了。吹进车窗的风,在车里撞得四分五裂。

薛与梵刚走到车旁边,他的视线从手机上移到副驾驶座,按下启动键后,手搭在挡位上。

现在的天气和温度，裙子已经占据了女生的衣柜，薛与梵穿了鹅黄色泡泡袖衬衫配牛仔长裙，腰边上镶着珍珠装饰，长发放了下来，手腕上套着黄格子大肠发圈。

　　白色的帆布鞋算不上一尘不染，毕竟没有人能逃过"第一天穿新鞋子会被人踩脚"的铁律。

　　"差点儿让你等我了。"他把车窗摇上去，开了冷气，"我们的论文指导老师今天四点下课，约我们看论文。"

　　还好他有先见之明提早去了，排在第二个，比较早地看完了。

　　去饭店也就十五分钟的车程。

　　包厢挺大，座位也比以前吃饭的时候多了两个。

　　周行叙和她先到了，今天没事的唐洋和左任先打的过来的。两人不约而同地大手一挥："随便坐。"

　　上面是主位，怎么看都要留给寿星。周行叙点了点位子，发现多了两个。

　　左任喝茶喝到了茶叶，吐在纸巾上后才说话："翟稼渝脑子抽风，把那个小学妹带过来了。然后那个小学妹说要带一个好朋友一起来。"

　　所以就多了两个位子。

　　那么主位旁边还要再空两个位子出来，周行叙又在他们的位子中间给蒋钊留了一个，最后带着薛与梵挨着唐洋他们坐了下来。

　　薛与梵把包拿掉，还没坐下来，周行叙让她挨着唐洋坐："这边上菜。"

　　男生也八卦，左任和唐洋聊到一半又带动起他们一起聊，唐洋问薛与梵："阿叙和你说过那个小学妹吗？"

　　薛与梵怎么放包都不太舒服，调整了半天之后，包被拿走了。周行叙把包放到了角落的空位子上，再回来的时候听见薛与梵在和唐洋说话："他没和我说，但是翟稼渝和我说了一点儿。"

　　唐洋他们之后说的八卦，薛与梵那天在两个多小时的讲座里都听到了本尊的深情版本。

椅子重,地上铺了地毯,薛与梵不太能拖得动。周行叙搭了把手,帮她往前拖的时候也往自己这边拽了些:"他什么时候碰见你和你说的?"

他讲话声音不大,偏过头凑过来,那股雪松的味道还没有被饭菜味掩盖。薛与梵手搭在桌子上,凑过去和他说悄悄话:"那天我和他都去听讲座了,然后很巧地碰见了。"

薛与梵又说,就是前天他发消息给自己,说翟稼渝过生日要带她去的时候。

他的手臂挨着薛与梵的胳膊,他火力足,已经穿起短袖了,两人的皮肤之间只隔着薛与梵泡泡袖衬衫的布料。

最近昼夜温差还是有点大,薛与梵要像他这么穿,明天必定扁桃体发炎。

自动旋转的圆盘将茶壶转到了薛与梵面前,她伸胳膊想拿,结果飘带被旁边的人的胳膊压着,她一抬手,袖口处出门前佳佳帮自己系的蝴蝶结瞬间就散了。

单手系出来的有点难看,她拆开准备用嘴巴帮忙打配合。

周行叙上手,将快要亲密接触的脑袋和胳膊分开,手指缠上两根飘带,一扯,一个牢固的蝴蝶结就系好了:"怎么样?"

薛与梵看着死死卡在自己那截手臂上的袖口,伸手的动作完全施展不开:"要是骨科医生打完石膏叫你收尾去缠纱布,就会知道什么叫作前功尽弃。"

坏话说得漂亮,周行叙不生气,帮她拆了重新系。这回系松了,她说泡泡袖的形状没显出来,难看。

……

"怎么样?"

"痛痛痛……周行叙你轻点儿行不行?"

"现在呢？"

旁边之前还在聊翟稼渝八卦的两个人，听到虎狼之词瞬间转过头，看着在系飘带的两个人，扯了扯嘴角。这两人居然只是在系飘带，他们觉得失落，又觉得还好只是在系飘带。

薛与梵怎么也没有想到翟稼渝带来的那个小学妹的好朋友是娄渺。

世界很小。

她们跟着翟稼渝进来的时候，周行叙和薛与梵袖子上的飘带杠上了。她总说两个袖子的松紧不一样，不舒服。周行叙就把另一个结也拆了，系成和他刚刚系的那个一样紧。

薛与梵学僵尸的动作两只手往前伸："你觉得我该怎么夹菜？"

手臂伸不直了，强行伸直的下场就是宽领口的衣服变成露肩上衣。周行叙眼疾手快地把她的领口提上去："我给你夹。"

薛与梵看着在他们对面坐下的娄渺，她有些局促地坐在那边，偷偷瞄着周行叙，又打量着周行叙旁边的薛与梵。薛与梵捕捉到了她的视线，用手挡着嘴，小声地笑着和周行叙说："看，小百灵鸟。"

周行叙下意识地抬头，看到来人是娄渺之后表情也没什么变化："所以呢？你要人家给你夹菜？"

"这不是怕你对我的殷勤伤透了别人的心嘛。"薛与梵用筷子戳着空碗，等待着今天的寿星宣布开动。

"你连我的心都伤，现在突然善良起来了？"周行叙瞥她一眼，手搭在自动旋转的圆盘上，等饮料到了薛与梵面前的时候截停了转盘，"喝什么？"

薛与梵指了指玉米汁："但是我想来点儿酒。"

他拿起了玉米汁："想挨打？"

薛与梵不讲话了，只是等他给自己倒完饮料之后，他的手机响了，是霍慧文打来的。包厢里有点吵，他拿着手机去外面接电话，回来的时候薛与梵不知道在喝谁给她倒的酒。

不知道她哪儿来的酒瘾。

喝都喝了，也不能抠嗓子眼让她现在吐出来。她自己居然还知道不贪杯，两杯下肚后，重新拿起了玉米汁。

菜陆陆续续端上桌了，周行叙问她吃什么。

薛与梵牙齿磕着杯口，稍稍有些醉态，但比他旁边的蒋钊好多了。

她问他："你真的要给我夹吗？"

他把筷子拿在手里，一副"你说什么废话"的表情。

"韭菜，榴梿酥……"刚说完，薛与梵看见他把筷子放下了，撇了撇嘴，"唉，算了，我自力更生。"

她刚一伸手，他手伸过来的速度，比她的领口从肩头滑落的速度还快。他一只手按着她肩头摇摇欲坠的衣服，另一只手去夺她手里的筷子。

手里的筷子易主，他拿着薛与梵的筷子给她夹了一块榴梿酥。

薛与梵将故意找事进行到底，吃完榴梿酥后亲昵地挽上了周行叙的胳膊："你说你对我这么好，对面的人会不会吃醋啊？"

她眨巴着眼睛，继续说："我今天好想去你公寓和你一起住……"

周行叙屏着呼吸，脸黑着："薛与梵，你口红粘牙上了。"

她立刻抿住嘴巴去找手机，悄悄点开摄像头。

牙上什么都没有，只有嘴角稍微粘了一点儿榴梿酥的酥皮屑："骗子。"

薛与梵高估了自己，也有点低估了那酒的后劲。虽然没有到烂醉如泥、得去厕所吐上几次的地步，但她还是有点飘飘然。

后面包厢里在闹什么、吵什么她不清楚，她的世界里仿佛放置了一个过滤器，声音忽大忽小，画面有点像是拖累舞台表演的拉胯导播拍摄的，还在她眼睛里开启了随机倍数播放。

那头翟稼渝被敬酒太多，借着酒劲和小学妹表白。

薛与梵笑他傻，但觉得借着酒劲准备和周行叙说清楚的自己也挺优柔寡断的。

包厢里的气氛因为翟稼渝的举动被推到了高潮，薛与梵手托着脑袋，朝着旁边淡然坐在位子上看戏不起哄的周行叙勾了勾手指："前两天他还和我说，异地恋辛苦，到时候他毕业了就回老家了。啧啧啧……"

酒壮怂人胆，但也烧毁人的清醒。

她朝因为先前听她说话而倾身过来的周行叙身上一倒，她鲜少在别人面前主动与他亲昵。薛与梵手搭在他肩头，把自己上次做梦梦到他的事情讲了一遍。

她丝毫没察觉到他托着自己的脑袋，手掌心贴着她的脸颊。火舌舔舐着瞳孔，望进去，是一片黑，是一片茫茫焦土。

"所以我觉得我还是要提前适应一下以前清心寡欲的生活，还有就是我五月会很忙，我清心寡欲但也不能拉着你跟我遁入空门。"

说到这里，周行叙懂她是什么意思了。

她问："最后……末日狂欢一下？"

他们提早走了。

摸黑进了公寓，薛与梵刚脱完鞋被人抱起来的时候，手不知道碰倒了鞋柜上的什么东西。玄关被当成了脏衣篓，她说："去卧室。"

周行叙把她抱上楼，公主抱在这时候一点儿都不浪漫。

一切都像是王家卫的缺帧拍摄手法，他抱着薛与梵坐在床边，伸手去开床头柜的抽屉。无暇特意去找开封的，随手拿了一盒未拆的。

不知道是因为她喝醉了，还是因为这是最后一次，她很主动，主动地抱着他的脖子，蹭着他。

他把她放到床上，不准她抱自己，也不亲她："薛与梵你心真硬。"

人都是双标的，就像薛与梵要求自己保持清醒，但发现周行叙也保持清醒后，她就不开心。同样，周行叙以前分手总不拖泥带水，现在看见结束关系也不拖泥带水的薛与梵之后，他望见了一个仿佛和他一样的人。

他会害怕。

因为他知道自己以前有多坚决。

"你就这么不相信我？"

她头发散在枕头上，屋里没开灯，借着微弱的氛围灯看不太清楚她究竟是什么表情："就当你喜欢我，但你对我的喜欢真的能到超越距离的程度吗？"

她到现在还记得自己知道爸爸那个朋友身边总出现的女人是小三时，那种反胃的感觉。代入自己，她作呕不已，觉得自己大概会疯掉。

她对异地恋没有安全感，他问她为什么这么不信任他。

他是一个浪子，薛与梵觉得等之后周景扬不喜欢她了，他在她身上得不到报复周景扬的快感，她对他也就没有吸引力了。

周行叙快到中午才醒。

醒来时床边没人了，点开手机，还能刷到薛与梵三个小时前吐槽辅导员开班会的动态，看来他的微信还没有被她删掉。

他随手点了个赞。到了下午，他之前置顶的对话框没有了。

……

翟稼渝他们昨天晚上疯玩到很晚，第二天太阳都要下山了才吃了今天的第一顿饭。

率先在群里刷到周行叙那首"怨男自传"完整版成品的是唐洋，他和左任看着新发来的成品和改后的歌词，一时间想不出原因。

"这得是论文原本查重率百分之十五，改完之后查重率百分之三十的人才能写出这种歌吧？"

"妈呀，临答辩被导师告知重写也莫过于此吧。"唐洋看着新歌词，"白龙马历经九九八十一难之后写的取经心得都不一定有这个苦。"

那天晚上，周行叙像个亡命徒。薛与梵睡了三个小时就醒了。

她浑身都疼，脑袋也因为昨晚宿醉太阳穴像是被人打了一样。辅导员又在群里喊要开班会，薛与梵拿着手机下了楼，套上扔在玄关的衣服出了门。

过完劳动节之后，薛与梵觉得自己没有哪天是不忙的，每天不是去教室打磨作品，就是回宿舍帮小八看论文。

填好的资料表又被退了回来，隔三岔五就要往辅导员办公室跑，听着他吹牛，自己在心里翻白眼，但还得毕恭毕敬地等待他把推荐信写出来。

她眼巴巴地等着签证下发，等成了望夫石。

事情太多，多到薛与梵都没时间去后悔就这么轻易地和周行叙断了联系。

有时候夜深人静，她也会想他，想到凌晨，又睡着了。结果一大早就被热醒，和昨天一样想着明天必须打扫电风扇和空调过滤网了。

日历一张张被撕掉，论文答辩的时间公布了。

再碰见周行叙的时候她一句话也没有说，两个人是在打印店里遇见的，薛与梵托着腮坐在电脑前等着卡住的电脑缓过神来。

佳佳和方芹生理期，打印论文再装订的工作就落到了薛与梵和小八的身上。

结果电脑刚好打印机又出故障了，她喊老板，老板正在忙着给学生拍证件照。

她只好看着墙壁上贴着的警告单发呆——不准占用电脑修改论文！！！

薛与梵对电脑不精通，想着要不要换台电脑用时，两条胳膊从身后伸过来，一只手握着鼠标，另一只手撑在桌子上。

因为他的俯身动作，宽松板型的上衣贴上了薛与梵身体，只是一块布料，却仿佛是如来佛祖贴在五指山上的符咒一样，重到让她有些呼吸不过来。

他不知道按了什么，红灯闪烁的打印机终于亮起了绿灯。薛与梵扭头的时候他已经走出店门了。

只留下四周雪松的余味。

小八在装订,只看见周行叙的背影,回宿舍的路上她提到了周行叙:"好巧啊。"

薛与梵"嗯"了一声,没说别的话。

"看见帅哥怎么还兴致缺缺?"小八挽着她。

薛与梵被大太阳下的柏油路晃得眼睛疼,最近天一热她就不想动弹,胃口也不好,今天走两步路就觉得累。

趴在床上的佳佳听见开门声,从蚊帐后探出脑袋,却看见正在吃雪糕的薛与梵,一瞬间她肚子更疼了:"你现在吃,小心这个月生理期疼死。"

薛与梵说天太热,将袋子里的论文放在她桌上后,故意站在她床边让她看着自己吃雪糕。佳佳扭头不看她之后,薛与梵才停止了幼稚的行为。

小八脱掉了帆布鞋,虽然没有薛与梵那么夸张,但是她也觉得气温有点高了:"我就很幸运,大姨妈已经走了,要不然赶上答辩的时候,我就……"

薛与梵:"可能老师看你疼成那样会给点同情分。"

小八想了想:"有点道理,但是我大姨妈才走,怎么办?"

薛与梵吃着雪糕:"那这个锦囊妙计我就自己用了。"

"但是梵梵你要是等到答辩时才来月经,你就快五十天没来了吧。"佳佳掰着手指算,觉得不太对劲,"你五月是没来吧?"

薛与梵回忆了一下,五月的时候事情实在是太多了,当时整个宿舍的人生理期都延后了,她也没有在意:"我之前高考的时候也有因为太紧张导致月经延后的情况。"

"没事,梵梵又没有男朋友。"小八把袜子脱掉,准备丢进洗脚盆里的时候,觉得袜子还可以抢救一下,就重新塞回了帆布鞋里,"我和你们说件好笑的事，我之前有一次去看痛经，结果有一个女生两个月没来大姨妈，医生当时就问她怎么拖了这么久才来看医生，她就说因为没有男朋友，等一等月经总会来的。所以说什么谈恋爱、找对象是为了获得安全感，放屁，没有男朋友才有安全感，丝毫不担心自己会怀孕。"

木棍上的雪糕因为没吃完，慢慢化了，沿着薛与梵的手指滴到了她的裤子上。

一道闷雷从天空劈了下来，薛与梵觉得嘴巴里的巧克力突然没有味道了。

怀孕？

不……不太可能吧？

薛与梵忐忑不安，最后宿舍熄灯之后，她花了十五块钱在手机上挂了一个网上的专家号。

抱着抱枕，她打字告诉医生自己的症状——月经延后了四十多天，怕热、胃口不好、觉得自己做什么都很累。

医生又问她有没有恶心、反胃的时候，薛与梵用匿名的账号回复：没有。

最后得到一个结论：嗯，小姑娘去医院检查一下吧。

薛与梵把手机一丢，白花了十五块钱。手下意识地摸向自己的小腹，反应过来之后她立马把手移走："邪魔退散，邪魔退散……"

薛与梵抱着侥幸心理，她记得周行叙每次都会做好措施的，再说可能只是因为入夏所以自己胃口不好，而且怕热。

她惴惴不安地失眠到了凌晨才入睡。

早上方芹又是第一个醒的，喝了一杯蜂蜜水之后她又开始每天会迟到但不会缺席的早上排毒。

冲水声响起之前薛与梵就醒了，喉咙像是蒙了一层纱布，有点不舒服，咳不出也咽不下去。

方芹腿麻地从厕所出来:"亲爱的室友们,辅导员在班级群里喊要开会。"

小八哀号一声:"天哪,还有没有人性了,又要开会?"

连好脾气的佳佳都抱怨了。

薛与梵掀开床帘下去,揉着很不舒服的嗓子,她难受到一句话都不想说。她抽了两张纸准备上厕所,结果还没走进厕所,一嗅到空气清新剂的味道,胃里就开始排山倒海。

"哕——"

生芽(2)

完了。

下一秒,又是百十来个"完了"在薛与梵的大脑里接连响起。

整个班会期间薛与梵都心不在焉,李老师吹牛的功力有增无减,会一直开到中午。小八午饭想吃麻辣香锅,要趁着最后几天的校园时光好好多吃两顿。

结果方芹和佳佳都嫌麻辣香锅排队的时间太长,小八想找薛与梵,一回头才发现下课人来人往的走廊上薛与梵早就不见了。

薛与梵叉着腰,手如同机器一样丝毫不嫌累,一直按着门铃,换个发型、换件旗袍,她也能客串一下喊傅文佩开门的雪姨了。

门铃按了半天,都没有人来开门。

薛与梵拿出手机给周行叙发消息,结果忘了自己那天为了和他断得彻底一点儿,把他的微信都删掉了。她重新从和周景扬的聊天记录里,找到当时周景扬推给自己的周行叙的名片。

好友验证消息发送了之后,通过得很慢。

周行叙收到薛与梵消息的时候在食堂,中午吃过饭后看着新的添加申请，手指点开，又退出界面。

没拒绝，也没同意。

今天他们班也开班会。

生活委员正在说明开学前交的班费的具体用途，询问剩下的钱是退还给大家，还是给辅导员买一份礼物。

大家自然更倾向于前者，再不济就是全班吃顿散伙饭都行。

冗长无聊的班会在周行叙不断看着微信界面那个"新的朋友"上红色的数字"1"中度过。下楼的时候，他肩头被人拍了一下，手一抖，不小心通过了验证消息。

拍他的是副班长："周行叙，我们准备吃散伙饭，你来不来？时间就定在论文答辩之后。"

想拒绝的话还没有说出口，手里的手机响了，是语音电话的提示音。周行叙将手机屏幕朝下："到时候再说吧。"

到时候再说，这几天让我想个拒绝你的理由。

三两步下了最后的几级台阶，周行叙解开了锁屏，看着几乎是好友验证消息一通过就立马拨打进来的电话。

备注还没有来得及改，但是这一个月她头像和 ID 都没有变。

周行叙按下接通键的一瞬间，在想她能打给自己的原因。

是准备来找他拿走放在他公寓里的衣服，还是别的什么东西忘在他那里了？

总不见得是想吃回头草吧。

周行叙在教学楼外的樟树下停了脚步，喉结一滚："喂。"

"喂。"那头的人语气听上去比他着急许多，"你在哪里？"

自己的声音远没有想象中那么淡定，周行叙如实回答："在学校。"

薛与梵坐在他公寓门口的地毯上，一直盯着手机，生怕错过了任何风吹草动，结果验证消息发过去之后，微信就没有了动静，只有室友问她去了哪里。

手机那头传来久违却依旧耳熟的声音，心乱如麻了一天的薛与梵突然眼眶一湿，鼻子发酸。

无助感从今天早上开始就一直如影随形，她就像是突然被拉上高考战场的小学生，更惨的是薛与梵还不能哭着去找妈妈，只能哭着来找周行叙："你现在立刻、马上回家……"

讲到后面，周行叙听见她抽泣的声音，反问她："你在哪里？"

"我在你公寓门口蹲着。"薛与梵伸手扒拉了一下门把手，虽然知道他公寓大门的密码，但是密码锁居然没有电了。

听她的声音很不对劲，周行叙往停车场走："门框上面有钥匙，你先进去吧。我现在马上回去。"

周行叙花了十五分钟从学校回到公寓，上了二楼，一眼就看见了在门口坐着的人，下巴搁在膝盖上，手机丢在脚边。听见脚步声，她转过头，鼻尖和眼尾都红红的。

她用手撑地起身，站在门口等周行叙走过来。

周行叙："我在电话里说了钥匙在门框上面，你没有听到吗？"

门框上面有钥匙。

门框。

薛与梵因为那件事原本就心烦想哭，他以为她没有尝试吗？门框，他知道门框在哪里吗？薛与梵抬手指了指门框："门框，门框，你觉得我够得到吗？"

说这话的时候他手举着，正在摸放在门框上的钥匙，这么一举手，他发现确实是他想多了。

密码锁前两天没电了，周行叙一直没换电池也没有充电，钥匙放在门框上面，拿起来也挺方便的。开了门，周行叙脱了鞋往里走："所以，你找我有什么事情？"

他说完，身后没有声音。

周行叙回头望去,她还站在玄关,嘴撇着,三秒后眼泪落下,一场标准的哭戏说来就来:"周行叙,我……我怀孕了。"

视线里的人在她说完之后面无表情,也没有任何动作。除了薛与梵抽泣的声音,连公寓冰箱运转的动静都比他大。他沉默了好久,问:"验过了?"

"没有。"薛与梵哪里有胆子在宿舍里验孕,"但是我五月月经没来。"

他还是没有表情,看上去甚至很平静,他重新走到玄关,穿上鞋:"我去买。"

薛与梵转身,跟上他:"我跟你一起去。"

周行叙的身体挡在门口,将出去的路挡得死死的:"去沙发坐着等,外面挺热的。"

说着他就把门关上了。

整个公寓回归安静,薛与梵脱掉脚上的鞋,走了两步之后又回到玄关,一只脚踩在地毯上,拧动门把手,开了一条门缝。

果不其然,他还在门口。

周行叙靠着墙,微微仰着头,不知道在看走廊上的什么东西。

说完让薛与梵在沙发坐着等他的话之后,周行叙走了两步就觉得腿没力气了。

像是一口气跑了几公里之后,像是在游泳池里游了好几个来回之后腿发软,心却是满的。

她说她怀孕了,那话说出口的一瞬间,他的大脑仿佛因一瞬间接收了太多信息而有些发蒙。

像是一台老旧的电脑没有办法迅速处理完这些信息,他死机了。

惊讶,不知所措,甚至一瞬间觉得喜悦,情绪在短短的一瞬间集体出现,从而使他不知道自己真正的情绪应该是什么,便使得他看上去平静得不行。

他看着走廊上白色的墙面,这一层住户不多,而且住户的年龄都在二十岁到三十岁,大多都是没有孩子的单身人士或是夫妻在这儿住,没有小孩子的涂鸦,显得白色的墙面有些单调。

怀孕啊。

所以几个月后他们会有一个小孩子。

会是什么样子的?像他吗,还是像薛与梵?

小孩啊,居然有一个小孩了。

他能照顾好一个小孩吗?能把小孩养大吗?喂奶,擦奶渍,或许还要哄小孩睡觉,讲睡前故事或是唱儿歌。

儿歌啊。

可是他不会唱儿歌,他喜欢朋克摇滚,但摇滚朋克的儿歌怎么写?

没关系,他都能给孩子他妈写小情歌了,不就是写首儿歌吗?

小老虎,小蝴蝶……

没事,他没问题。应该没问题……的吧。

脑子里乱糟糟的,他用后脑勺轻磕着墙壁时,旁边的门突然拉开一条门缝。门缝不大,露出薛与梵的小半张脸,才哭过的眼睛,眼尾微微泛着红,眼睫毛都有点湿。

周行叙直起身:"怎么了?"

她手抓着门把手,从门缝里看他:"我想看看你是不是偷偷躲起来了,被吓哭了。"

周行叙轻笑,摇了摇头:"没哭,我去买东西。你还想不想吃点儿什么?"

薛与梵摇头,目送着他消失在走廊上之后才关上门。她穿上室内拖鞋,小跑到阳台上,没一会儿看到他从单元楼里走出去,在道路两侧的树荫下他的身影若隐若现。

今天太阳很大,此刻穿过采光玻璃的阳光洒进室内。薛与梵盘腿坐在地上,额头顶着玻璃,不知道过了多久,周行叙的身影重新进入她的视线里。

他没有上楼，只是站定在单元楼的路灯下，坐在长椅上，一条腿伸直，方便他从口袋里拿香烟。手腕上挂着一个小袋子，他从烟盒里拿了根烟出来，把烟蒂在烟盒上敲了几下，用手挡着风。他的手再拿开的时候，烟头处已经飘起了白烟，他这才取下手腕上的袋子，靠在椅背上，慢慢抽着烟。

薛与梵没打电话催他，只是安静地坐在阳台上看着他一根接着一根地抽烟。想要一个男人拯救世界，那么首先也得让他抽根烟。

抽了两根之后，他起身走进了单元楼里。

没一会儿，玄关传来声音，周行叙开门进去的时候薛与梵已经起身从阳台离开了。她盘着腿坐在沙发上朝他伸手，周行叙把装着药的袋子给她。

他买了好几种。他不知道哪种好，也不知道哪种准确率高一点儿，就在店员奇怪的视线中把那几种全部买了。

薛与梵拆了两根，进了厕所。

照着说明书一步步操作之后，就是最折磨人的等待时间。

两个人坐在沙发上，两根验孕棒放在茶几上。薛与梵怀里抱着一个抱枕，视线不停地在时钟和茶几之间来回切换："紧张吗？"

周行叙没接话，他不说话也不妨碍薛与梵现在为了缓解紧张，嘴巴喋喋不休。

薛与梵开始分析是高考查分数的时候紧张还是现在紧张，她说到自己有一个同学查分数的时候直接进了医院："周行叙，你高考完查分数紧张吗？"

"时间到了。"周行叙将一直落在时钟上的视线收了回来，短暂地停留在茶几上，随后望向薛与梵，"我看，还是你看？"

薛与梵心脏有点不舒服，没了刚才说高考查分数的事时喋喋不休的样子，她嘴巴一撇："一人一根吧。"

她还没有做好心理建设，但周行叙已经伸手随便拿走了一根，他盯着手里的小棍子看了半天,薛与梵都不管另一根了,目不转睛地看着周行叙,生怕错过他任何一点儿表情变化。

"这是两条杠,对吧?"他说完,手被她拉了过去。

薛与梵扯过他的手,看着他手里的验孕棒。

两条杠。

又去看茶几上另外一根。

答案一模一样。

以前考试的时候对答案发现和年级第一写的一样那种喜悦的心情已经不复存在。

薛与梵猛地从沙发上蹦起来,看着手里那根两条杠的验孕棒,在脑子里搜索着自己究竟是怎么中招的。她想不出来,只能问每一次的施工人员。

"周行叙,你老实交代你哪次没戴套?"薛与梵不监督他戴不戴套,毕竟谁想上大学时当爹呢,况且他也自觉,她不觉得他是故意的,"你事后没发现避孕套破了吗?"

周行叙坐在沙发上看着她从沙发上蹦起来的动作,幅度大到让他跟着紧张,他拧着眉头:"我戴了,我次次都戴了。"

"那见鬼了?"说完她就看见周行叙的目光忽然闪躲,知道他是想到了什么,"快说,饶你不死。"

"应该是那次。"周行叙说的是翟稼渝过生日那次,"那天你挺急的,一直很主动。"

说到一半,薛与梵伸手捂住他的嘴。

她从脸到脖子都是红的:"什么我很急?我没有很主动。说重点,你一直说这些干吗?"

周行叙被她捂着嘴巴,只能点了点头。嘴巴上的手移开了。周行叙看她那害羞的样子,说:"行,你没有很急,你也没有很主动。但有可能就是那一次。"

薛与梵完全没印象了，那天她就不应该喝酒的。想怪他为什么不早点儿说，这样她就可以及时吃药了。但就算周行叙说了，她感觉自己也不会放在心上。她不会一次就中招了吧？

说出去谁相信，连她都不相信。

对啊，连她都不相信。

薛与梵突然一下子平静了，她都不相信这样能怀孕，周行叙估计也不信。但是现在验孕棒实打实地告诉了他们事实就是两条杠。

他有权利怀疑这个小孩是别人的。毕竟就那么一次，现在却被告知他们有了小孩，他当爹了。

薛与梵举手发誓："我发誓我真的只跟你当过队友，孩子是你的。"

周行叙"嗯"了一声。

这短短的一声"嗯"让薛与梵猜不透他现在的情绪，短暂的沉默之后，他问："晚饭想吃什么？"

吃什么晚饭？

薛与梵无力地倒在沙发上，沙发的弹簧将她颠了颠，周行叙看见后咂舌："能不能动作幅度小一点儿？你现在不比以前了。"

薛与梵："你现在还有心情吃晚饭？"

周行叙起身，自言自语地说外卖虽然好吃但是薛与梵现在最好少吃，又擅自决定晚饭他亲自下厨煮面："吃饱了再说，当爸的总不能第一天就饿着儿子吧。"

生芽（3）

薛与梵骂他神经病。他一副不和孕妇计较的模样，走进厨房。

她像根小尾巴跟着他进去了，看他起锅烧水，从抽屉里拿出两种口味的浓汤宝，问她要什么口味的。

薛与梵："这个。"

她选了海鲜口味，正好冰箱里还有上次霍慧文送来的虾仁，他记得放在冰箱的冷冻层里了。

"孕妇可以吃虾仁吗？"周行叙拆包装的手一顿，疑惑地看向旁边的薛与梵。

薛与梵哪里会知道，她无所谓，却看见周行叙拿出手机。她好奇地瞄了一眼，只见他在打字——孕妇可以吃虾仁吗？

"网上说可以，还说虾仁含有百分之二十的蛋白质，对孕妇很好。"周行叙满意地转身去冰箱里拿虾仁，差点儿撞到了小尾巴薛与梵，"你站在这里干吗？当保镖吗？去外面等，煮面很快的。"

确实很快，最后他用开水烫了一下青菜，一碗荤素搭配的虾仁面被他从厨房端了出来。

薛与梵的注意力暂时被面条转移走了，她说起了自己寒假提升厨艺的事情。不说还好，一说她就又想到了自己马上要出国念书和怀孕的事情，注意力又回到了糟心的事情上。

周行叙把筷子和勺子递给她，她盘着腿，吃饭的坐姿有点不雅。

她用筷子挑起面条后，突然卸了力，筷子和勺子掉回面汤里："完蛋了，我妈要是知道了，她会弄死我的！"

周行叙没吃，坐在她旁边的位子上，筷子和勺子掉落溅起一些汤汁，洒在了桌面上，他拿着厨房用纸，不厌其烦地擦着薛与梵吃面弄出来的小油斑："我儿子也在想，完蛋了，我妈她知道我的存在了，也要弄死我了。"

自己苦恼，他不安慰就算了，还在旁边开玩笑。

但这玩笑确实有一点儿好笑。

薛与梵又气又想笑，最后还是骂了他一句："你有病吧？"

他咂舌："注意用词，注意胎教。"

薛与梵好奇他为什么不怀疑："你真的就一点儿都不怀疑这个小孩不是你的吗？"

"生物学得好的原因吧。"周行叙将手里那块厨房纸巾对折再对折。

不管多烦心,薛与梵还是把那碗面给吃完了。盯着只剩下一点儿汤的汤碗,薛与梵用被论文折磨到只剩下为数不多的脑细胞开始想后续的安排。

"这样吧,我们先去医院做一下检查。我想着论文答辩之后再做手术,不然手术后身体太虚,我怕会影响到我答辩。我做完手术肯定不能回我自己家,所以可能需要你收留我。虽然说是我自己的失误比较大,就你说的……嗯,我自己主动那什么……但是你不用担心,之后要吃住在你这里,但手术费我自己出。必要的话我也可以分担一部分伙食费,你看行吗?"

薛与梵说完,等待着他的回复。

他面无表情地拿着厨房用纸和餐桌上那块小油斑做斗争,仿佛自己刚才说的话他都没有听见一样。

薛与梵:"那你有什么更好的方案吗?"

小油斑没了,他把手里的厨房用纸揉成团之后,丢在了薛与梵吃完面的汤碗里。

他抬眸,看向她。

"薛与梵,然后呢?孩子没了之后。"

薛与梵蹙眉,人往后仰:"你该不会要我赔偿你损失吧?"

他什么也没有说,拿起碗筷进了厨房,将碗筷放进水槽之后,开始洗碗。

薛与梵照旧什么忙也没有帮上,还站在旁边碍手碍脚:"周行叙,你该不会想让我把小孩生下来吧?"

煮过面的锅里装着布满油渍的水,洗洁精挤入锅中,水面上那层油膜瞬间"四散而逃"。他手上洗碗的动作没有停,等白色的泡沫布满整只手之后,他用肩膀蹭了一下下巴,说"不是"。

男女在生育成本这件事上天生就是不对等的,如果真的选择要这个孩子，需要付出的精力和受到的影响大多都在孕妇身上。

况且她还要进修。

冲洗着碗上的泡沫，周行叙将话题转移："你明天早上想吃什么？"

"随便吧，想吃手抓饼。"薛与梵之前在他们小区门口看见过一个流动摊位，就是不知道明天早上有没有机会正巧碰见。

"喝粥吧，虾仁还有。"

问了但又和没问一样，征求意见了但没有采纳。

不提还好，提了她就特别想吃："不行，就要吃手抓饼。"

他充耳不闻，以前被他爸骂的时候练出来的装聋作哑这时候派上用场了："我做的海鲜粥还挺好吃的，相信我。"

他开始和薛与梵说忌口的事情，薛与梵跟在他身后在厨房里走来走去。他把锅和碗放在沥水架上，又把厨房台面和水槽简单擦了一下。

这种动手能力是薛与梵没有的，听他说忌口，薛与梵只能想到自己啃白馒头吃青菜的画面："又不生下来，忌不忌口都不要紧吧。"

"你不想吃酸的或吃辣的吗？"周行叙还是一副不听她说话的样子，"晚上去散步吧。"

让薛与梵出去散步就是要她的命，更别说现在她动一动都觉得累。看着周行叙在自己面前晃来晃去，她也替他累。

"带你儿子去见见世面，走。"

薛与梵一听见他说"你儿子"这几个字她就起鸡皮疙瘩，他用绑架代替邀请，嘴上说着她是孕妇动作要小心，直接把人抱出门的时候也没有多心慈手软。

散步先散到了小区门口的便利店，货架上的话梅馋人，薛与梵以前不爱吃所以没吃过，也不知道哪个好吃。

周行叙就把看上去不错的都拿了一样。

视线扫过冰柜，冰淇淋应该暂时与她无缘了。和她一样眼睛落在冰柜上不愿挪开的还有一个小孩，一个话还不会说的小孩。

被抱走的时候小孩哭得很大声,仿佛他奶奶是个人贩子。最后他还是被投币的摇摇车给治愈了,笑得口水往下掉。

他奶奶正是上次薛与梵陪周行叙晨跑的时候,遇见的那个带孙子出来的阿姨,当时周行叙还和她开玩笑说薛与梵是怀了双胞胎所以能吃。

一语成谶,现在她还真怀孕了。

出便利店门的时候他们也没注意到那个阿姨,周行叙结账的时候还随手给她买了瓶牛奶,帮她插上吸管:"检查约什么时间?"

"产检应该需要憋尿吧,要么一大早,要么干脆偏中午一点儿。"薛与梵喝了一口,不喜欢纯牛奶味道,不肯再喝。

周行叙就着吸管喝了一口:"明天?"

薛与梵那天有事:"我明天上午要回一趟学校。"

周行叙:"那我约下午?但下午应该没有专家门诊。"

薛与梵:"没关系,做个B超而已,医生会开单子就行。"

旁边突然飘来一句:"孕检了啊?"

两个人这才看见带孙子坐摇摇椅的阿姨和用光奶奶所有钱后终于心满意足可以回家的小孩。

进入小区的那段路,老老少少四个人一起走。

那个小孩盯着薛与梵傻笑,那是个爱亲近人的小孩,一点儿都不怕生,朝他笑两下,他就会露出四颗小牙齿咯咯地回应。

他的小胖胳膊挥动着,一举一动都能得到他奶奶的解说:"干吗?喜欢阿姨,要阿姨抱你啊?你一点儿都不乖,阿姨才不要抱你呢。看见冷饮就要吃,一玩摇摇车就不肯回家……"

小孩大约听懂是批评他的话,挣扎了两下,累得他奶奶费了好大力气才抱住他:"好好好,你最乖了。"

阿姨才夸完,又和旁边的周行叙他们说:"带孩子累啊。你们的几个月了?"

薛与梵挪到周行叙另一边装死,那边靠近沿路种植的香樟树,方砖地面因为下面有树根也高低不平。周行叙拉起薛与梵的手:"才美梦成真。"

薛与梵一愣,美梦成真……

美梦?

阿姨大约也猜到上次他说她怀了双胞胎是开玩笑,也不提,只说:"年轻早点儿生也好,恢复得快。"

他住的这个小区的绿化工程做得非常好,因为小区年轻化,所以看不见跳广场舞的阿姨,篮球场上有一群正在打对抗赛的男生。

和阿姨分开后,他们沿着人工湖慢慢走。

薛与梵手里拿着瓶无核梅饼,脚步慢悠悠的,拖累得周行叙步子迈得也小。他手里提着一购物袋的话梅,拎着瓶牛奶,沿着他总晨跑的那条路慢慢散步。薛与梵尝不出酸味,就当小零嘴往嘴巴里丢了一片又一片梅饼。

"你怎么进入角色进入得这么快?"薛与梵到现在还想质问苍天为什么这么对她,"这种小概率事件,简直就像现在突然平地惊雷把我劈了。你说有可能这么倒霉吗?你突然就当爹了,我当妈了。"

说着说着她又开始委屈,为什么自己这么倒霉。她也由衷佩服当时二姐居然有勇气把薛献给生下来,不过薛献真的很可爱就是了。

虽然心里很清楚自己不想要这个孩子,但她还是有一点儿舍不得的。

薛与梵下意识地摸了摸肚子,耳边响起了当时二姐的劝告:"生下来会后悔,不生下来也会后悔,但是不生下来一定不会吃亏。"

嘴里的梅饼没了味道,一大堆麻烦事在后面等着她,到时候一个月不回家,她要怎么骗向卉?万一手术失败怎么办?越想越烦,越烦越觉得自己可怜。

"你不崩溃吗?"薛与梵想拉着他一块儿烦恼。

但他依旧是那副样子,波澜不惊:"要我抱着你一起在这里哭吗？比比谁眼泪掉得多？"

薛与梵："我感觉你一副很想要这个孩子的样子。"

很奇怪，明明他连谈恋爱都应该是没有考虑过的，怎么现在对待她怀孕这件事这么从容淡定，还对她这么照顾。

路灯下，她表情很丰富。周行叙隐隐猜到她心里在想什么："薛与梵，你先考虑你自己。"

毕竟怀孕这件事对她造成的影响最大。生育从来只是权利，而非义务，她的身体，只有她自己有权利决定孩子的去留。

"身体是你的，你可以决定要不要。我这副样子只是因为我觉得，如果孩子从存在到最后手术结束之后消失，都没有一个人欢迎他的到来，"周行叙一顿，"那他太可怜了。"

听他讲出这种话，薛与梵面前像是突然立了面镜子，照得一心不想要孩子的她实在是太冷血无情了。

是啊，如果当父母的都不欢迎他，不期待他……薛与梵知道他是想到了自己，爸爸不疼，妈妈不爱，而她这个什么都不算的人，肚子里有一个和他血脉相连的小孩。

"但是，我才多大啊？他妈妈我连答辩都没有通过呢。我之后还要读书，我从大一开始为了推优名额就在好好念书，从来没有挂过科，就是想得到推优名额。以后继续念书还要写作业就够惨的了，到时候挺着大肚子吃'仰望星空派'，然后把脸埋在马桶里孕吐还能看见挂在马桶上带土豆的呕吐物，我不可怜吗？"

她越说越惨，越惨越想哭，怀孕激素失衡，似乎对泪点的影响最大。

周行叙抬手帮她擦眼泪，越擦她哭得越凶。他没敢用力，只能轻轻把手搭在她后背上，她倒是主动上前一步抱住他，眼泪和汗全往他肩头蹭。

那雪松的味道成了她的定心丸。

贴在自己后背上的手宽大又有力，冬日里牵起来永远是暖的。他这个年纪少年的青涩已经褪掉不少，薛与梵脸颊贴在他的短袖上，隔着棉质的上衣感受着他身体原本的温度。

小时候那次在雷雨天躲在衣柜里哭到睡着却找不到爸妈的经历，她说出口别人总是一笑而过，但那是对她造成了很大伤害的一件事。她贪恋他的身体带给她的重量和温度，让她每每想到那个雷雨天的时候，不觉得衣柜狭小，不觉得断电跳闸的家里昏暗无边。

"果然我就应该好好听我奶奶的话，远离男人。我干吗当时允许你哥开学帮我搬行李，不然我就不会认识你，我现在就不会烦这些事。"这些只是因果论罢了，但薛与梵这时候也只能这样悔恨自己年少轻狂，"我还傻了巴叽地去看你们的演出，听你哥说你离经叛道，我还高兴了一下，我就喜欢离经叛道的。你还给我送蛋糕，你好注重细节，结果我正好在意细节。"

她还是一边哭一边说："我后来还喜欢上你了，结果刚喜欢上，他们就说你其实是准备跟我玩到毕业就说再见。虽然我当时也这么想……"

周行叙以为自己听错了："你喜欢我？"

薛与梵哭得上气不接下气："重点是这个吗？"

周行叙伸手把她被夜风吹到前面的刘海别到耳朵后面，手指擦过她的眼睛，捧着她的脸，又问了一遍："你喜欢我吗？"

视线灼灼。

夏夜里，小虫子躲在草堆里乱叫，湖面暴露了风吹来的方向，它们踩着树枝借着弹力跑去了远方。脸被捧着，薛与梵逃不了，这才后知后觉意识到自己刚刚随口埋怨都说了些什么，她目光躲闪："现在重要的不是这个问题，重点是我的肚子。"

"你要是喜欢我，这个问题不就好办多了。"

橙黄色的路灯灯光让路灯下的一切都变得不像原本的颜色，她的眼睛因为挂着泪，仰着头被灯光映得出奇地亮："干吗？你现在要反过来告诉我，你也喜欢我，说出各种你其实也暗恋我的证据来举例论证吗？"

行动被预判了，周行叙沉默了几秒后才开口："薛与梵，因为有我哥和我妈，我这个人从小到大从来不会表现出我喜欢什么。"

反正小时候他喜欢什么周景扬就抢什么，周景扬只要抢，霍慧文就会叫他让，结果周景扬得到之后就会弃之如敝屣。渐渐地，周行叙对什么都是一副不上心的模样。

后来他恶劣地干混账事，频繁地谈恋爱，又很快抽身，投入下一段恋情。

恋爱里他听得最多的话就是："周行叙我感觉你不怎么喜欢我。"

那个女生告诉他，牵手、送礼物不叫喜欢。

"如果这些不算，那我可能不会喜欢别人。"他平淡地说出这句话，结果脸上挨了一巴掌，这场恋爱也就结束了。

等他带着脸上的红印去参加乐队训练的时候，那群人笑话他。一群人讨论起"喜欢"头头是道，告诉他："喜欢就是你的眼睛都会不由自主地跟着她打转。"

周行叙想，这招小偷比他在行。

左任告诉他："想象一下，把姑娘当成摇滚乐一样对待。"

果然不应该相信这群人的话。这个结论是周行叙写抒情歌的时候发现的，他那时候才知道，喜欢不过就是平日里不吟诗作赋的人，也会变成诗人。歌曲灵感涌现的时候他灵光一闪，连民谣吉他都是后来才买的。

歌曲 demo 做出来后，他们都不信是周行叙写了这首歌。简单的情词，简单的吉他加钢琴伴奏，没有电音，没有重金属。

此刻，路灯下他擦着薛与梵的眼泪，最后低头吻了她湿润的眼角："薛与梵，我这辈子让了很多东西给我哥。

"但你是我的绝不让步。"

绝不让步。

说不激动不开心是假的,但也不知道是不是因为她怀孕了,一夜之间少女怀春的小心思一点儿都没有了。肚子里那棵"小豆芽"时时刻刻提醒着薛与梵面对现实。

她扭头,躲避着周行叙落在自己眼睛上的唇:"你之前还说你做这些事不是因为想让我把小孩留下来,那你现在对我表什么白?"

"表白是因为我才知道你居然到现在都没有看出来我喜欢你。"周行叙捏了捏她的脸颊,但表情一下子又认真起来,"薛与梵,我知道你对异地恋很没有安全感,但你要不要再考虑一下我?从任何方面来看,或许在一起对我们两个都好。你应该知道怀孕这事要瞒你妈妈一个月的困难程度,还有假如手术有危险需要家属签字,你该怎么办?"

生芽(4)

她不说话了。

周行叙给她考虑的时间,但有一件事他还需要弄清楚:"薛与梵,谁和你说我准备跟你玩到毕业就说再见的?"

薛与梵在思考他刚才的话,觉得确实很有道理。她当然是希望手术顺利,但万一手术不顺利,到时候再通知她妈,照样还是让她妈心碎。听见他的问题她不得不从这件事思考到另一件事:"你自己都不记得你和谁说过吗?"

周行叙:"我不是不记得我和谁说过,我是根本就没有说过这句话。"

薛与梵有点糊涂了:"钟临和我说的。总不可能是她胡编乱造的吧?到时候万一我们两个和对方说了,那她多尴尬啊。"

周行叙笑:"你现在有心思替别人操心了?"

他这么一说,薛与梵又蔫巴了:"对哦,我现在是泥菩萨过江,自身难保。"

散步已经散得够久了,周行叙把她带回去:"我都把救命稻草递到你手边了,你倒是伸手抓一下啊。"

薛与梵瞥他一眼:"你啊?"

他哼了一声:"不然呢?"

看她发牢骚的样子,周行叙没良心,还觉得她这样很可爱。他解开了楼下的门禁,拉开门让她先进去,六月楼道里已经闷热了。

周行叙让她走在自己后面,生怕声控的楼道灯亮慢了使得她脚下踩空。薛与梵一只手扶着楼梯栏杆,另一只手主动牵住他的手臂。

"你就没想过万一你妈能接受?"周行叙把手臂上的手拿下去,改握在手里,这样她要是真摔了,和她牵着自己相比,他能更方便地拉住她。

"你这简直就是叫我去亲身示范老虎的屁股摸不得。"薛与梵扶着扶梯的手松开了,给他胳膊来了一拳,"你怎么不去和你妈说?告诉她,她要当奶奶了,你哥要当伯伯了。"

他若有所思地点了点头:"可以啊。"

薛与梵真是又恨又羡慕他这副事不关己高高挂起的悠闲模样。怎么面对同样的难事,男女的差距就这么大呢?

周行叙当然知道她苦恼什么:"我淡定是因为我可以和你谈异地或异国恋,但你不愿意。"

薛与梵嗤笑,走上最后一级台阶后甩开他的手,手心被他握得全是汗:"苍天啊,我真想把肚子安在你身上,看你还说不说得出这样的话。"

周行叙笑:"安我身上,那我得赖着你,让你娶我了。"

他痞里痞气,一点儿正形都没有,薛与梵耳尖泛红,瞪了他一眼,快步把他甩在身后。真是什么话都能说出来,张口就来。

周行叙跟在她身后,看着她的马尾辫一荡一荡的。他步子不疾不徐,知道她这是害羞了。他手插在裤兜里,还故意喊她的名字:"薛与梵。"

把手搭在门把手上之后,她抬头看了看门框,嘴巴一撇,最后还是把门口的位置让给周行叙,等他来开门。

他手腕上还挂着便利店的袋子,挂耳那里把手腕磨出红色的印子。他抬手把钥匙从门框上拿下来,转动钥匙开锁之后,拧动门把手,先进去摸黑把灯开了,解下手里的购物袋放在餐桌上,走到中央空调的开关旁。

薛与梵只听见"嘀嘀"两声,之后他又去把阳台的帘子拉了起来。

她坐在地上慢条斯理地解着帆布鞋的鞋带,瞥见他摆在门口柜子下的体重秤,光着脚站在上面,看着显示的数字。然后她把手机从口袋里拿出来,重新上秤前又把头绳也给摘了。

看着最后定格的数字,薛与梵蹙眉:"周行叙你公寓的体重秤是不是不准?"

周行叙走过来的时候手里拿着她的换洗衣服:"你要不先告诉我,你是重了还是轻了,这样我好知道怎么回答你。"

"如果我说轻了呢?"薛与梵从体重秤上下来,接过他手里自己的衣服。

"那秤就是准的。"

薛与梵:"重了呢?"

周行叙:"怀孕了,重了正常,不是你胖了。"

他觉得这是满分答案了,但薛与梵一言不发地抱着衣服进了浴室。提醒完她小心地滑之后,他才想到,可能应该要说"没有胖了这种可能"。

算了,这个回答留着下次用。

薛与梵草草地洗了个澡,换他去洗澡后,她坐在沙发上拿着手机给小八她们发消息,说今天家里有事不回宿舍了。

方芹细心地提醒她别忘了明天九点在系部大楼里集合。

她回了句"知道"后，把聊天记录截屏发给周行叙，然后懒洋洋地躺在沙发上随意看着投影幕布上的分类列表。

薛与梵只知道手机会有大数据统计分析，但是看着分类列表纪录片那栏里推荐的和生产有关的影片，她还是得感慨一句网络"监视"已经到这种程度了吗？

周行叙从浴室出来的时候，她抱着抱枕，正襟危坐，表情有些狰狞地看着纪录片里挺着孕肚的女人。

他想到要给她约明天挂号检查的事情，结果他点开手机先看见了她发给自己的聊天记录。她没说他也知道，是让他明天九点前把她送到系部大楼。

纪录片播到一个女人流产大出血，薛与梵捂着嘴巴，整个人仿佛很排斥一般往后仰。纪录片里的女人在生死关头甚至还不愿意透露自己家人的联系方式。

医生不断劝导着孕妇，在医生告诉她自己签字没用的情况下，孕妇还是不松口，床单红了一大块，最后医院没办法喊来了警察。

周行叙找到遥控器把纪录片给关掉了："看这个干吗？"

"这种生死关头，我觉得如果是我的话，还是会打电话给我妈的。"薛与梵搓了搓手臂，全是刚刚看纪录片起的鸡皮疙瘩，"不过那样你可能就要惨了，但你到时候就说你不是孩子的爸，后面的事交给我。"

周行叙在沙发那头坐下来："为什么？"

薛与梵要遥控器，想换部电视剧看看："你傻不傻，我妈肯定会要你对我负责啊。"

周行叙把遥控器递给她："我又不是不能负责。"

薛与梵干脆不看电视了，和他好好捋一捋现在的情况："就这么说吧，女性和男性是不一样的，发生这种事我的名誉损失会比你的严重很多。社会在流产这件事上对男性很包容，放在你身上就是年轻的时候浑了点儿，放在我身上就是街坊邻居嘴巴里的'坏女人'，所以我妈肯定会想要将损失降到最小。怎么降到最小？那就是让你对我负责。这个负责就不是人工湖旁边表个白，什么考虑和你交往试试看这种。我承认我真的在考虑和你交往，但如果我手术失败，让我妈知道了小孩是你的，她就会叫你娶我。"

周行叙扭头看着侧身坐在沙发上的人。听她说了一大堆，周行叙十分难受。

她话音落下的那一秒，他没思考，接话："所以你觉得我不会娶你是吗？"

薛与梵无奈："你把婚姻想象得太简单了吧。"

"难道不是你把我的喜欢想得太肤浅了吗？"

薛与梵看着他觉得他蛮不讲理，他看着薛与梵也觉得和她说不通。她不讲话了，气鼓鼓地上了楼。周行叙还坐在楼下，拿出手机挂完号之后，将刚锁屏的手机重新打开。

这个时间点霍慧文大概率还没有睡觉。

周行叙的消息发过去之后，很快收到了回复。

周行叙：妈，明天帮我炖个鸡汤，中午就要。

霍慧文：怎么想要喝鸡汤了？

周行叙：嗯，突然想喝。

长辈大多还是习惯发语音消息，聊了没两句霍慧文就发了语音消息过来。周行叙把手机声音调小，放到耳边："好的，那我给煮饭阿姨发消息，让她明天早点儿去菜场买鸡。中午是我给你送过去还是你回来吃？"

周行叙把手机从耳边拿走，打字。

周行叙：我去拿。

关掉了楼下的灯之后，周行叙上楼，久违地看见自己的被子隆起一个小山丘。他想了想，又下楼，给一楼也留了盏灯，把二楼的灯关到只剩下一个夜灯之后，周行叙掀开被子。

周行叙知道她还没睡着，只喊了薛与梵的名字，她不回答。

"薛与梵，你不理我就算了，你转过来，别妨碍我们爷俩儿培养感情啊。"他说完，旁边的人朝后伸着脚，朝他腿上踢了一脚。

薛与梵又气又羞，扭头骂他："周行叙，你有病啊？"

见她肯说话了，周行叙手下不敢用力，轻轻地把人翻过来，贴上去，手臂虚虚地搂着她："薛与梵，我哥第一回要带你来看我演出的时候，我去女生宿舍楼下载你，当时看见你的时候我就觉得我哥虽然人不行，眼光倒是挺好。"

他这话明里暗里夸她好看。

薛与梵受用，但是嘴上不承认："少拍马屁。"

他笑："不爱听？"

薛与梵很严谨："现在不爱听。"

"薛与梵。"

怀里的人闭着眼睛，猛然睁眼："别喊我名字，我要睡觉。"

周行叙不信她能睡得着，但又怕她因为怀孕倦怠，默默闭上嘴巴，没再开口。

室内的呼吸声很浅，周行叙觉得怀里的人是颗定时炸弹，他总是担心她的肚子，怕她凑过来挨着自己睡觉，也怕自己碰到她。周行叙慢慢松开搂着她的手，枕着自己的手臂，将睡姿变成平躺。

他没有睡意，今天在学校接到她电话到现在不过短短几个小时，但足够让人在睡前回忆很久很久。看着微亮的房间，他脑袋里在乱想，一会儿是几天后的答辩，一会儿是薛与梵，一会儿是一个他随便幻想五官虚构出来的小屁孩。

"周行叙。"旁边传来薛与梵的声音。

他扭头看向旁边的人："没睡着？"

自然睡不着，这种情况下她要是还能睡着，神经得多大条。

周行叙问她："聊聊？"

"聊什么？"薛与梵来精神了，但很快又想到了之前他俩在楼下不欢而散，她干脆自己找话题，"你今天从药店回来，坐在楼下抽烟的时候在想什么？"

周行叙惊讶："你怎么知道我在楼下抽烟？"

"我那时候在阳台看见了。"薛与梵赶紧补充，"抱歉，偷看不好，我看你抽了好久。"

"在想要怎么办。"周行叙知道在阳台可以看见楼下那张长椅，"你当时怎么没打电话给我？"

"毕竟消息很劲爆，是得给你点儿缓冲的时间。"薛与梵平躺在床上，手放在被子里，交叠在肚子上，现在她的肚子还是平平的。房间里很安静，甚至连她脑袋在枕头上移动的声音都清晰可闻，"今天我告诉你我怀孕的时候，你什么心情？"

"不知道，很难形容。"周行叙不撒谎，那种感觉很难形容，不是激动、不敢置信就可以轻易描述的。

薛与梵也不是非要听到一个标准答案，又问："现在呢？"

经过几个小时的沉淀后，现在的心情应该会有所不同。

"你是我的家人。"

昏暗的卧室里响起他的声音。

就像是为数不多的几次迎新晚会上听他对新生表达美好祝福时，那通过麦克风扩大而回荡在会议中心的声音。

低沉又有质感。

但唯一不同的是此刻这道声音里的情绪。

周行叙对"家人"这个词的概念很模糊，他曾经对薛与梵说过他总感觉自己像个孤儿，像个被遗弃者，像个挤不进那个家庭的外人。

他有的时候觉得世界好大，大到好像世界就剩下他一个人了。

那天薛与梵告诉他：世界大是为了让你有更多可以去的地方，有其他的容身之所。

看着那两条杠的时候，他突然明白了薛与梵的那句话。

周行叙看着她，想着她肚子里的宝宝。

有期待、有高兴，又突然觉得自己责任重大。

此刻他望着她，什么也不想管。违背常理也好，耽误前程也罢，他只想跟她目成心许，在此际相望相爱。

薛与梵在等他说话。中央空调被调节成了适合入睡的温度，周行叙还是替她扯了扯被子："我真的比你想象的更喜欢你，薛与梵。"

薛与梵嘀咕了一句："我也是。"

他听见了："那你不再考虑考虑？"

但如果让她立刻确定下来，她还是有些纠结。薛与梵把脸埋在枕头里："你说过要给我时间考虑的。"

他是说过。

周行叙后悔了，她这么纠结下去，到时候孩子没了，他可能更没希望了："早点儿答应，到时候还能早点儿过纪念日。"

薛与梵不肯。周行叙抬手弹了一下她脑门："好了，现在睡觉。要不然你晚上肚子要饿了。"

他刚说完，就看见薛与梵目光变了："饿了？"

薛与梵点头。

周行叙正准备起床，又躺下来："你饿还是我儿子饿？"

薛与梵想了一下："你儿子。"

"让他自己去做。"周行叙往上扯了扯被子，一副随时能入睡的样子。

薛与梵推了他一下："吃晚饭之前不知道是谁说的，当爸第一天不能饿着儿子。"

"晚饭我喂过了，再饿就要他自己动手了。"周行叙说这叫从小培养动手能力，以防薛与梵炸厨房的基因对孩子的影响太大。他调整了一下枕头的位置，"但要我起床做夜宵也可以，如果饿的是我女朋友或是我老婆，那我义不容辞。"

"我自己去。"薛与梵穿上拖鞋下了楼。

周行叙听见她下楼,没一会儿是燃气灶开火的声音,还有水声,还有她开冰箱的声音……

接下来安静了好一会儿,周行叙忍不住起身。但下一秒上楼的脚步声响起,周行叙起到一半,立马闭眼躺下去。

脚步声停在自己这一侧的床边,耳边传来一声"周行叙",他没睁眼。

十秒后。

"孩子他爸?"薛与梵刚说完,看见他脸上肌肉一动。就像周行叙了解薛与梵一样,薛与梵在有些方面也了解周行叙。

好汉不为五斗米折腰,薛与梵不是好汉,她只是一个肚子饿还做不好饭的孕妇。

薛与梵爬上床,手撑着身子悬在他身体上:"男朋友?亲爱的?老公?"

周行叙睁眼,夜灯橙色的光落在他眼睛里,像是入夜后路灯亮起的橘色火焰。他眼睛弯弯的,应了声:"哎。"

薛与梵从他身上离开,唾弃他:"周行叙,占孕妇便宜你好意思吗?"

他掀开被子起床:"我不要脸。"

楼下厨房里,面已经烂掉了,面汤全部潽出来了,此刻干在锅的外面,形成一道道白色的印记。周行叙从厨房拿了两个鸡蛋出来,余光看见身后跟着自己的小尾巴,喊她去外面等,她没走。

周行叙手搭在冰箱门上,故意逗她:"老婆,鸡蛋想吃水煮的,还是油煎的?"

被骂了一声"神经",他也笑嘻嘻的。

薛与梵说完要吃水煮蛋就跑了,走出厨房之后还把门给关上了,威胁他:"不准再叫!"

十分钟后,周行叙端着加了两个水煮蛋的面出来,看着在客厅里瞎溜达的人，故意说："老婆，面好了。"

薛与梵的"应激反应"很强烈："不准叫！"

晚上吃完面之后，薛与梵撑得睡不着，叫了两声好听的哄周行叙给她弹吉他听。

等听到第四首歌的时候，她总算是睡着了。周行叙看着她的睡颜，手隔着被子落在她小腹上。

第二天醒来的时候周行叙不在床边了，薛与梵伸手去够床头柜上的手机看时间，还没到八点。打着哈欠重新躺回去的时候，她听见东西落地的声音，虽然这声音被地毯减弱了。

她走到二楼的栏杆旁往下看，周行叙正在给门锁换电池。螺丝刀不小心掉到地上后，他往楼上看，和薛与梵的视线撞上，他拿着螺丝刀起身。

"吵醒你了？"

薛与梵站在二楼又打了个哈欠："你在干吗？"

"给门锁换个电池。"周行叙把螺丝刀丢进工具箱，"下来，我给你录个指纹。"

薛与梵下楼先是看见了桌上的早饭，她一步三回头，想看清桌上的早饭是什么。周行叙捏着她的食指，帮她把指纹录进去："数字密码也改了。"

之前是他的生日后面加上四个零。

现在四个零变成她的生日了。

薛与梵："我生日？"

周行叙把工具箱从地上拿起来，让她去洗漱然后吃早饭："昨晚上叫了那么多声爱称，不能让你白叫。"

昨晚的记忆重新在薛与梵的大脑里播放，她抚额："周行叙，你真的不再认真地思考一下异地恋的缺点？"

"薛与梵，你真的不尝一下桌上的早饭好不好吃？"

行吧,她闭嘴。

早饭很丰盛,春卷、馄饨,还有烧卖。薛与梵一只手拿着勺子,另一只手拿着春卷。

周行叙从厨房端了两杯水出来,他晨跑结束之后重新洗了澡,身上雪松的味道很清爽。他把温水放在薛与梵手边:"中午我去接你,然后吃过中午饭我带你去医院?"

"没事,我在食堂吃。"薛与梵知道医生下午上班的时间,"你也不用太早,提前四十分钟出发来接我就好了。"

"食堂的饭不卫生。"

薛与梵将春卷送入口中:"吃不死人。"

周行叙不再说话了,等她吃完早饭后周行叙没听她的,直接把她送到系部大楼了。薛与梵看着外面的大太阳,觉得他送她到系部大楼也挺好,她不用顶着大太阳再走一大段路。

环顾四周没看见熟人之后她下了车,那谨慎小心的模样落在了周行叙眼里。

目送着她进了系部大楼之后,周行叙没有直接掉头驱车回家,而是打了钟临的电话。

在女生宿舍楼下等了十五分钟后,钟临化好妆下了楼。

她拉开车门要上车的时候,周行叙开了驾驶座旁的车门下了车。钟临讪讪地收回手,绕过车头走到他面前:"找我有什么事情?"

周行叙开门见山:"你跟薛与梵说我准备跟她玩到毕业就说再见?"

钟临一愣,想到了之前左任过生日的时候她的确是在女厕所碰见了薛与梵,也确实说了类似的话:"是,我和她说过。但这话不是你和唐洋说的吗?唐洋告诉我,说你跟他说你和薛与梵毕业就要分开了。"

三分钟后,唐洋寝室的门被打开了,翟稼渝光着膀子,穿了条睡觉穿的沙滩裤,喘着粗气。他的视线扫过男寝床上,看着四个探出来的脑袋,最后指着三号床的唐洋:"你……阿叙给你打电话,满世界找你。"

"找我？"唐洋指着自己，伸手一通在床上盲人摸象般找手机，看着静音模式下的七通未接来电，他问道，"找我干吗？"

翟稼渝也觉得莫名其妙，刚刚周行叙给他打电话，叫他去唐洋寝室看一下唐洋在不在。翟稼渝也好奇："你找唐洋干吗？"

电话那头，周行叙话不多说："叫他来受死。"

翟稼渝看着从上铺下来的唐洋，回忆了一下之前电话里周行叙说的话："阿叙好像叫你去吃寿司。"

唐洋的表情从没睡醒变成了疑惑："吃寿司？"

……

唐洋洗了把脸就出门了，到了和周行叙约好的地方还看见了钟临，他摸不着头脑地走过去："我们三个吃寿司？"

钟临瞪他："你干吗瞎说？"

"什么瞎说？"唐洋搞不懂了，"什么跟什么嘛，说清楚。"

周行叙看了一眼手机上的时间，他从学校回家要四十分钟，现在九点多，到时候还要再开车从家里来学校接薛与梵，能浪费和想浪费的时间都不多。他开门见山："钟临说是你告诉她的，我对你说我和薛与梵玩到毕业就要分开了？"

唐洋回忆了好久，才想到是平安夜那天演出结束之后，他和周行叙聊天，他还记得自己那天踩了好几个雷："你是和我说过，薛与梵已经告诉过你了，一毕业你们就不要再联系了。"

周行叙也记得："所以你怎么和钟临说的？"

唐洋回忆："我就直接说了呗，我说你说你们毕业大概就要分开了。"

但这句话其实他还没有说完。

唐洋不懂怎么突然又把这件事拿出来说了。

三个人把话一对。

话从周行叙嘴巴里的"她已经告诉过我了，一毕业就不要再联系了",变成了唐洋嘴里的"他说他们毕业大概就要分开了",再到钟临理解成的周行叙说他准备跟薛与梵玩到毕业就说再见的意思。

周行叙听他们说完,不禁语塞,这句话就这么传着传着意思错了,结果薛与梵以为自己不喜欢她。他还真是想谢谢这几个这么会添油加醋的人。

事情弄明白了,周行叙也要走了。

钟临知道他不会无缘无故来问这些事,叫住他:"周行叙,要毕业了。"

周行叙没回头:"嗯,但是我跟她已经在一起了。"

| 第二章 |

要不我们结婚吧

生芽（5）

周行叙到家的时候已经过了上午十点。

煮饭阿姨在厨房打包鸡汤，炖汤用的是她今天天没亮就从菜场买回来的土鸡，炖出来的汤连颜色都好看，上面漂了一层油。阿姨用保温瓶装好鸡汤后，周行叙接过保温瓶和装着营养餐的食盒。

霍慧文不是女强人，年轻的时候跟着丈夫吃过苦，现在天天在家里享福。听见儿子回家的动静之后她从客厅出来，好奇他怎么突然想喝鸡汤了："你不是一直觉得鸡汤有股味道，你不喜欢喝吗？"

周行叙没回话，也没有坐一下，手机、钥匙什么的都还在口袋里，他摸了摸口袋，大致摸到了东西的形状之后，站在玄关穿鞋，一脚直接能蹬进去的球鞋节省了时间。

霍慧文看见他拿完鸡汤就要走："回都回来了，吃完午饭再走。"

"不了。"

霍慧文知道小儿子的脾气，他真说要走，自己是留不住的："阿姨，鸡汤有没有全部打包？"

阿姨："保温瓶装满了，两人份的。"

霍慧文"哦"了一声，转头送小儿子出门："那你给你哥打个电话，喊他去你那边喝汤。你要是还想吃什么就再跟妈妈说。"

周行叙拎着东西，一言不发。

霍慧文看他两手都提着东西，走过去帮他开车门，嘴里还在喋喋不休："你哥哥前两天打电话和我说天热没胃口，你有没有问问他现在怎么样了？"

"我又不是开胃口服液。"周行叙上了车，把手里的东西放在后排，伸手准备关车门，但是霍慧文还靠着车门跟他说话。

霍慧文："都是兄弟，关心一下。"

"知道了。"周行叙关上车门前还听见霍慧文在说，让他别忘了打电话给周景扬，让他也过去喝口汤。

其他的话被他一踩油门甩到了后面。

保温瓶的保温效果在六月只能说是如虎添翼。

鸡汤完全不需要再热一遍，周行叙给薛与梵盛了一碗，又把营养餐拿出来。薛与梵完全没有想到他居然还准备了鸡汤和营养餐，这要是还不感动，她都觉得自己太不是人了。

就像小时候生病，她对着向卉和老薛撒个娇，就可以得到在床上吃饭的特权，想喝水就喊一声，想吃水果就叫一声。

那是因为自己是他们的小孩，是家人。

薛与梵看着他拆装营养餐的食盒，鼻子越来越酸："周行叙，你也太好了吧。"

"少说没用的虚话。"周行叙把餐盒的盖子放到旁边，看见里面的虾之后，起身去厨房拿一次性手套戴上。回来的时候，他的脖子上缠上了两条胳膊。

是薛与梵凑了过去。

周行叙没动，等脸颊上突然出现的温热消失后，他笑着说："怎么突然这么上道？"

"你都说了让我少说虚话，那不就是要我实际行动。"薛与梵先拿勺子喝了口鸡汤，放养的鸡就是和从超市冰柜里买回来的瘦得可怜的小鸡炖出来的汤味道完全不一样,她点着头,"好喝。"

周行叙把虾仁剥好放在米饭上:"明天喝什么?鱼汤?"

薛与梵一喜:"明天还有呢?"

"感动吗?"周行叙将另一边脸凑过去了。

他没说话,但是薛与梵知道是什么意思,没动:"一手交钱一手交货。"

他应允了。

比起薛与梵的中午饭,他的中午饭就相对糊弄,自己用鸡汤煮了碗面。

然后他坐在薛与梵对面等她慢条斯理地吃着用煮汤的鸡肉做的凉拌鸡丝,吃饱喝足后洗碗的工作交给了洗碗机。

挂号的人是周行叙,薛与梵坐上车,都快要到医院了才问:"你预约的是哪家医院啊?"

他还没回答,不远处住院部大楼上偌大的红色招牌已经告诉薛与梵答案了。

"这是我二姐上班的医院。"薛与梵想骂人,真不知道他是怎么想的。

"你二姐在放射科上班,又不在妇产科,你怕什么。"

医院的停车位并不好找,最后只能去地下停车场,但好在停车场有垂直升降的电梯到门诊大楼。他的方向感比薛与梵好太多了,薛与梵一到地下停车场就是无头苍蝇。

取号、缴费都可以在机器上完成,取完号,距离她的预计就诊时间只有一刻钟了。周行叙找着指示牌带她上楼,拉着她:"放心,不着急这一会儿,你走慢点儿。"

紧张感去而复返,不知道为什么,到了医院之后,之前用验孕棒测有没有怀孕的时候的紧张感又来了。薛与梵被他牵着手,就诊单全在他手里,她用另一只手抚上他的胳膊:"周行叙,我好紧张。"

"今天还不做手术,只是检查一下,别紧张。"周行叙安慰她,但是自己手心的汗告诉薛与梵和他,他在谎报军情。

靠近妇产科,就能看见不少挺着孕肚的女人。薛与梵的视线忍不住落在她们的肚子上,然后低头看了看自己的肚子,腿都有些软了。

还没有走进去,科室门口的广播正在循环播报语音通知。

"请男性家属待在大厅等候,请勿在厕所抽烟,谢谢配合……"

薛与梵的视线扫过人不少的大厅,忽然两个熟悉的身影闯进了她的视线。

是向卉和大伯母。

薛与梵一个急刹车脚步停在原地,然后拉着一脸茫然的周行叙撤退:"我妈,我看见我妈了。"

人生难得干一次坏事,居然就要被家人撞见了,薛与梵做了亏心事,转身就要躲。

周行叙也很快在大厅里看见了曾经在书店匆匆见过一面的向卉,薛与梵像个抢完银行着急逃命的劫匪,拉着他快步朝着垂直升降电梯走去。

她心有余悸:"还能再倒霉一点儿吗?"

事实告诉薛与梵——能。

她没看电梯是上行还是下行,直接进了电梯,最后没办法,还得上去了之后再下去。周行叙按了地下停车场的楼层后回到她旁边,薛与梵的脑袋靠在他胸口:"怎么这么倒霉?"

周行叙低头看着她头顶,抬手摸了摸她的脑袋:"那现在怎么办?"

怎么办?她也不知道怎么办。她亲自出演了一部背景为青青草原的大电影,虽然可怕的不是被吃掉,但被发现的下场也不比被吃掉好多少。

他刚问完,电梯门开了,零零散散进来几个看病的人,下一秒,薛与梵听见一道熟悉的声音,探头瞄了一眼。

是她二姐。

二姐在打电话:"我知道了,我现在过去,不和你多说了,电梯里信号不好。你让婶母先进去看医生,到时候先把要做的检查都做完,等李医生出诊我帮婶母重新挂个号。"

婶母?

向卉?

薛与梵躲在周行叙身后,想和二姐问个清楚,又怕被二姐发现自己在医院。电梯停靠的时候,二姐出去了,薛与梵将脑袋从周行叙身后探出来,看着紧闭的电梯门和已经在跳动的电梯楼层数字,心里没有逃过一劫的喜悦。

二姐在电话里说的话和今天在医院碰见向卉都让薛与梵好奇不已,但是她又没法现在给向卉打电话问她怎么了。周行叙看她这副心神不宁的样子,伸手牵着她慢慢走出电梯。

"阿姨的情况不一定很严重,可能就是例行检查身体。"周行叙捏了捏她的手,将她的注意力稍稍从那些事情上转移。

薛与梵感觉到自己手上他的动作,看着他的手将自己的手包裹在掌心里。

他的话里多少有安慰的成分,薛与梵清楚这一点。刚刚二姐打电话的语气和说的话怎么看都不像是例行的身体检查,而且向卉定期的两癌筛查和体检都不是现在这个时候。

一瞬间各种生离死别的画面都涌进了薛与梵的脑袋里,但下一秒她又觉得不吉利,心里默念了几遍"菩萨保佑"才稍稍缓过来一些。

车停得离垂直升降电梯并不远,周行叙解开了车锁,看她往驾驶座走,就知道她魂还在外面呢。他走过去帮她开了车门,手贴着她头顶,等人坐进车之后,把车门关上,绕了一圈上了车。

他将手里的就诊单随手丢在杯槽里:"今天不检查了?那我重新预约个时间,换家别的医院。"

薛与梵想也只能这样了。车还在免费的停车时段里,她系上安全带,突然想到一件事:"完蛋了,广播叫号会报名字,大厅电视机上会出现就诊人的名字,怎么办?"

周行叙:"医院不会报全名。"

一般都会省略中间或者最后一个字。

刚说完,车内响起了薛与梵的手机铃声。

两个人不约而同地看向她的手机屏幕,那个备注为"美丽小卉"的号码显示在屏幕上。

还真是说什么来什么,怕什么来什么。

在响的仿佛不是手机,而是一颗随时会引爆的炸弹。

薛与梵做了两次深呼吸,她只能自救了。脑袋里随便挑出一段在宿舍的场景,薛与梵颤颤巍巍地点了接通键,听到一声"喂"之后,她的情感和不需要的表情立马都到位了:"喂,老妈,怎么了?"

周行叙坐在旁边,笑着看她表演。

"没有啊,我在宿舍,怎么了?"薛与梵看见旁边周行叙看好戏的表情,瞪了他一眼。

车里很安静,甚至连周行叙都能听见电话那头向卉的声音。

向卉:"哦,我在医院看见一个和你名字很像的,都是薛什么梵,还以为你来看妇科了呢。"

薛与梵在电话接通的那一刻就已经在脑海里模拟过这个问题了:"这么巧?老妈你看见叫这个名字的人了吗?长什么样?"

"连着报了好几个名字,我也不知道是哪个人。"

薛与梵准备将话题悄无声息地转移:"老妈你怎么在医院?"

这回换电话那头短暂地沉默了一下:"我没事,岁数大了都会这样。我不和你说了,你好好准备答辩,知道吗?妈妈没事。"

听向卉这么说,薛与梵就知道她绝对有事情瞒着自己,但是从向卉嘴里问不出来。向卉没和薛与梵聊几句,就挂了电话。

周行叙见薛与梵挂了电话,但是她没有露出如释重负的表情。等他们排队出医院大门，车速慢到不得不一直踩着刹车的时候，周行叙伸手捏了捏她的手腕："别担心。"

手腕缠上一抹温热，莫名的情绪从他掌心传递到薛与梵的皮肉之下。在这一刻，薛与梵懂了为什么有人向往婚姻和爱情，大概是向往这种可以依靠和有人帮自己分担的感觉。但有些人并不能做到这一点，于是婚姻和爱情就有了不幸福的失败例子。

很显然，周行叙现在不是其中的一员："等晚一点儿，你打电话问问你二姐。"

她只是"嗯"了一声。

周行叙看她郁郁寡欢，逗她："摸摸肚子，想想你儿子。要不我们今天晚饭不吃了，饿一饿他，让他陪你一起难过一下？"

说的这是什么话？

薛与梵蹙眉："为什么呀？我儿子做错什么了，干吗饿着他？"

周行叙笑："你这是为你自己鸣不平，还是为你儿子？"

"为我们娘俩儿。"薛与梵嗤笑，扭头看向窗外。等看见不远处不断升起又落下的杆子后，才发现他把自己的情绪从向卉那件事情上转移走了，她想说声谢谢，但又说不出口。

薛与梵回到周行叙的公寓后，两个人各自找事情做，周行叙在看他的论文，薛与梵的手指无聊地戳着手机屏幕，在消磨时间。

不知道从什么时候开始，各个App都在疯狂给她推送以"怀孕""婴幼儿""生产"和"流产"为关键字眼的信息。

购物网站里是母婴用品；沉底的几个养生公众号不知道什么时候变成了妇女之友，天天在推送生产须知；搞噱头的营销号在消费明星的同时，隔三岔五推送几条花季少女流产后因某些原因导致这样那样的结局，少女下跪哭泣悔不当初。

大约过了半个小时，薛与梵先打了个电话问向卉回没回家。

母女俩随口聊了两句，薛与梵问她检查结果，她说报告还没有出。挂了电话后,薛与梵转头给二姐打了电话。

薛映仪下班了,拿着钥匙去停车场。薛与梵站在阳台,手抠着墙壁瓷砖的缝隙:"姐,你就和我说实话。你们是不是担心我知道后会影响我答辩?"

"不是。"薛映仪否认,她作为母亲当然能理解向卉为什么不说,作为女儿又理解薛与梵想知道真相的心情,权衡利弊之后,她才开口,"是宫颈癌。"

向卉得的病是宫颈癌,但幸好发现得早。比较严重的是子宫里的息肉,已经有一个拳头那么大了,上一个医生提出了切除子宫的手术方案。

薛映仪安慰她:"手术不会有生命危险的。梵梵你现在最重要的事就是好好毕业,婶母这里有医生,你担心、操心也没有用。我到时候拜托妇科主任帮婶母动手术。你听话,好好照顾自己,你也别去问婶母是怎么回事。你知道得越多,婶母就越是担心你,你就当作什么都不知道,别让婶母担心。"

挂了电话之后,薛与梵瞪着白色的瓷砖,想哭。也不知道薛映仪的话有多少是真的,是不是也避重就轻。

她的手摸上肚子,烦心和倒霉的事情接踵而至。

周行叙在她打电话的时候特意去把鸡汤加热了,出来的时候看见她还坐在阳台的地砖上,电话已经打完了。

他的脚步很轻,客厅的灯将他的影子打在墙上,率先暴露了他的行踪。

周行叙站在她身后,伸手穿过她胳膊下面,想把人抱起来。薛与梵立马挣扎了一下,周行叙不再使力,慢慢蹲下。她继续背对着自己坐在地上,周行叙干脆也坐了下来:"要不要跟我说说?"

薛与梵把薛映仪告诉自己的话转述给了周行叙听,怕他不能理解,又补了句:"我和我妈关系很好的,那是我妈妈。"

周行叙说:"我知道,二姐不是也说了嘛,不严重。你别操心了,你自己还有答辩要忙,还有手术要做。"

对啊,还有糟心的手术。烦恼就是一个圈,没完没了。她再次懊恼自己当初干吗非要干坏事:"要是这肚子能给你就好了。"

孩子气的话。听她的声音哭腔特别重,周行叙下巴贴着她额头:"看你哭成这样,我也宁愿这肚子给我算了。"

这话并不能解决任何问题,薛与梵用手背擦了把眼泪,托着脸盯着窗外看,今天不是十五也不是十六,月亮一点儿都不圆:"今天连月亮都不是圆的。"

她扑进周行叙怀里:"来件圆满的事情就这么难吗?"

周行叙这回把人抱起来了,虽然是六月,但也不好让她坐在地砖上:"月亮又不领你的工资,火药朝我丢就算了,月亮挺无辜的。"

薛与梵从他怀里抬头:"我就不无辜吗?我都怀孕了。"

周行叙觉得自己是个神经病,有人爱名言,有人爱故事,他偏爱从薛与梵嘴巴里听到"我都怀孕了",还有"你儿子""我儿子"。

周行叙说了些别的事情,比如:"我刚刚去厨房用鸡汤煮了面,你吃不吃?"

又如:"我和我妈说了,明天炖鱼汤喝。我不亲自下厨是因为我的厨艺只能做点儿普通的菜,不过明天要吃的不用担心了。"

薛与梵正烦着正难受的时候,周行叙的电话响了。他单手抱着她,用另一只手从口袋里拿出手机,显示的备注是简单的一个字——"哥"。

周行叙按下绿色的接听键后,把手机放在耳边:"喂?"

"喂,老妈说今天有鸡汤,你怎么没打电话给我?"

薛与梵在周行叙怀里,现在的手机扬声器做得太好,没开扩音都能听清楚对方说话。她还以为是什么重要的大事,她和周行叙在为一堆烦心事难过,结果突然来了个因为屁大点儿事就撞在枪口上的人。

不拿来泄愤,天地不容。

周行叙说了句："忘了，你想喝自己跟老妈说一声。"

"老妈不是在你离开的时候提醒过你，别忘了给我打电话吗？要不是晚上吃饭的时候我和老妈打电话，我都不知道鸡汤被你私吞了……"

周行叙不想听他废话，启唇想说没事的话自己就要挂电话的时候，手机易主了。

薛与梵夺过手机："不就是碗鸡汤吗，世界上是只有那一只鸡了吗？屁大点儿的事情就打电话过来，知不知道我们还有别的事情要烦恼，你闲出屁来了？闲出屁来了就考虑一下社会问题，想想阿富汗战争，想想印度贫富差距，想想光刻机的制作办法。真是关了一笼子八哥，一天到晚叽儿叽儿的。成天为了点芝麻大的小事烦人。我告诉你，你去告诉你妈，鸡汤是我喝掉的，和周行叙没关系。你有本事来要，我就有本事吐出来还给你们。"

她之前在哭，鼻音太重，说话时语速又加快了，周景扬压根儿没有听出是薛与梵的声音，然后电话就被挂了。

骂完人之后心情舒畅了，她把手机还给周行叙："以后他的电话我来接，真是给他脸了。"

可是一堆事情到底还是需要薛与梵去面对，不是骂谁一通就能"拨云见日"的。薛与梵靠在他胸口，仿佛这样做困扰自己的烦心事能少一点儿，烦心的程度能低一点儿，就像在医院里被他握住手腕的时候。

她和周行叙说万一手术失败的时候让她妈知道了这事，她就自己把自己的腿打折了，又追悔莫及以前自己为什么非要干些让向卉生气的事情："女人真的得少生气，我妈以前在补课中心当老师，总是被家长和学生气得不行。"

挂掉周景扬的电话后，手机重新回到了周行叙手里，一起失而复得的是之前暑假那次她在流浪动物救助站时，听到她和周景扬讨论关于公平的那些话时的感觉。

回想他以前的遭遇，因为霍慧文，因为周景扬，他想触碰喜爱之物，但无数次压抑内心的想法，又收回手。

此刻，他仿佛仍然能看见那天树影下斑驳的阳光。

人向往婚姻和家庭，究其原因，其实很简单。说俗气一点儿，是想找个能在自己脆弱之时撑起自己脆弱之处的人。说文艺一点儿，就是贝里克的话，你所结婚的对象是你在最脆弱时觉得最适合你的人。

"薛与梵，你如果害怕手术失败时要监护人签字，要不我们结婚吧，我当你的监护人，我签字。"

出芽（6）

玄关有向卉的室内拖鞋。

看着熟悉得不行的家具陈列，薛与梵踮着脚，小心翼翼地上了二楼。父母卧室的房门开着，从敞开的门往里看，可以看见床上铺得整整齐齐的被子，连枕头上的褶子都抚平了。

老薛这个时间点果然出去赚钱了。薛与梵轻轻喊了一声："老妈。"

声音向四周扩散，没有人回应。

薛与梵壮着胆子加大了些音量，还是没有人回应。她总算松了一口气，小跑着进了父母的卧室，在柜子的第二个抽屉里找到了户口本。

今天不是什么有特别寓意的日子。

就连在民政局外面标志性的捧花情侣熊玩偶前拍照的人，都比结婚大厅里登记的新人多。

薛与梵有些坐立不安，手心全是汗。

她紧张，旁边的周行叙倒是淡定，玩着手机。

防偷窥的屏幕，薛与梵也瞄不到手机上的内容。她伸手虚握成一个拳头，把手当作话筒采访他："和'首府第一美'结婚是什么感受？"

装得淡定把手机后台运行的软件来回切换的人缓缓抬头，听见"首府第一美"那几个字，周行叙脸上的笑就没再下去过，他勾了勾唇角:"是我的荣幸,心情是今天晚上必须请两个广场舞舞团载歌载舞三天三夜的那种激动。"

她怎么可能听不出他在损人,薛与梵瞥他一眼,撇了撇嘴:"你倒是轻松自在。也是,我这么一个如花似玉的小姑娘,你骗到就是赚到。"

她的白衬衫只有长袖的,六月穿长袖,脑子秀逗。昨晚薛与梵被周行叙那套说辞说服了,她和他确认了一遍,然后问他:"你没有给我买保险吧?"

填表申请,审查,办理。

宣誓完之后,薛与梵看着红色的小本子,又低头看了看自己的肚子:"这臭小孩真是把我给害惨了。"

"结婚第一天,"周行叙牵起她的手往停车场走,"你想怎么庆祝一下?"

薛与梵把惹眼的小红本塞进自己的包里:"奖励我下午去看医生。"

周行叙:"扫兴了。"

薛与梵不知道他为什么这么高兴,她是为了做流产手术才和他结婚的,以防万一。等手术做完也不可能继续和他保持婚姻关系。薛与梵和他瞎扯,故意来了句:"抽一个幸运观众和他分享我们结婚的喜悦?"

他笑:"这种好事我内定我哥。"

距离下午薛与梵去看医生还有一段时间,她回他公寓里换掉了长袖的衬衫,看见了摆在茶几上还没有丢的验孕棒,把结婚证和验孕棒摆在了一起,拍了张照。

周行叙在厨房做海鲜粥,听见厨房推拉门打开的声音后,就看见薛与梵赤着脚小跑过来,给他看照片,说:"这算是一家三口的全家福吧。"

周行叙拿着锅铲搅拌着粥,扭头看了一眼:"嗯,照片发我。"

中午吃完海鲜粥,薛与梵又特意喝了好几口水,为了到时候做检查可以节约时间。

周行叙带了个水杯，泡了蜂蜜水。这回换了家医院，薛与梵排在下午门诊号里的前几个。照旧还是让男性家属在大厅留步，薛与梵拿着水杯，一边吃着小面包，一边看电子屏幕上自己的名字在哪里。

旁边有个人喝矿泉水，喝到表情都痛苦了。薛与梵抿了抿嘴巴，回味着口腔里的丝丝甜味，扭头突然挽上了周行叙的胳膊。

他狐疑地问："怎么了？"

薛与梵摇头，在想为什么他这么贴心，还知道泡了杯有味道的蜂蜜水给她带着："没事。"

刚说完，广播叫号就叫到了薛与梵。

薛与梵一个人进了就诊室，里面是一个女医生，看着年纪也不大："坐，你是什么情况？"

薛与梵端正地坐在椅子上，两只手搭在膝盖上，将自己最近的情况转述给医生："我大概快停经两个月了。"

女性到了一定的年龄之后来看妇科，总是避免不了要被问婚姻状况、恋爱状况，这次也不例外。女医生问她："有男朋友了吗？"

薛与梵刚想否认，又想到了这个问题背后真正的意思。周行叙现在是什么身份都不重要。

得到薛与梵肯定的回答后，医生点了点头："上次性生活是什么时候？"

"就两个月前。"薛与梵说自己在家里用验孕棒测试过了。

医生一边开单子，一边和薛与梵解释说明："虽然你用验孕棒测过了，但还是要抽血做一下相关的检测。还有要做B超，我们医院下午是不做B超的，你今天先去四楼彩超室登记，然后明天上午直接过去就好了。正好血液检测报告也要明天才能出结果，你明天直接拿着B超单子和检测报告重新挂号就好了。"

薛与梵一一记下了。

他们去挂号、缴费，然后按照医院楼层布局图和指示牌找到了抽血的地方。周行叙帮她取完抽血排队的号码，看着八个抽血窗口，虽然前面还有几十号人，但排到她应该挺快的。

既然B超要明天做，薛与梵就去上了趟厕所。她回来的时候看见周行叙正专心致志地看着某一对情侣。

那对情侣年纪和他们差不多，女生要抽血，先是赖在门口不进去，再是抱着她男朋友不松手，然后和邻座一个一起抽血的小孩子共谱哭泣乐章。

周行叙收回目光，看向她：“等会儿要抽血，你怕不怕？”

薛与梵摇头：“还好，不就是抽一管血嘛。”

周行叙拿过她的包，挂在自己身上。四周没有休息椅，周行叙单手拎着水杯，另一只手抱着她：“这么坚强？”

"还好吧，我没有那么害怕打针。"薛与梵说她可能小时候打针哭过，但是有记忆之后，对于打针她没有那么害怕。她反问他，"你怕吗？"

"不怕。"周行叙摇头，"我小时候知道哭也没有用，哭也要打针，就干脆不哭了。"

薛与梵环着他的腰："难道不是因为你哭你妈也没有工夫哄你吗？"

好吧，事实的确如此。当时周景扬身体是真的不好，哭久了甚至会浑身通红喘不上气，兄弟两人一打针，全家都要提防着周景扬会不会出现别的症状。当周行叙发现眼泪掉得再多也得不到拥抱和轻声细语地安慰之后，他干脆不哭了，哭完什么都没有，还不如不哭，这样还能得到别人夸奖一句"你真勇敢"。

很快就叫到了薛与梵的名字，周行叙陪她到窗口。把手里的单子递过去之后，薛与梵看着抽血的医生拿出了三根空管子。

"抽三管啊？"薛与梵都傻了。

医生没讲话，指了指她单子上的几项血液检查，看了一下薛与梵的两只胳膊，血管都很好找，就随便挑选了一只手臂。

薛与梵用另一只手拉着周行叙的胳膊，开始自我安慰："没关系，反正就扎一针，抽几管子都一样。"

事实证明一点儿都不一样。薛与梵按着胳膊上的棉球，针眼又酸又疼。

抽完血之后去彩超室窗口登记完，他们就打道回府了。周行叙昨天让他老妈炖了鱼汤，问她要不要跟自己一起回去。薛与梵感觉自己自从怀孕后，特别容易困。

到了下午两三点的时候眼睛都睁不开。

周行叙便把她先送回自己的公寓，他再回家拿鱼汤。她还算有点良心："你也太辛苦了吧？"

"现在做牛做马都要持证上岗了。"他把车停到楼下，听她嘱咐自己路上小心。

薛与梵听罢，俯身往他脸颊上啄了一口。

她是真的困，回公寓冲了澡之后就上楼睡觉。中央空调徐徐吹着冷风，困意就像是冬天新弹的厚被子，又重又实。

薛与梵也不知道自己睡了多久，隐隐听见楼下有动静，有男人的声音，也有女人的声音。她感觉自己好像在做梦，听见楼下的人说到了周行叙的名字，眼皮却重得抬不起来。

……

霍慧文煮好了鱼汤，怎么都没有等到小儿子来。她今天闲着，干脆就自己送过来了。

临出门前给大儿子打了个电话，让他到小儿子那里吃晚饭，她顺道再带点儿菜过来把晚饭给两个儿子做了，省得他们晚上还要点外卖。

儿子公寓的密码霍慧文输入了两遍都不对，碰巧大儿子来了，周景扬又试了一遍也不对，这原本的密码"11090000"不知道是不是改了。

不过周景扬知道周行叙会把备用钥匙放在门框上面，他伸手摸了两下找到了钥匙。

开门进屋。

一双女士的帆布鞋摆在最显眼的地方,两个人狐疑地对视了一眼,周景扬率先想到了周行叙那个他没有见过面的女朋友。

霍慧文听大儿子解释后,蹙眉:"都住过来了?"

周景扬耸肩,他也不知道。家里很安静,上楼的时候他也没有看见周行叙的车,结果家里的空调倒是开着,他本能地以为是周行叙出门时忘记关了。

霍慧文提着手里的东西去厨房,叹了口气:"住一起就住一起,只要别出事就行。我听你说他总是没谈多久就换一个女朋友,我都担心等他到岁数了不肯收心该怎么办。"

周景扬穿上周行叙的拖鞋往客厅里走:"周行叙就是不听话,管不了。顺其自然……"

话说到一半,周景扬看见了茶几上的验孕棒和结婚证。

他赶忙喊霍慧文:"妈……妈!你快过来。"

霍慧文从厨房探出脑袋,刚想问他怎么了,却看见大儿子手里的东西:"老天爷啊!"

验孕棒上的两条杠痕迹还清晰着呢,周景扬想到了自己上次打电话给周行叙,电话那头传过来的声音,周行叙大大方方地承认那是他在和别人亲热的声音,女方怀孕他倒是不意外。

只是,周景扬没有想到,周行叙居然会因为女朋友怀孕把结婚证给领了。

照他的性子,他应该让那个人把孩子做掉,然后安抚安抚对方,再投身下一段感情。周景扬看着母亲震惊又愤怒的表情,听她说要打电话给周父。

周景扬轻笑着,这要是被他们老爸知道周行叙把女生弄怀孕了,还偷偷结了婚,老爸的愤怒绝对会比当年周行叙非要玩乐队时还要强烈,父子之间肯定会有一场腥风血雨。

周景扬有些幸灾乐祸地翻开结婚证。

他的视线落在内页证件照两个人的脸上，看清楚那两张脸之后，周景扬的笑容一点点消失。

他和周行叙是双胞胎，却长得不一样，从小到大听过不少人说他们不像亲兄弟。

的确不像，皮囊上的好基因都遗传在周行叙身上了，这张从小时候到现在都让周景扬羡慕嫉妒的脸扛住了证件照的死亡打光。而和他一样穿着白衬衫，化着淡妆的女生也很漂亮，唇角弧度不大，可所有的笑意和幸福感仿佛都在她眼睛里。

照片上的女生是美的，却不是从前对他不置一词、不屑一顾的那种清冷疏离的美。

持证人：周行叙。

持证人：薛与梵。

生芽（7）

周景扬看着手上的结婚证，所有以前觉得不对劲的事情似乎都得到了解释，因为他们早就开始谈恋爱了。所以周行叙会知道薛与梵对菠萝过敏，所以在他们交换了餐盘之后，薛与梵会那么自然地吃起周行叙的那一份饭菜。

所以那天自己给他打电话，和周行叙耳鬓厮磨发出声音的女人是薛与梵。

所以有一天他室友回来，和他说："周景扬，你弟谈恋爱了。我在女生宿舍楼下看见他和一个女生搂在一起亲……没看到脸，他宝贝得很，抱在怀里都没让我看到脸。"

那个被他宝贝得很抱在怀里的人是薛与梵，和他在女生宿舍楼下亲的人是薛与梵。

所以暑假那次她把自己骂了一顿，不是为了自己好，只是为了周行叙。

一切都是为了周行叙，居然是因为周行叙……他的余光看见了穿着睡衣从二楼睡眼蒙眬地下楼的薛与梵。

薛与梵看见周景扬和一个陌生中年女人的时候以为自己在做梦，她实在是有点困。她的肩膀被擒住，握着自己肩头的五指用力，痛感骤然袭来。

霍慧文要打给丈夫的电话还没有拨出去，看着大儿子把手里的结婚证在掌心揉皱后随手一丢，快步朝一边走去，她这才看见薛与梵。

确实是一个好看的女生，五官标致，皮肤也白，不像这年头有些女生染着这一撮黄色的，那一撮绿色的颜色夸张的头发。

她还觉得这个女生有一点眼熟，直到大儿子抓着人家的肩膀，嘴里喊出那个她从大儿子口中听到过好几次的名字。

"薛与梵你可以啊，居然和我弟弟……"

他平时再装模作样都知道在薛与梵面前披一张看上去文质彬彬的皮，虽然他掌握不好这个词的真正意思，但至少见到她时都是面善的样子。

像这样一副杀红了眼的模样，薛与梵的确是第一次见。

"你知不知道我多喜欢……我多喜欢你！"他越说越激动，摇着手臂，彻底把薛与梵的瞌睡摇没了。

别说薛与梵了，就连霍慧文都没见过这副模样的大儿子："扬扬，你冷静点儿，你先松手。她肚子里还有小孩，你别这样摇她……"

肚子里还有小孩……

周景扬视线缓缓下移，这肚子里有一个小孩，一个她和周行叙的小孩。

可这是自己喜欢的人啊。

他第一次见她其实不是大三开学，还要更早，是大二的时候。

他们被派去高铁站举着牌子迎接新生。她是老校区的院系派来的，穿着和他们一样的志愿者服，临时来帮她室友顶班。

那甚至算得上难看的志愿者服，她穿在身上都是一副青春靓丽、干干净净的模样，她扎着一个马尾辫，每逢有人来，她都嘴角挂着笑偏着头认真听完别人说的话，然后给他们解释。

他能和她接触的机会不多，那天所有人都忙得像个小陀螺。中午轮班吃饭，他们也不在一个时间段。

真正说上话，是下午一点多日头最毒的时候，他帮一个独自送女儿的母亲搬行李，大包小包的，东西很多，出租车司机也不搭把手。周景扬搬完东西后，气有点不顺。

他手支着膝盖缓了一会儿之后，再直起身，感觉自己的眼睛就像是在太阳下看将屏幕亮度调到最低的手机一样，什么都看不清。

手往旁边一伸，摸到了如同路灯一样的管子，他慢慢蹲下。

窒息感突然袭来，他以为自己要狼狈不堪地倒在这里时，一瓶冰水贴上了他的后颈。

"中暑了吗？"

短短四个字，仿佛是叠加了好几遍混响，经过顶级调音师处理后传到他耳朵里。

冰水拧开了瓶盖，递到了他手里。夏风渐起，他的视线终于以她为中心一点点恢复清晰，黑暗一点点从他所望的画面中退去。

他闻见了柚子的味道，绑马尾辫的头绳上却是一个小菠萝。不远处有人在喊她："薛与梵，他们打电话来说我们系的工作结束了，你走吗？"

她起身，对那人说了一声"走"之后，又对他说："我走了，你多喝点儿水，小心中暑。"

极其简单的叮嘱，她说完就走了。周景扬看着她离开的背影，遥遥望着她，无法挪开眼睛。

那次他们连自我介绍都没有。

再见面的时候,是她大三换了校区,很显然她没有认出自己来。周景扬那一次终于鼓起勇气和她要了联系方式。

他一点点靠近她,见她喜欢看乐队表演,就带她去看周行叙的乐队演出。现在想来他真是偷鸡不成蚀把米,他就不应该让周行叙知道自己喜欢薛与梵。

"薛与梵,你和谁在一起都好,为什么偏偏是周行叙?"

那个在他寸步难行靠着手术和药物活命时,却说自己热爱游泳想要走游泳这条路,正享受着童年的弟弟。那个明明是一个肚子里出来的,因为运气好就可以逃过一劫的弟弟。

投胎时,老天爷就偏袒周行叙,让他身体健康,平安长大。现在连薛与梵都是站在他那边的人了,他最喜欢的人和他从小到大最讨厌的人结婚了,他们现在还有一个孩子。

霍慧文拉着他的手臂,想把他拉开,但是一米八出头的儿子,平时看着身体不好,但身高、体重和性别造成的力量差距摆在那儿,更别说他现在还有愤怒的情绪加成。

薛与梵肩膀疼得快没知觉了,听着面前这个脑子出问题的人满嘴的胡话,真是想骂他都不知道要从什么地方开始骂。视线里早上还崭新的红色小本子现在皱不拉唧地被丢在地上,她和霍慧文两个人费了九牛二虎之力才把自己从周景扬的禁锢中挣脱开。

薛与梵一得到解放立马揉着自己的肩膀。今天真是见鬼了,自己来了这么久、这么多次都没有在周行叙的公寓里遇见过周景扬和霍慧文,甚至都没有听周行叙说过哪次她不在的时候霍慧文他们造访过,从来都是霍慧文打一个电话把他喊回家吃饭。

现在周行叙人还不知道去哪里了。

霍慧文拉着周景扬想把他拉走,他不肯走,如果现在薛与梵把自己结婚的消息告诉老薛和向卉,或许周景扬会是第一个举手要帮忙把她扛去民政局办离婚的。

薛与梵没有拿手机，看着仿佛杀红眼的周景扬，她还是决定先上楼给周行叙打个电话。

她前脚刚迈上楼梯，下一秒霍慧文就被推到一边，周景扬抓着她的手腕，不让她走。

薛与梵："松手。"

周景扬不肯。现在那些从他嘴里说出来描述他心意的话，薛与梵听着犯恶心。霍慧文看着两个人拉拉扯扯，心都悬到天上去了："扬扬，你松手。"

"松手？"周景扬反其道而行之，更用力地把薛与梵拽下楼。他为什么要松手，松手之后呢？看着她和周行叙幸福地生活在一起吗？出双入对，以后儿女双全吗？

偏偏薛与梵也犟，他要把自己拉下去，她就单手抓着扶手不肯服输。

周景扬："周行叙和你在一起就是为了报复我，因为我从小就抢他的东西。他是知道我喜欢你，所以他才和你玩的。"

"所以你现在终于肯当着你妈妈的面承认你从小就抢他东西吗？就算他是为了报复你才和我在一起的，说起来也是你从小自作孽，你要是从小不这么对他，他犯得着现在这么对你吗？活该，周景扬你活该。"薛与梵挣扎着，"就算没有周行叙，我也不会考虑你。我不喜欢你，我也从来没有给过你任何会和你交往的错误引导。"

为了和他比力气，薛与梵不得不整个人重心都往后移，她没有想到她一说完，周景扬直接松了手。重心靠后，她不出所料摔在了台阶上。

台阶磕得她浑身的骨头都痛，尤其是盆骨，那里没什么肉。她手肘还磕到了筋，整只手臂都麻了，她的眼泪一瞬间夺眶而出，霍慧文吓得走过去想把薛与梵扶起来，这时身后传来电子门锁开锁的声音。

……

周行叙到了家，煮饭阿姨告诉他，霍慧文不久前带着鱼汤出门了，说是等了他好久，正好今天也没事就给他送过去了。

周行叙拿出手机，看见了开车时没有注意到的微信消息。

是霍慧文给他发的语音，说她带了鱼汤去他公寓了。消息通知栏里还有三条电子门锁开锁失败的通知。

周行叙到公寓楼下的时候看见了周景扬的车，一瞬间不好的预感如同七月的乌云盘踞在他心头。

开门，入目是一片混乱。

薛与梵坐在台阶上哭，周景扬站在楼梯口，霍慧文站在两个人中间。

开门的声音将三个人的视线和注意力全部转移到了他身上。他穿着球鞋直接进屋，径直朝着薛与梵走去。霍慧文立马把周景扬拉到旁边。

周行叙伸手想把薛与梵抱起来，她抱着胳膊摇了摇头，周行叙掌心贴着她的手肘轻轻地打圈揉着："我送你去医院。"

"我没事，要是摔流产就该流血了，没流血。"薛与梵说完用视线提醒他朝后看。

周行叙还是不疾不徐地帮她揉了一会儿手臂，然后把她从台阶上抱起来："我来处理，你上去。"

薛与梵不肯，拉着他的胳膊站在上面的一级台阶上，但还是没有他高。

他强调："听话，去二楼。"

周景扬看着在楼梯上你侬我侬的两个人，说不出地生气："周行叙，报复我有意思吗？"

他的声音打断了楼梯上两个人的动作。

周行叙看着他，慢慢解开手腕上的手表，动作就像是刚才帮薛与梵揉胳膊时一样轻柔，只是表情区别很大，他进门时整个人便带着寒意，现在他收敛了刚才面对薛与梵时的温柔之后，让霍慧文这个当妈的都觉得有点陌生了。

周行叙朝着他们走过去，看见了地上那本小红本，之前在薛与梵发给自己的"一家三口"的照片里它还是平整崭新的。

他将手表丢到沙发上,一拳头砸到周景扬脸上的时候连薛与梵都愣住了。

虽然是亲兄弟,岁数一样大,但一直晨跑、游泳、健身的人到底还是少吃了几年药,力气大很多。霍慧文急得不行,劝架也劝不了。

薛与梵看着周景扬反击的动作越来越小,出声叫他:"周行叙。"

那头的人动作停了。霍慧文看准了时机将小儿子拉开,再去看挨打的大儿子,看着周景扬脸上的伤,四十多岁的人也不顾薛与梵在场,直接哭了起来。

周行叙没管地上的人和在哭的人,转身朝着薛与梵走过去,还是很不放心:"我带你去医院。"

薛与梵看着颤颤巍巍站起来的周景扬,摇了摇头:"你还是先送他去吧。"

霍慧文觉得胸口堵了一口气,指着周行叙半天说不出一句话,最后吼出两个字:"回家!"

周景扬甩开霍慧文快步离开了,霍慧文立马追了出去,一瞬间整个屋子安静下来,如果不是桌上放着菜和鱼汤,仿佛这两个人没有来过一样。

周行叙听见了霍慧文的话,但是他没直接跟上去,而是先把结婚证捡了起来。原本好好地摆在一起的验孕棒和结婚证,现在结婚证皱了,验孕棒一根被丢在垃圾桶里,一根被丢在沙发上,他一根根捡起来,重新放在茶几上。

薛与梵站在他身后,看着他慢慢弄好一切,他用手把结婚证捋平,但褶皱的印子还在。他对照着照片,把东西重新摆好。

临走前,周行叙找到了桌子上的鱼汤,拧开保温瓶盖子,找了碗筷和勺子出来,放在餐桌上。他一转身,抱住了一直跟着他的薛与梵,低头亲了亲她的发顶:"要是不舒服立刻给我打电话,我回去解决完事情就回来。"

周父在公司接到电话的时候,霍慧文哭哭啼啼地说天塌了。她在电话里好几分钟都没有说清楚的事情,他一回家用了不到一分钟的时间就都弄清楚了。

两个儿子喜欢上了同一个人,小儿子捷足先登,和人家把结婚证领了,孩子都有了。

霍慧文气得半死:"他把别人肚子搞大了,现在瞒着我们和人家结了婚,那个女生还是扬扬喜欢了好几年的女生。我当初就不应该同意他一个人住在外面,现在给我惹出这么大的祸。"

周行叙坐在沙发上,脸上挂了彩,是周父回来前霍慧文甩的一巴掌。打他这巴掌是因为他对哥哥动手。他听到霍慧文的话后,开口:"不是大祸。"

不是大祸,他有了小孩不是大祸,是成真的美梦。

周父瞥了眼沙发上的周行叙:"起来,跟我去书房。"

书房里,父子俩面对面坐着,周父打量着面前的小儿子,看见他脸上红色的指痕。虽然霍慧文更宠周景扬,但是从小到大也没有打过周行叙,现在儿子都长大了,却给了他一耳光。

周父过了半天才开口:"一声不吭就当爸爸了,孩子都有了,还偷偷把婚结了,你挺厉害啊。"

周行叙垂着眼睛,"嗯"了一声:"她怀孕了,我也喜欢她,我想负责。"

负责,多有男人味的一个词。周父听罢一笑。

周行叙说完,以为这个从小自己游泳他不支持,自己玩乐队他反对,永远给自己贴着"不学无术,浪费时间"的标签,每次聚在一起吃饭都要骂他、数落他的老爸这次也一样会不赞成他的做法。

但老爸没有,他是全家唯一一个支持自己结婚的人:"负责是对的，结婚也是应该的。但是之后呢？丈夫和父亲的称呼不是有个孩子、结个婚就能赠送的。你要赚钱，你以后得为你老婆和小孩遮风挡雨，你能做到吗？靠着一把吉他赚钱吗？是能赚到钱，但是这碗饭有多难吃，你比我清楚吧。"

周行叙很意外这些话居然是从他老爸嘴里说出来的。他清楚这些话是为了他好："我知道，我毕业之后会去公司实习的。"

薛与梵喝了半碗鱼汤之后就没有胃口了，坐在沙发上也看不进去电视，摔跤时磕到的地方还在隐隐作痛。

外面天已经彻底暗下来了。

薛与梵走到阳台，阳台的地砖上还残留了一点儿白日被太阳炙烤吸收的温度。

楼下一片漆黑，十分钟内没有车灯在楼下这条路上亮起。薛与梵在阳台等得出了一身汗，手里的手机也久久没有动静。

薛与梵想给周行叙打个电话，但是又怕他不方便接。

也不知道他一个人处理得怎么样，周景扬会不会反咬一口。周行叙偏心的爹妈会不会逼着他跟自己离婚呢？

虽然等孩子没了，他们两个多半也是要离婚的。

但是父母要求和两个人自己决定离婚又是不一样的感觉。薛与梵看着没有新消息的聊天列表，撇了撇嘴，起身在阳台收了干净的衣服去洗澡。

她照旧把手机带进了浴室，只是没有放歌，想着等电话打来了她第一时间能接到。

身上刚被水打湿，薛与梵沐浴露还没有涂，就听见"叮"的一声。手机屏幕亮着，她看见是软件推送的垃圾消息之后，有点失落。

她拧开水龙头，水声重新响起。

热水弥漫的水汽将整个浴室笼罩，薛与梵闭着眼睛冲了把脸。再睁眼,她看见淡蓝色的地砖上出现已经在水流中被稀释的红色。

红色沿着她的腿往下流,顺着水最后被冲进地漏。

生芽(8)

霍慧文拿着碘酒想给周景扬上药,但是他现在就如同一只刺猬,谁都碰不得。

楼上一直很安静,楼下的两个人也不知道父子俩在书房里聊些什么。直到耳边传来下楼的脚步声,沙发上的两个人不约而同地朝楼梯口看过去。

视线交会,周行叙瞥了一眼沙发上的人,准备走人。

霍慧文看见了他脸上的指痕,那是她气急之下打的,她叫住周行叙想给他上点儿药,结果周行叙假装没听见,径直出了门。

霍慧文追出去的时候,他还没上车,六月的夜里,热得不行:"疼不疼?妈妈打你是因为你打了哥哥,兄弟两个有什么话不能好好说呢,你为什么……"

她边说边走过去,想看看儿子的脸。

"妈,有意思吗?"周行叙偏头躲开霍慧文伸过来的手,"你为什么从来都不肯承认自己偏心呢?"

她又是那套当妈的说辞,说她怀胎十月,说母子血脉相连,说周景扬小时候生下来就比周行叙小了一圈,说她看着周景扬十岁前靠着手术和药活命怎么能不心疼。

"所以我就没有资格过得好吗?"周行叙以前被周景扬抢走东西后,自己躲在房间里哭的时候,想象过很多次质问霍慧文的场景,但没有一次像他现在这么平静。

平静得如同今天无风的夜晚,树叶不动,湖面不皱。母子俩在他说完这句话之后都沉默了,他生气并不因为那一耳光。

屋前有一辆车开过，灯光刺眼，光将他们的影子投在房子上，随着车驶来又离去，影子旋转着，在房子上消失。

霍慧文回答不出这个问题，周行叙也不再像小时候那样非要知道这个问题的答案了。

周行叙临走前，回头看了一眼霍慧文："妈，我后来再也没有说过我喜欢什么，因为以前我说我想要什么、我喜欢什么，不是被哥搅黄了，就是被他抢走了。我现在想告诉你，我很喜欢她，她给了我归属感。"

周行叙开了半个小时的车回到了自己的公寓，开门看到放在鞋柜上的一个纸袋子，上面印着一个甜品店的品牌。

满屋子都很安静，二楼的被子没有了温度，卫生间里也只剩下一地潮湿。他给薛与梵打电话，手机铃声从卫生间的水池边传来。

要再给谁打电话，他知道。

医院夏天冷气开得很足，金属的长椅被冷气吹了二十四小时后，已经冷得像个铁疙瘩。薛与梵身上穿了件男士的外套，是周行叙那个薛与梵见过几面的邻居的。

她出门的时候太着急了，就穿了件短袖。

今天路轸回来的时候，手里拎着从甜品店买的蛋糕和咖啡。他不是很喜欢吃这些甜味的东西，前两天晨跑，听周行叙说他女朋友最近住在这里，所以就给他们送过来了。敲响周行叙公寓的大门，开门的却是捂着肚子的薛与梵。

周行叙不在家，路轸看见薛与梵的脸色不是很好。

他问是否需要送她去医院，薛与梵说了声谢谢，二十分钟之后人就在医院了。

现在就等加急的血液报告。今天白天她左胳膊抽了三管血，今天晚上右胳膊也抽了三管血，两条胳膊都有些酸疼，坐在冰凉的椅子上，薛与梵觉得自己的小腹更痛了。

路轸靠墙站在旁边，余光偷瞄了她一眼之后，拿着小票上的条形码到打印报告的机器旁再次查看报告是否出来了。

报告比预计的时间出来得要早。

两个人重新回到之前挂号的医生那里，路轸站在诊室门口把手里的报告单全部拿给她，他没跟进去，就在诊室外面等。

医生看着三张化验单，说了句："还好不是流产，是月经来了。生活压力或是学习压力太大，情绪不稳定，都有可能造成月经延迟。但是如果没有怀孕的打算，还是要做好安全措施。"

不是流产？

薛与梵手缓缓抚上肚子，所以他们没有孩子？

头顶的达摩克利斯之剑终于消失了，可随之而来的却是薛与梵意料之外的失落，像是做了一桌子菜，最后邀请赴宴的人一个都没有来。

薛与梵要打止痛针，路轸就是在这个时候接到了周行叙的电话。

知道他大约是看见他送过去的甜品和咖啡想到了他。

"喂，"路轸走到人少的地方，告诉他，"我们在二院。"

不知道是不是因为两个月没有来月经，一来就来了两个月的量，导致薛与梵疼得整个人都恨不得蜷缩成一只小虾米。

止痛针也不像做无痛胃镜时打的麻药一样那么快就有效果，薛与梵捂着肚子出去的时候，站在门口等她的不是路轸了。

他还是穿着之前出门时穿的衣服，医院的光线很足，照着干净得反光的瓷砖，也照着他脸颊上出门前不存在的红印子。

周行叙来了，路轸肯定就先走了。薛与梵也不傻，能猜到肯定是路轸给他打的电话。

周行叙抬手，帮她拢了拢身上那件明显就是属于男性的外套。

薛与梵垂眸，看见那只手在抖。抬眸看向他，视线对上之后，薛与梵开口："没有孩子。"

她担心了好几天,结果压根儿没有怀孕。

可她说完,视线里的人一愣,帮她拢衣服的手向后伸,将她揽进怀里。雪松的味道猛地钻进薛与梵的鼻子里,隔着短袖的布料,薛与梵还能感觉到他身上的温度。

"疼吗?"

他的声音闷闷的,薛与梵被他按着脑袋,看不见他的脸,只能"嗯"了一声:"但是打止痛针了。"

她说完,他抱得更紧了。急诊大楼里人来人往,有人脚步匆匆还不忘回头看他们一眼。雪松的味道将消毒水的味道打败了,像是他身上的温度驱赶走了冷气带给薛与梵的寒意。

"对不起。"

没头没尾的一句道歉。

但薛与梵知道他好像误会了,挣扎着从他怀里出来,手还搭在他腰上,借着他托着自己后脑勺的手仰着头看他:"周行叙,我没有怀孕,所以我们一直都没有孩子。"

说完,薛与梵看着他,看见他的表情从呆愣变成迷茫。最后他分析完这句简单的话之后,露出一丝劫后余生的笑容。

他长长地松了一口气:"幸好,幸好没有怀孕。"

是啊,幸好没有怀孕,否则之后的事情还会更多,更麻烦。现在没有孩子,也就没有了一切麻烦事的源头。

离婚也了无牵挂,无所顾忌了。

的确是"幸好"。

只是,薛与梵看着他脸上出现的笑容,想到了从验孕棒谎报军情到现在他的所作所为,从说出"吃饱了再说,总不能当爸的第一天就饿着我儿子吧"到"身体是你的,你可以决定要不要。我这副样子只是因为我觉得,如果孩子从存在到最后手术结束之后消失,都没有一个人欢迎他的到来,那他太可怜了",再到他说"薛与梵,你如果害怕手术失败时要监护人签字，要不我们结婚吧，我当你的监护人，我签字"。

从鸡汤到鱼汤，从他拿手机查孕妇的注意事项和忌口到他和便利店碰见的阿姨说自己"美梦成真"。

在这劫后余生的笑容出现之前，他所做的一切都仿佛是一个期待孩子到来的称职父亲应该做的。薛与梵看着那笑，心却跌到谷底。

他甚至深情满满地告诉自己，她是他的绝不让步，他对她的喜欢远超过她的想象。

周行叙松了口气，他抬手摸了摸她没有什么血色的脸颊："幸好只是生理期，不是流产。"

薛与梵有些不能理解，眨着眼睛看着他："但你儿子从头到尾都没来过。"

周行叙"嗯"了一声，语气没有脸上的样子那么轻松。他牵起薛与梵的手，拉着她慢慢往外走。

他只说了简单的一个"嗯"字。薛与梵挽上他的胳膊，任由他带着自己走，不看路，看他的表情："从来都没有来，美梦落空了。"

周行叙把薛与梵拉到自己身前，抬手掀开塑料的门帘让她先走："薛与梵，比起你流产我宁可美梦落空，流产对你的身体不好。"

六月的蛾子趴在玻璃窗上，撞击了几下玻璃之后又安静地继续待在上面。

不少人蹲在急诊大楼的门口，拿着手机打着电话。不缺神色紧张的，也不缺抱头大哭的，但没有第二对像他们这样手牵着手望着对方的情侣。薛与梵看着他，良久没有说话。

在这盛夏，食物暴露在空气中容易变质，薛与梵觉得自己也变质了，否则现在不会鼻子和眼睛，甚至连心头都是酸的。

她望着他，虽然四周昏暗，但薛与梵知道，自己藏在他的眼睛里。而在他的眼里，自己大于一切。

他的车停在不远处,薛与梵上车后,开了车里的灯,抬手轻轻扳过他的脸,借着车载灯的光细细打量着他脸上的红印子:"他们打你了?"

周行叙拉下她的手,假装看后视镜,偏过脸没让她继续看,抬手把车里的灯关掉:"没事,就看着红了点。"

"都破皮了。"车启动了,薛与梵不好打扰他开车,只能望着他的侧脸,"和我结婚是不是给你惹了不少麻烦?"

"没有。"周行叙让她别多想。

"没有孩子了,我们……"薛与梵没继续说。

离婚?

总不能尝试持证谈恋爱吧。

车刚驶出医院,他们就遇到了第一个红灯。

周行叙手扶着方向盘,脚踩着刹车,趁着红灯的空隙看她:"再接再厉?"

薛与梵瞪他:"说正事,正经点儿。"

"薛与梵,没孩子又不是我们没爱了。"他打了转向灯,"我们继续爱我们的。"

生芽(9)

周行叙洗完澡从卫生间出来,薛与梵还没上楼睡觉,腿上盖了条毯子,一只脚露在毯子外面垂在沙发边。她没玩手机,认真地看着上回他买回来的那几根验孕棒。

"干吗呢?"周行叙站在厨房门口问她,看她一脸认真的模样,抬手开了一盏客厅的大灯,让客厅更亮一些,方便她看。

"我今天去医院,医生说验孕棒谎报军情可能是产品的质量有问题,或者是我之前吃了维生素C的原因。"

薛与梵想看看是不是验孕棒有质量问题,如果是产品质量的问题,那药店也太能害人了。

周行叙烧了壶热水,从柜子里找了个保温杯出来,倒了大半杯热水,又往里面丢了几块冰。关上厨房的推拉门后,他看薛与梵放弃研究验孕棒了,可见不是所有人都适合干侦探这个工作。

"你说我是不是很倒霉?"薛与梵靠在沙发上,头发垂在沙发靠背后面,仰着头枕在沙发上,看着走到沙发后的周行叙。

"我才倒霉好不好?"周行叙抬手捏着她的脸,"薛与梵,我这算是被你骗婚了吧。"

薛与梵打他的手,不认:"你自己说我们继续爱我们的,结婚是因为爱好不好?什么骗婚,说出来多伤我的心。"

虽然薛与梵也觉得,如果她和周行叙交换身份,也会觉得自己被骗婚了。

"爱?"周行叙扬了扬眉梢,笑意更浓了,"行啊,那什么时候带我去跟你爸妈吃饭?"

挂在头顶明晃晃的灯照得薛与梵眼睛发酸。他一松手,薛与梵就坐直了身子,盘腿坐在沙发上,摆出一副大仙算命的架势,掐指一算:"让我想想。"

"挑日子?"

网上最近流行一句话:"二十岁出头,上厕所可自理,未来可期。"薛与梵想了想自己缺乏锻炼,腰椎间盘不太好的身体:"我在想我这副未来可期的身体能扛得住我妈打几棍子。"

周行叙揉了一把她的脑袋,她的头发在他手底下乱糟糟的了:"感动了,都愿意为我挨打了。"

薛与梵还想和他打趣的时候,看见了他脸上的印子。打趣的话咽回了肚子里,薛与梵起身,两只脚踩在沙发上,身形不稳。

周行叙抬手,让她扶着自己。

薛与梵借着他的手从沙发靠背翻下去:"过来,我看一下你的脸。"

周行叙手里拿着保温杯，听她这么说知道她是要看自己脸上被霍慧文打出来的印子。自己到底还是有点自尊的，他插科打诨，想随便把话题带过去："干吗？怕今天晚上抱错人睡觉？准备看清楚我？"

自己一本正经，却听他还在那里开玩笑，薛与梵板着脸，语气严肃地叫了一声他的名字："周行叙。"

周行叙逃避着，转身拿走茶几上的结婚证之后，搬了一摞书将它们压在最下面，似乎是准备压平整一些。

弄完这些，他去关灯。薛与梵不放弃，一直跟在他身后。

他上了楼，将之前倒了水的保温杯放到床头柜上，抬手把二楼的大灯关掉了，二楼一下子昏暗了下来，只剩下一盏起夜照明的小夜灯。周行叙这才把脸凑过去："来来来，看。"

薛与梵一本正经地关心他，看他这副不上心的样子，有点生气："周行叙。"

周行叙伸手把人直接抱上床，把被子一裹："睡觉。"

被子就像是一个蚕茧包裹着她，她只有半张脸露在外面，也只有脑袋可以动："我想喝水。"

周行叙起身去拿床头柜上的保温杯，拧开瓶盖后递给她。

薛与梵看着手里那个黑色的保温杯，拧着眉头："现在把保温杯拿出来用？"

……

等睡到了后半夜，旁边的周行叙被她起床的动静吵醒了，开口嗓子有点哑："怎么了？"

薛与梵轻手轻脚地下床："上厕所。"

打了止痛针，她没有经历难熬的痛经时刻。

再上楼路过客厅的时候，薛与梵看见那一摞书，搬开之后，结婚证上的褶皱还在。因为证件外壳的硬质材质，一有褶皱，痕迹就会很明显，像一条蜈蚣一样。

薛与梵上楼,房间里亮着小夜灯,他睡意正浓,偏着脸枕在枕头上,脸上的指痕过了几个小时后,更明显了。

伸手去够床头柜上的保温杯,一口水下肚,才发现里面的水还是温热的。薛与梵看着手里的黑色保温杯,又看了看他,视线落在他脸颊上。

周行叙睡觉一直睡得不沉,薛与梵起床上厕所后,他就处在半梦半醒的状态里,感觉她上了楼,在喝水,然后往他脸颊上亲了一口。

周行叙抬手摸了摸脸,指腹一碰到脸,感觉到刺痛感,才想到自己这半边脸上有伤口。他勉强睁开眼,看见薛与梵凑近的脸,把人拽进被窝:"大晚上不睡觉,偷亲我呢?"

"怎么样?疗伤效果好不好?"薛与梵拉过他的胳膊,枕上去。

他把被子掖好:"我小时候只听我奶奶说过小狗舔伤口会好得快。"

"狂犬病了解一下。"薛与梵在被子下踢了他一脚,翻身背对他,"表面夫妻。"

他每次见薛与梵这样子,总是不恼,还笑吟吟地将人翻身抱回来,手臂箍着她上半身,手在揩油:"别做表面夫妻,我们要做里面夫妻。"

薛与梵从周行叙那里搬回宿舍住了,小八她们自然以为薛与梵之前是回家住了。一群人商量着答辩结束后,全宿舍一起吃顿散伙饭。

不知道是谁开了回忆过去的头,她们聊起第一次见面的场景。

她们当时都以为对方是不好相处的人,但大学四年她们宿舍没有拉帮结派,没有吵过架,每个人都注意个人卫生,快递和外卖相互帮忙取,考试复习也相互帮忙。

小八拿着罐啤酒,坐在她哈士奇狗头模样的坐垫上:"遇见你们我大学圆满了,唯一的遗憾就是没有找个对象。"

薛与梵想了想自己,她好像真的可以算得上是没有遗憾。

没有荒废大学生活,恋爱也谈了,成绩也不错。

两个日夜过去，到了答辩的时候。

早上周行叙给她发了条信息，对她颇有微词，明里暗里说她回宿舍这几天都不知道给他发条信息、打个电话。抱怨完，又提醒她今天记得吃早饭。

薛与梵答辩抽签，抽到的答辩时间是上午十一点。她是上午的最后几个，虽然时间够她睡到自然醒，但她还是早早起床化了个妆，检查了一遍U盘里的内容。

周行叙抽的签时间靠前，但具体时间也预估不了。薛与梵也没有想过他会来找自己，她手机设置了静音，随手给周行叙回了条信息后，看着手里的论文还有些紧张。

讲台上的每一次问答，她都模拟是发生在自己身上，最后越模拟越紧张。

刚在台上答辩完的男生下了讲台，那头打下手帮助老师的学生拿着名单转头，在喊薛与梵的名字。

每个人答辩的时间长短不一样，薛与梵照着在网上搜索的流程先鞠躬问好，做完自我介绍之后，就是答辩人陈述。这两个步骤薛与梵已经预演过很多遍了，只是到了提问那一步她也不知道自己进行了多久。

其间陆陆续续听见走廊答辩完的人在讲话，警告他们保持安静的声音也响起过几次。

她回答完了所有问题之后，再次鞠躬答谢。

她是今天上午倒数第三个答辩的。

下了讲台之后，她偷瞄了几眼在花名册上写了几笔的导师，花名册上写了什么她也看不见。下一位同学上台之后，薛与梵回到之前的位置拿包，教室里还有几个学弟学妹，大约是来感受答辩氛围、积累经验的。

有个学妹想借她手里打印出来的论文看一眼，薛与梵想拒绝，但又找不到理由。这时，一只手抚上了她因为整理东西而弯着的腰。

薛与梵本能地害怕了一下，膝盖磕在椅子上，因为想转身看身后的人是谁，她重心往后移。在她即将要在安静的答辩教室里制造巨响时，周行叙手一搂，将她拉了回来。

薛与梵仰头看着他，眨巴着眼睛，惊讶地问："你怎么来了？"

几天没见，他脸上的印子已经看不出来了。

他凑过去，因为台上有人在答辩，他的声音很轻："结束了，所以过来接你。走吗？"

教室里有人认出他来了，但他依旧泰然自若地一只手牵着薛与梵，另一只手拎着和他极其不搭的女士托特包。这个时间点走廊上人不少，薛与梵后知后觉他俩这样有点光明正大。

以前她总不想让别人知道他俩的关系，但现在她偷偷抬眸打量着旁边牵着自己、给自己拎包的人，男朋友这么好，谁能做到不显摆显摆？

一路上注目礼收到了不少，她甚至还碰见了一个熟人。

那人从教室里出来，先只看见周行叙，抬手打招呼："你怎么来我们这里了？你不答辩？"

"结束了。"周行叙举了举和薛与梵牵手的那只手，"来接我老婆。"

那人这才看见他旁边站着的薛与梵，虽然不是同班同学，但还是认识的。听见这声"老婆"，大约只觉得是小情侣之间的情趣，他错愕了一瞬，笑着说："我们系自己人都没有追到，你倒是下手够快的。"

周行叙感觉到薛与梵用力地握着他的手，可她手劲不大，他轻轻松松地将手指扣进她的五指："一见钟情，追到的概率可能是比你们高一点儿。"

临近饭点，他们没聊几句就说了再见。薛与梵跟着他一起出了院系大楼，瞥了他一眼："还一见钟情，你真能编。"

"是是是。"周行叙拉着她往学校食堂走，"我们是日久生情。"

就他这种连黄庭坚的《水调歌头·游览》的风评都可以损害的人，薛与梵实在是没有办法用这个词本身的意思去理解它。

周行叙:"晚上有什么安排?我们乐队要吃散伙饭,他们叫我把你带着。"

他那天跟他们说了两人领证的事情,他们开玩笑说几年后万一聚不了,就提前喝喜酒,叫周行叙一定要带上薛与梵。

薛与梵想了想,她们宿舍只有方芹的答辩时间在下午,方芹的号在中间,应该结束得不会太晚:"我们宿舍也说好了今天论文答辩结束去吃散伙饭。"

"在哪儿吃?"

薛与梵:"我们就在学校附近吃,这样方便回宿舍。"

周行叙:"巧了,我们也在学校附近吃,你吃完了来我这儿再吃点儿?"

"你也太看得起我了,我吃得下两顿吗?"

周行叙一顿,表情有点复杂地看着她,视线上下打量她:"薛与梵你知道你没有怀孕最大的弊端是什么?你再也不能拿我儿子饿了当作你原本就吃两个人的食量的挡箭牌了。"

佳佳先看见自己发了五条信息都没有回复一条的薛与梵,看到她双手抱臂站在系院大楼前面。背着佳佳非常眼熟的薛与梵那个名牌包的人是周行叙。

他手指玩着薛与梵披在肩后的头发,两个人不知道说了些什么。薛与梵伸手打他,被打的周行叙眼睛弯弯的,手一拉,将她转过身,手捧着她脸颊,低头在她唇上落下一吻。

被亲的人捂着脸羞赧。

小八和佳佳在一个教室答辩,等两个人都结束了才一起走。她们聊着自己对对方答辩的看法,最后小八看开了,也想开了。她和佳佳说了两句话,没有得到佳佳的回答,她顺着佳佳的视线望过去。

她看见小情侣打闹的收尾部分,也看见了捂脸的薛与梵,小八嘴巴张着,响亮地叫了一声:"哇!"

小八的视线和亲完薛与梵的周行叙的视线撞上。

不知道他和薛与梵说了什么,后者惊恐地回头看过去。

……

今天食堂的糖醋小排库存特别给力,薛与梵端正地坐在小八和佳佳对面,见周行叙提着三杯奶茶回来了,对面的两人立马喜笑颜开。

"谢谢,谢谢!太客气了。"

"不用买奶茶的,都已经请我们吃午饭了。又是饭又是奶茶,我们吃不下的。"

薛与梵嗤笑:"我在他面前吃饭都是吃两人份的量,我都不要包袱,你们也别装了。"

小八咂舌:"瞎说什么呢,我们这是本色出演。"

"你们长着猫胃的仙女,基本不吃晚饭,那请客吃饭的惯例是不是可以免了?"薛与梵顺杆而下。"谁谈恋爱谁请客吃饭"是她们宿舍的特色,但可惜大学四年,全宿舍也只有薛与梵有幸尝过爱情的滋味。

小八唾弃:"抠。"

周行叙倒是上道:"我听薛与梵说你们晚上要吃散伙饭,我晚上还有饭局,到时候你们让薛与梵结账,我请客。不然毕业了之后下次再请就是喝喜酒了,要少请你们一顿。"

那头的两个人已经给方芹发了消息。薛与梵悄悄扯了扯周行叙的胳膊,小声问他:"你不来吗?不行就改天再请客,她们买的也是后天的车票,还有时间。"

"我去不去都没关系,不得让她们趁着我不在,问问你我们交往的细节嘛。"周行叙说女孩子不是最喜欢在没有男人的场合聊男人吗?

薛与梵有理由怀疑他请过他以前那些女朋友的室友吃过饭,居然还知道要给小姐妹留空间说男人的坏话。

吃完午饭,他们在食堂门口停住了。

薛与梵下午没事,周行叙下午要去办理把乐队训练室退还给学校的手续。办理退还手续需要先把训练室打扫干净。

薛与梵："那我去帮你打扫？"

周行叙看着不远处先走了的她室友一步三回头的样子，把薛与梵的包给她："算了，她们估计是在等你回去，接受严刑拷打。"

薛与梵能想象出那种场面，她长长地叹了口气："能想象到盘问我的画面了，让我想想怎么美化一下我们的故事。"

他笑："日久生情。"

薛与梵拧着眉头："你还说？"

周行叙没想到钟临在训练室。他刚去找人填写好退还训练室的表格，一开门就看见她拿着自己的吉他，在弹自己写给薛与梵的那首歌。

歌词缓缓唱出口，配着吉他的声音。吉他的伴奏简单，更衬托出这首歌的旋律和钟临的声音。

钟临听见开门声后，视线从琴谱移到他脸上，最后又移回琴谱上。

在琴谱上方的一角，有一行手写的字。

——这首歌只有三分钟，但我想着你写出了它，它就像宇宙一样永恒且庞大。

钟临放下扫弦的手："听说你们领证了？挺冲动……"

听见"冲动"这两个字，周行叙就知道钟临想说什么了。他断人念想不留余地："就光听说我跟她领证了，怎么没听说我跟她结婚是相互选择的结果？"

| 第三章 |

漂泊止于爱人的相遇

生芽（10）

唐洋给钟临打了两个电话都没有人接，最后钟临发来了一条消息，说自己临时有事，晚上乐队吃散伙饭她就不去了。

看着独自一人进包厢的周行叙，左任拆着餐具问："你老婆怎么也没来？"

"她们宿舍也要吃散伙饭。"周行叙拉开椅子，手搭在旁边空位子的椅背上，从口袋里拿出来的手机屏幕一直亮着，不断有新消息发来。

薛与梵觉得自己最大的失误就是少看了太多爱情故事，等自己说完那个纯洁版的朝夕相处然后日久生情的故事之后，她发现还没有小八脑补的兄弟相争的爱情故事精彩。

其实大家也不傻，有时候薛与梵突然下了一趟楼就不回来了，虽然她们没有戳穿她，但还是猜到了她在谈恋爱，就是没有想到她的恋爱对象是周行叙。

一片肥牛在锅里煮老了，麻辣锅越煮越辣，果汁带来的饱腹感在去完一趟厕所之后就消失了。每个人都喝了点儿酒，借着酒劲说着以后常联系，邀请大家假期去自己的老家玩一趟。大家表面都应下了，甚至开始想象旅游的画面，但是所有人心里也清楚，自己大概率是不会去的。

周行叙过来接薛与梵的时候才晚上九点多点，小彩灯装饰着沿路的绿植,他站在路灯下,偏头看路边开直播表演的人。

身后的光将他的身形剪裁出来,他伸手先接过了薛与梵的包,随后牵着她的手。

这是她大学的终点啊。

也是下一阶段美好生活的开始。

向卉的病得动手术,薛与梵现在毕业了待在家里,医院陪床舍她其谁。向卉既想让薛与梵陪自己,又不想让她来。

说白了,薛与梵干什么都让她看不惯,最后还得自己来,甚至还得时不时动手给女儿削个水果。

虽然薛与梵去陪床了,但是老薛还是找了一个医院的护工。薛与梵每天跟着病房里的人晚上八点睡,早上六点起,中午再睡个午觉。

她作息太规律,导致周行叙有时候都找不到她。

和向卉同病房的阿姨人很不错,是个晚上睡觉不打呼噜的。她比向卉大了五岁,现在都抱上孙女了。阿姨平时没有什么爱好,就是喜欢做红娘,闲着没事问问年轻人的情感经历。

薛与梵不好回答的样子,成了大人眼里的害羞。向卉便说:"她没有对象,我还巴不得她现在谈恋爱呢,不然到时候好的男生全被挑光了。"

听到这话,薛与梵来了精神:"真的吗?"

向卉放鱼饵:"你有吗?"

"我……"薛与梵一顿,立马把话头收住,"看你需要。我都可以。"

万事都讲求循序渐进,一下甩出红本子把她老妈刺激到了,到时候哭着抱着老妈大腿,说出渣男语录里top级别的那句"我是怕你生气,所以当时不告诉你",那是万万不能的。

薛与梵准备一点点地把周行叙介绍给她爸妈,她手搭在床边的支架上:"我是有那么一个喜欢的男生。"

手术安排在明天,向卉正在整理枕头准备午睡养精蓄锐,听到薛与梵这句话自然不困了:"谁啊?"

薛与梵:"我大学同学。"

于是向卉知道了,那个男生是本地人,大学学的是财管,家里有个哥哥,是女儿口中对她很好的人。

向卉倒是开明,只是担心:"家里有个哥哥不太好,到时候万一他爸妈偏心,你就有气受了,会遭罪的。"

不得不说人生阅历这个东西真的有用,向卉多吃了二十多年的油盐酱醋,不是薛与梵一个新手好糊弄过去的。

不过向卉到底是困意浓了,也不纠结:"反正你要是真喜欢的话就先跟他谈着恋爱,能把异国恋的两年熬过去,再考虑这些问题。"

说完,她像是宽慰自己,又像是宽慰薛与梵:"还早还早,我睡觉了。"

既然今天白天都和向卉提过周行叙,晚上薛与梵说要出去,也没找要去吃东西的借口。

周行叙在大楼楼下等她,薛与梵在医院里待着穿着有点休闲。

他去实习的日子已经定了。

薛与梵挽着他的胳膊,两个人朝着附近的商场走去:"那你哥会去吗?你们碰见会不会很尴尬?"

"没和我在一个地方。"至于碰见会不会尴尬,周行叙把胳膊从薛与梵的臂弯里抽出,搭上她的肩头,"我跟你在一起是合法的,我凭什么尴尬?"

说到"合法",现在薛与梵骑虎难下,当初脑子一热领了证,现在这边周行叙不肯离婚,那边她又没有办法告知父母。她和周行叙商量能不能离了婚继续谈恋爱:"网购还有七天无理由退换,游戏还有重新开始呢。"

周行叙:"薛与梵,你就像是社会新闻里夫妻为了房子假离婚,最后却不肯复婚的坏女人。"

薛与梵挺心虚的,理直气壮的样子装到一半就装不下去了:"你……"

周行叙瞥她一眼,他还不了解她?

薛与梵假笑:"你可真是警觉呢。"

"对于我这种有浪子前科的人,你没觉得结婚证是给你的保障吗?"周行叙把人拉到自己身旁,医院里车多,停车也不方便,更多人倾向于骑电瓶车出行,路上还有送外卖的小哥进进出出的。周行叙左右看着车,带着她走到人行道上,"都合法了,你还没有安全感吗?"

"这合法的安全感需要你的身家来证明,你把银行流水打印出来给我,让我看看余额,数数零。"薛与梵和他讲话时下意识地一直看着他,也没有注意到旁边拐进来的黑车。

向卉在病房里玩手机,丈夫来的时候薛与梵才走没多久。

老薛进屋,环顾四周没看见自家孩子,想到刚刚拐进医院时看见的那个眼熟的身影,就知道自己没有看错,但他还明知故问:"孩子呢?"

"出去了。"向卉掀起被子,拍了拍床沿让老薛坐下。

老薛想到了那时候看见的把手搭在他闺女肩上的那个男生,个子高高的。向卉和他都是多少年的夫妻了,见老薛问了两句薛与梵之后,没数落薛与梵为什么不在医院陪她,就知道老薛有事瞒着自己。

"怎么了?"

老薛这才把刚刚进医院的时候看见的画面说给了向卉听,白日里已经听女儿说过她有个喜欢的男生,这回听见这事她平静了不少。只是想到小情侣约会的样子,她笑得眼睛都眯了起来。

悲喜不相通,向卉知道老薛看见了那个男孩子,问他那人长得怎么样。老薛哼了一声:"个子挺高,样子嘛,我不喜欢,一看就不老实。"

向卉还能不了解自己生的女儿吗,首先对方的模样就得让薛与梵第一眼看到时觉得舒服,她才乐意和人家交朋友。向卉倒是没有那种自己家白菜要被偷的难过。

老薛看手表:"都出去多久了,你该打电话叫她回来了。"

"我不打,要打你自己打。"向卉没看时间,他来之前没多久薛与梵才走,他都没来多长时间,孩子能出去多久,"你得了,你闺女是什么样的人你不知道啊?饭不会做,能把自己的狗窝收拾好就皆大欢喜了,好吃懒做的。有人肯娶她,等我病好了就去登门拜谢。"

……

薛与梵陪周行叙一起吃了顿晚饭,从餐厅回医院的路上,她在甜品店买了两个冰淇淋球,店里的冷气开得足,连薛与梵这种怕热的人进去都打了个哆嗦。

她看见旁边的人拿手挡着脸,打了个喷嚏。

"感冒了?"

周行叙蹙眉,摇头:"突然打了一个喷嚏。"

薛与梵的主要工作还是陪向卉,看电影这种约会项目耗时太长,她又不需要买衣服,所以两个人就回去了。

周行叙:"我拿着爱的号码牌能最快预约你这个大忙人哪个时间段?"

向卉最近还没有做手术,所以她还能出来玩,等明天向卉做了手术,她大概率就不会再这样跑出来见他了。

约时间这种事,是最难说的。等薛与梵吃完了冰淇淋,两个人慢悠悠地朝医院走去,还是走到了平安夜去过的住院部锐角小花园那里。薛与梵之前手里拿着冰淇淋,所以掌心很冰。

她的手捧住他的脸的时候,周行叙"嗞"了一声,她跷起一只脚,踮着另一只脚,亲了他一口:"明天实习加油,好好赚钱。"

周行叙尝到了淡淡的朗姆酒的味道,可能是冰淇淋的口味:"我独守空闺还要赚钱呢?"

"那没办法,我的人生还没有快进到能靠艺术吃饭的那一天。等哪天我一边摇晃着红酒杯,一边对争相要购买并收藏我设计作品的老板们说艺术是无价的,那时候我可能就养得起你了。"薛与梵的手没移开,还捧着他的脸:"到时候我买大房子养你。"

"行。"周行叙一只手搂着她的腰,另一只手托着她的后颈,人微微前倾,让她不至于在接下来他主导的接吻里踮脚仰头太累,"到时候请个保姆,我不想再给你收拾卫生间的长头发了。"

感觉到他搂着自己,看着他凑过来的脸时薛与梵就知道他想干吗了。等他手托着自己后颈的时候,薛与梵的脖子贴着他的手,仰着头在等他。

冰淇淋带来的温度和味道一点点在唇齿相磨中消失,薛与梵搂着他的颈项,七月夜里的温度将在他们四周产生的氛围火花迅速点燃,理智被架起来反复烘烤。

医院外的街道上依旧热闹,蛾子不停地撞击着路灯,一棵樟树长得太高,将路灯照出的橙色的光笼罩在自己的树叶和枝干里,像是藏了一个月亮在里面。

灼热的气息在这火热之中能格外明显地感受到。她圈住他颈项的手臂有些圈不住了,最后扶着他的胸膛。

亲吻中,她的发丝擦过周行叙的脸颊,为了给不会换气的薛与梵喘息的机会,他总能找准恰当的时机离开她的唇,又能不让她觉得吻断断续续或是戛然而止,等她喘上一口气再重新贴上去。

直到她身上都染上雪松的味道之后,他将收尾工作做得特别好,从她的唇角,吻到了染上红晕的脸颊和耳周。

最后脸颊贴着脸颊,没再有别的动作。

"接下来都要很忙了。"他的声音带着一丝情欲未尽的沙哑感。

薛与梵的胳膊重新抱上他的后背:"怎么了?"

听他说这话,薛与梵感觉就像是两人位置互换了,他变得被动了,主动权在自己手上。

薛与梵没来由地想到了以前自己念书的高中,小卖部老板娘养了一只和猫抢骨头永远失败的大金毛。

她轻抚他的后背:"你的身份是合法的。"

他倒是会蹬鼻子上脸,把难题引出来:"合法是合法,你什么时候能让我变得合情合理?"

得了,还是她要怎么把他介绍给自己的爸妈这个问题。

不过好在周行叙给她的期限是在她出国之前,薛与梵这段时间只需要安心照顾向卉。

薛与梵到病房的时候老薛还没有走。

老薛看了眼手表上的时间,刚想问薛与梵一些事情,向卉预判了他的想法。病房里还有别人,又不是只有他们一家三口。

但知道自己老公是真的想知道,向卉干脆叫薛与梵去楼下买点儿湿巾,顺道把自己老公也赶回家了。

晚上这个时间点没什么人来探病,电梯里只有父女俩。

老薛直接问:"谈恋爱了?"

"啊?"薛与梵今天才告诉向卉。母女和父女的相处方式还是很不一样,很多事情她好意思和向卉说,但是和老薛说就感觉很奇怪。

考虑到不知道什么时候结婚这件事可能就穿帮了,薛与梵给自己留了条后路,答非所问:"我们大三认识的。"

那也两年了,有些通过相亲认识后来结婚的人都不一定有她和周行叙认识的时间长。

碍于性别,有些话老薛不好对薛与梵说,最后等电梯到了一楼时,老薛才来了句:"白天看看电影、吃吃饭就算了,晚上少出去。"

考虑到自己的年龄以及子宫里息肉的大小,最后向卉还是决定切除整个子宫。

手术很成功。

只需要等病理切片报告出来。

向卉住了七天的院，薛与梵就在医院里陪了她六天，最后一个晚上向卉没叫薛与梵陪着。

向卉明天要出院了，怕老薛这几天趁她不在家在卧室里抽烟，到时候她回去住在烟灰缸里。

她突击检查给他打了个视频电话，没有找到任何破绽。

老薛躺在床上，说是在看电视。直男打视频电话的角度，一整张脸占据了全部的屏幕。

向卉开门见山："没有在卧室的床上抽烟吧？"

老薛："没有抽烟，就看看电视，准备睡觉了。你明天什么时候办出院手续？我叫司机去接你。"

向卉把镜头对着薛与梵："要吃过午饭下午才能回去，大概一点多。"

老薛看见孩子，随口打趣："薛与梵，你的小男朋友有没有带着鲜花和水果去看你妈？"

薛与梵听罢，脸红了。

"哎哟，算了吧，我现在蓬头垢面的。"夫妻俩又随便聊了两句，向卉催老薛早点儿睡觉，"不说了，你早点儿睡觉吧，明天还要赚钱。"

她说完，朝着镜头挥了挥手。

于是，老薛举起了镜头外拿着香烟的手，朝着向卉挥了挥手："再见。"

看着赫然入镜的香烟，向卉像个苦苦寻找证据最后终于破案的警察："你还说你没有抽烟。"

于是，薛与梵被向卉赶回家了，说是让她明天上午联系家政公司去打扫卫生。

原本她准备打的回家的，结果周行叙没二话，来接她了。

顺道还把她上次从家里偷出来，用来和他结婚的户口本带来了。

薛与梵都差点儿忘了户口本还落在他那里。

结婚证全放在周行叙那里了，要是揣在薛与梵这里，她觉得那就不是结婚证了——是颗不定时炸弹。

大约是她前脚刚从医院走,向卉后脚就给老薛打了电话,所以老薛下楼倒水喝看见突然回家的薛与梵时不是很意外。

薛与梵把包丢在沙发上,往沙发上一倒,这几天她在医院晚上睡得不安稳,现在只想进被窝好好睡一觉。

问老薛要了明天要付给家政公司的钱后,她拿着一沓现金美滋滋地上楼回了房间。

她洗过澡后在床上滚了一圈,钻进久违的被窝。终于不用束手束脚地睡在翻个身都要小心翼翼的折叠床上了。

半夜终于不会有人来查房、量体温了。

薛与梵这一觉睡得格外舒服,她昨天晚上就提前在手机上约好了今天家政公司上门的时间。

上午十点。

既不打扰她睡懒觉,也给家政公司在向卉回家前打扫卫生留够了时间。

昨天晚上入睡前她还想着能睡到自然醒,结果大清早,她卧室的门就被打开了。

也不知道是不是因为这几天待在医院里,每天半夜都有人开门,导致她现在神经衰弱,一有人进屋她就醒了。

看着站在床边的老薛,薛与梵睁不开眼睛,有些蒙。

也不知道是不是全天下父母的通病,反正老薛以前总喜欢在她睡懒觉的早上,端着早饭来她房间里溜达一圈。有人进屋,薛与梵就睡不着了,结果老薛"哧溜哧溜"地喝粥吃面,还把"没事,你睡你的"挂在嘴边。

久违的熟悉感重现,薛与梵困得不行,眼睛只能睁开一点点:"老爸,你干吗?"

老薛负着手站在床边,视线打量着她:"恭喜恭喜。"

薛与梵:"啊?恭喜什么啊?"

"你说恭喜什么?"老薛将放在身后的户口本拿了出来,展开翻到薛与梵那一页,语气带着怒意,但脸上挂着笑,"恭喜你已婚啊。"

负荆请罪倒也不至于,薛与梵洗了把脸换了衣服下楼,央求着老爸先不要告诉向卉。

老薛坐在餐桌边,看着"已婚"那两个字,气得头疼:"你也知道你妈妈知道了会难过啊?你当时为什么要做这种事?"

薛与梵沉默了。

老薛以为她是犟,不肯说:"装沉默呢?"

薛与梵摇头:"我怕说了真相你受不了。"

她刚说完,一瞬间老薛就想到了各种失足少女的社会新闻。他一巴掌拍在桌子上:"你现在给我把那个人叫过来,看我怎么收拾他!"

薛与梵看见那一巴掌下去,桌上的东西都一震,她打了个哆嗦:"冷静,冷静。"

"我是你爸爸,我怎么冷静!混账,干得出这种偷鸡摸狗的事情!我们报警,现在都是什么社会了,他……"老薛撸起袖子,恨不得现在就冲出家门。

"别别别。"薛与梵阻止他,"你情我愿的事情,法律制裁不了他。"

老薛:"那我们道德上谴责他。"

薛与梵指了指自己,朝老薛卖乖地一笑:"骗婚的人是我。"

晴天霹雳。老薛后退了两步,坐在椅子上,仰天长叹了一声:"你,骗婚。"

他的血压持续飙高,用手背贴着额头。

老薛说话阴阳怪气:"你真是个勇士啊。"

薛与梵乖巧地回到老薛对面的座位上:"别告诉老妈行吗?"

老薛撇干净自己:"东窗事发的时候你自己扛着。"

薛与梵举起三根手指头发誓:"可以,但是到时候你不能跟老妈一起揍我。"

老薛："群情激昂，我受到氛围的影响，真揍了你也实属无奈。"

薛与梵反将一军："那我就告诉老妈你知情不报。"

早上这么一闹，老薛上班要迟到了，司机还在门口等着。老薛想到这件事还是头疼："你改天把那个男孩子带回来，给我见见。我看着觉得他不好，你趁早给我把这个婚离了。"

老薛越说越觉得头昏："真是作孽。"

周行叙收到薛与梵发来的信息时，他刚晨跑完回到公寓，拿着水杯在补充水分。看着她发来的一长串的"完了"之后，给她回拨了一个电话。

"怎么了？"

薛与梵把早上老薛发现他们结婚的事情告诉了他："周行叙，完蛋了，我感觉我伤透我爸妈的心了。他们送我念大学，教我好好做人，我居然干坏事。"

"是我，是我没干好事。"周行叙将水杯里的水喝掉，把水杯搁在洗碗水槽里，"你调整一下心情，我丈母娘下午不是要出院了吗？"

薛与梵纠正他的称呼："是的，我妈妈下午要出院。"

听她故意把重音加在"我妈妈"三个字上，周行叙笑："是，咱妈下午出院。"

幼稚地一来一往。

最后挂掉电话时，薛与梵虽然不能说是松了一口气，但心也安定了一些。

老薛在办公室里满面愁容的时候，秘书在外面聊天："你说老板一脸愁容，是不是公司资金运转出问题了？"

"我听说老板娘住院了，是不是病情不太好？"

"应该不会吧……"

聊着天的时候，楼下前台的接待员给秘书打来电话，她接起电话："什么事？"

"曲姐，楼下有一个年轻人说要见薛总。"

……

周行叙在楼下等了半个小时后，前台的接待员才带着他上了楼。这间办公室的装修比他爸还更有品位一些，老薛没有坐在办公桌前，而是坐在边上的茶台旁。

老薛也没有想到这个年轻人会主动找上门。被秘书带进来之后，周行叙很有礼貌地说了声谢谢，然后站在旁边。老薛没有邀请他过来坐，他就一直站在原地。

沉默了一会儿之后，老薛轻咳了一声，抬手："过来坐。"

周行叙对茶的了解并不多，只觉得老薛递过来的那杯茶入口之后有回甘润喉。

老薛在商场上纵横多少年了，有一招叫"敌不动我不动"，但用这招的前提是自己的闺女没跟他结婚。老薛搁下茶杯："你们的事情我知道了，我想你今天来找我，肯定也是因为梵梵给你打电话了吧。"

周行叙颔首："是的。"

"我只是一个父亲，我想问的问题很简单：你有多喜欢我女儿？"老薛说那是他和向卉唯一的女儿，虽然比她娇生惯养的女生还有很多，但是他们夫妻两个也是竭尽所能让薛与梵过得好，"你能给我女儿什么？"

说完，老薛打量着对面的人。

在沉默中，他缓缓抬起眼眸，视线坚定无比："我的一切。"

以前到现在，乃至未来。

他的一切。

出芽（11）

向卉看着薛与梵心不在焉的模样，以为她是困了："要不要去睡一会儿？"

昨天她从医院回来，周行叙送她回家的时候，把她落在他那里的户口本带来还给了她，结果她忘记包里还有户口本，一到家就随手把包扔在了沙发上。

老薛今天估计就是在沙发上看见了她的包，看到了没有拉链设计的托特包敞开的包口，好奇为什么户口本会在她这里吧。结果一拿户口本，随手一翻就看见她的婚姻状态栏里盖着"已婚"的章。

她就是回南天没有发霉的被子，在回南天之后的大晴天里反而发了霉，俗称"倒大霉"。

下午，向卉从医院回来倒是睡了一觉，薛与梵在卧室玩手机的时候，听见向卉喊她。

向卉睡醒之后口渴，薛与梵拿着水杯下楼去烧水，这时随手揣在口袋里的手机响了。

是周行叙。

他很少发表情包。

这次他没头没尾地给她发了一个"熊抱"的可爱表情包。薛与梵靠在冰箱门上等水烧开，一脸不解地看着那个表情包，给他回了一个问号。

那头电水壶跳闸了，"咕嘟咕嘟"的水声变小了，薛与梵加了点冰块调节了一下水温。

……

薛与梵这个动手能力，就是在家也帮不了什么大忙。今天中午向卉是在医院里吃完了饭回来的，晚饭吃的是老薛从饭店打包回来的菜，明天中午就得在家吃，但老薛不在家。有向卉这个需要补充营养的病人在，薛与梵平时吃的外卖上不了餐桌。

老薛计划请个煮饭阿姨。

薛与梵没有异议，反正请煮饭阿姨的钱也不需要她来出。向卉虽然不想花这份钱，但自己刚做完手术，就是想下厨也心有余而力不足。

晚上吃饭，向卉是在床上吃的，薛与梵给她把饭端上去之后，老薛在楼下已经动筷子了。

早上被他发现自己已婚，薛与梵这会儿闭紧嘴巴专心吃菜，努力将存在感降到最低。老薛夹了一个鸡翅，瞥了眼对面脸快埋在碗里的人，叫了她的名字："薛与梵。"

被叫的人闻声立马抬头。

老薛似是故意卖关子吊她胃口，慢慢地说起今天周行叙来找他的事情："今天我和你那个小男朋友见面了。"

薛与梵如鲠在喉。

她嘴巴里的米饭都不香了："你不会干了那种谈分手费的事情吧？"

"要赔钱也是他们家赔钱。"老薛说自己怎么就成那种人了，"我就简单地和他聊了聊。"

"聊什么了？"薛与梵没法不好奇。

老薛扒拉了两口米饭，把今天和周行叙聊天的内容告诉了她，也没有说满不满意。爱意经过他人之口转达，便会变得浓烈，一个人告诉另一个人，比直接说出口还让人感动。

——他的一切。

薛与梵眼睛弯弯的："过关了吗？"

人还是不错的，就是两人没从交往开始一步一步地慢慢来。老薛用筷子指了指她："要不是因为你妈身体不好，我今天非把你的腿给打折了。"

薛与梵立马变回缩头乌龟的模样。老薛吃饭快，现在薛与梵有把柄在他手里，洗碗、收拾这种后续工作，她很有眼力见儿地揽在自己身上。

老薛抽了张纸巾擦嘴："你的生日家里一直都是不庆祝的，今年你找人陪你过吧。"

这话虽然没有明说，但薛与梵还是懂了他是什么意思，心里立马放起了小烟花："谢谢老爸！"

老薛不吃这一套："户口本收好。要是被你妈发现了，我把你的腿打折。"

薛与梵的生日是周六，正好老薛休息可以在家陪向卉。她原计划是周六一大早就出门，周四的时候和周行叙说好了时间，结果后来他变卦了。

周五晚上他就来接她了。

当时都快晚上十点了。

向卉和老薛早就睡觉了，有拖延症的薛与梵都已经洗完澡，在床上打着滚看电视剧了。电话打来的瞬间，电视剧的画面暂停了，通知栏里弹出来电显示。

"喂。"薛与梵把手机从床头的手机支架上拿下来。

"我在你家楼下了。"

薛与梵立马从床上下去，掀开窗帘往楼下望去，一辆车灯亮着的黑车停在了她家楼下。

薛与梵从来没有想到他们的关系到了合法的那天，自己出门还要蹑手蹑脚。

他扶着方向盘，从副驾驶座的车窗看她一路小跑过来。

夏日的闷热在出门的那一刻扑面而来，薛与梵拉开副驾驶座的车门，车里在放音乐。薛与梵跑了几步都有些喘了，她系好安全带："你怎么现在就来接我了？"

"还有两个小时就到周六了。"周行叙慢慢地开车驶离她家。

直到他下车前伸手去后座拿东西的时候，她才发现他买了蛋糕。蛋糕被她捧在手里，包装严实，她看不见里面蛋糕的样子，不过包装袋上的店名她特别熟悉。

好像上次他那个送自己去医院的邻居，当时拎过来的甜品也是这个牌子的。

薛与梵："你买蛋糕了啊？怎么都不告诉我一声。"

"惊喜。"周行叙解开了楼下单元门的门禁。

"不怕我不喜欢？"薛与梵侧身进楼，故意找碴儿，"我可是很挑剔的。"

周行叙："挑剔？我丈母娘说过了，你除了桌子腿啃不动，过敏的东西吃不了，其他的你就没有不喜欢吃的。"

薛与梵感觉等以后他"合情合理"了，知道了自己小时候那些糗事，就会时不时地拿出来嘲笑她。算了，丧偶比离婚难听，薛与梵放下了准备踢他的脚。

他的公寓还是和以前来时差不多，只是现在桌上堆的不再是五线谱，而是一堆专业书和薛与梵看不懂的报表。

蛋糕放在了桌上，空调他出门之后就一直没有关。周行叙径直走到厨房，厨房的台子上摆着一个超市的购物袋，购物袋里装着两大瓶果汁。

橙汁和葡萄汁。

他打开了上面的橱柜，拿杯子。

薛与梵还是像之前一样，如同小尾巴一样跟在他身后。看见橱柜里的高脚杯，她伸手去拿："还有高脚杯呢。"

周行叙放下手里的普通玻璃杯："用高脚杯？"

"再增加点氛围？"薛与梵两只手各拿了一个，然后碰了下杯。

用高脚杯装果汁，不伦不类。但她不在意，用葡萄汁冒充红酒，蹲在椅子上,等着周行叙用打火机给她点蜡烛。

她很少过生日,也很少在生日的时候许愿。她双手十指相扣,闭上眼睛的一瞬间,突然不知道自己要许什么愿。

她微微睁眼,小小的火焰在数字蜡烛上摇曳,室内的灯都关掉了,那一束火苗能照亮的区域很小。除了父母,她最喜欢的人已经处在微弱的光亮里,也已经是她的了。

周行叙看见她睁眼的小动作,问她:"许完了?"

"没有。"薛与梵打趣,"准备求婚姻幸福。"

他笑了一声,笑声很轻:"这个不用求了,我能做到。你还不如求早生贵子。"

薛与梵反将一军:"怎么,早生贵子就不能靠你了?还需要我求一下?"

她就是不吃一堑长一智,挑衅一个男人的办法有很多,她偏偏踩了最大的一颗雷。周行叙双手抱臂,人往椅背上靠,视线越过蛋糕看向她:"实践是检验真理的唯一标准。"

薛与梵听罢嗤笑:"你当时考毛概分数很高吧。"

是句损他的话,周行叙其实听懂了,但还是报了个分数:"可能跟你比是高了点儿。"

高了不止一点儿。

蜡烛已经燃烧一半了,她再次闭上眼睛,十指相扣的手抵着下巴:那就愿家人都身体健康吧。

包括他。

知道生日愿望说出来就会不灵验,所以周行叙没有问她许了什么愿,重新去把灯打开后,她开始切蛋糕。

是个巧克力蛋糕。

热量炸弹。

但她就是爱吃。

她吃起来觉得口味正好，不出所料，周行叙吃了一口就觉得甜，放下叉子后不动了。薛与梵用勺子挖了一勺送入口中，浓郁的巧克力味在嘴巴里化开。

薛与梵舔着勺子，问他："我爸上次和我说你去见他了，他虽然没有说别的，但是我感觉他应该是对你挺满意的。"

周行叙喝了几口高脚杯里的果汁后，还是觉得茶叶最解腻："我第一天上班都没那么紧张。"

毕竟自己一开始的做法就很不对，换作他是薛与梵的爸爸，或者以后他有了女儿，到时候女儿背着自己偷偷结婚了，他不把那个浑小子的腿打折都是大发慈悲了。

去泡完茶叶后周行叙就换了个座位，从薛与梵对面变成挨着她坐在了餐桌旁，她坐姿不端正，一条腿搭在了他腿上。周行叙喝了一口茶之后，放下了茶杯，手搭在了她腿上。

薛与梵没在意腿上的手，继续吃着蛋糕："我们好惨，结婚都没有人祝福我们。我爸才知情，我妈到现在还不知道，你家人的反对情绪和这几天的温度一样持续高涨。"

周行叙不语，虽然他爸表面是一副很支持他结婚的样子，但其实他知道，他爸只是希望他安定下来，乖乖地继续走自己为他铺设好的路。至于让他安定下来的原因，他爸并不关心。

周行叙看着桌上的蛋糕，视线又落到她脸上，他拿起手机，找到了相册里以前拍的结婚证的照片，添加到动态里作为配图，文案写着：偷白菜计划，完美落幕。

这条动态没有屏蔽他朋友圈的任何一个人。

没多久，他把手机递到薛与梵手里，抬手摸了摸她的脑袋："薛与梵，有人祝福我们的。"

里面有他的亲戚、朋友、同学和同事。

周行叙看她越翻留言眼睛越红，笑着捏了捏她的脸颊："怎么还哭了?"

傻。

该献上什么呢?一个生涩的吻,一句没用的"有你真好"?

不知道,所以她都做了。

蜻蜓点水的一吻,她唇上的奶油沾到了他的嘴角。薛与梵吸了吸鼻子,答非所问:"你不再吃点儿蛋糕吗?"

说完,周行叙伸手将她抱到自己腿上,面对面地坐着。

薛与梵穿着吊带睡裙,肩头的带子系成了好看的蝴蝶结。墨绿色的裙子很衬肤色,她脸白,身体也白。出门时她已经洗过澡了,随时都准备睡觉。

生芽（12）

靠墙放的民谣吉他上落了一点儿灰,那面全是黑胶唱片的墙还保持着薛与梵上次见的样子。二楼的窗户窗帘没有拉开,薛与梵靠在床头看不见窗外的天空。

她说想听他弹吉他。

周行叙没起身,笑着说:"你倒是挺有情调,还要点播首歌听。"

但他说完,还是起身去把靠墙放着的吉他拿了过来。他问薛与梵要不要听《生日快乐歌》,薛与梵说随他发挥。他在床头柜的抽屉里拿了一个新的拨片,坐在床边。

周行叙后背的肌肉线条明显,文身师的技术很好,他后背以及身上的其他文身都没有出现晕染褪色的现象。她看见他手臂上的那条时间轴,那条上次看还空着一段的时间轴上,多了两个日期。

一个和他自己的生日靠得很近,七月四号。

一个现在处在时间轴最末端,就是不久前的六月十一号。

薛与梵当然知道一个是她生日,另一个是他们登记结婚的日子。

视线顺着他的手臂落在他的侧脸上,他神情专注,但又有些懒散。

吉他的声音在房间里消失了,一曲弹完,他朝她抬了抬下巴:"怎么打赏?"

薛与梵抱着被子坐起来,朝他脸颊上亲了一口。

他把吉他放到床尾:"亲什么脸啊,要亲就亲嘴。"

不正经。

时间已经不早了,薛与梵催他去洗澡。周行叙转身去拿床尾的吉他,手碰到吉他弦,发出了几个不怎么好听的音:"我想到了一句诗。"

薛与梵弯腰去够地上的短袖,从头套进去,伸手将头发从领口里捞出来:"什么?"

他笑着说:"浪抚一张琴。"

薛与梵还没有反应过来这是李白的诗句,周行叙抬手胳肢她,膝盖撑在床上,翻身压了过去。薛与梵惊叫了两声,东扭西躲的,伸手去拉他的手。

他的手是拉住了,但是自己的手也被他拉住了。周行叙拉过她的手往她头顶一按,甚至还空出来一只手。手从她颈项处出发,顺着身体线条游走。如果他的指尖有颜色,或许那将画出一幅好看的身体简笔画。

……

卫生间里的水汽因为开门散了一点儿出来,但中央空调开着,很快卫生间里的温度降下去了。周行叙从卫生间出来时,薛与梵还坐在餐桌边,手在翻着他桌上的那些报表。

周行叙去厨房倒了杯水之后,把人带上楼。

在她洗澡的时候,床上的四件套已经换了干净的,他靠在床头在回复工作上的事情。薛与梵看着他手机屏幕上白色气泡旁边那个卡通头像,像女孩子用的,再看看备注:财务部-舒茜。

她翻了个身闭上眼睛准备睡觉,胳膊叠在一起,放在枕头边。身后的人没有动静,薛与梵睁眼,看见了自己胳膊上之前在桌子边缘压出来的红印子,伸出胳膊给旁边的人看:"周行叙,你看。"

"我那时候不是叫你用手撑在上面吗?你怎么又用胳膊撑着。"他把手机放到一边,拉过薛与梵的胳膊看了看,听她说用手撑不住,周行叙低头在那道红印子上亲了一口,"还疼不疼?"

薛与梵卖乖:"吃顿夜宵就不疼了。"

周行叙微微起身看了眼床头柜上的时钟,已经太晚了。他伸腿往她腿上一压:"明天开始晨跑,锻炼好身体以后一劳永逸。"

在薛与梵看来这和"我感冒鼻塞,所以我把头砍掉了,现在我不鼻塞了"一样。她眼睛一闭:"不可能。"

薛与梵没动作,想到今天进屋时看见他桌上的东西,一瞬间觉得他好像变了很多,他还是周行叙,但又不只是周行叙。

成为一个人的丈夫,是一件需要消耗巨大财力和需要努力的事情。

而他想做到最好。

薛与梵问他:"周行叙,桌上那些报表你看得懂吗?"

"看不太懂。"周行叙刚接手,财务部有很多东西和大学学的不太一样,他只能一边上班一边学。

薛与梵:"那怎么办?"

周行叙听罢,笑:"能怎么办,看不懂就继续看。"

薛与梵将脸埋在他脖颈处,手捏着他耳垂,故意问:"养我好累啊,周行叙,该怎么办?"

周行叙下巴蹭了蹭她的脑袋,话里带笑意:"只能以后少生两个。"

早上吵醒薛与梵的是一只蚊子,醒来的时候被窝里还是只有她一个人,手摸了摸旁边的被子,温度已经降下去了。她把脸颊在枕头上蹭了蹭,慢慢醒过神来。

周行叙晨跑完,拎着早饭进屋的时候,看见二楼栏杆处的脑袋。

他把耳机摘下来,在玄关换好拖鞋进屋:"醒了?下来吃早饭。"

她没动:"有蚊子,要不然我还能再睡会儿。"

周行叙将早饭放到餐桌上,上楼把人从地上抱起来,看见了她脸颊上有一个红色的蚊子包,她皮肤白,被叮这一下,明显得很:"对的,那只蚊子就是我派来的间谍,专门不让你赖床的。"

他抬手给她挠了挠脸颊,告诉她今天早饭的菜单。

她自己下了楼,周行叙拿着换洗的衣服跟在后面。

等他洗完澡出来,她坐在椅子上喝豆浆,发出响声,说明豆浆见底了。袋子里的茶叶蛋和鸡蛋灌饼也都消失了。

他们的约会和别人不太一样,两人都更倾向于待在家里。

看着投影到幕布上的老电影,薛与梵躺在他身上,聊着电影里的爱情,周行叙用手指绕着她的头发,告诉她不用羡慕别人。

……

她过完生日之后,他们见面的机会还是没有变多。

薛与梵找出了从学校里带回来的东西,自己画了一版设计稿。

一对婚戒。

只是她画了好几版都没有满意的。

周行叙每天按时上下班,自从上次薛与梵过生日的时候他在朋友圈里公布了结婚证,全公司的人没多久就都知道周行叙是已婚状态了。

当然也包括有他微信的那些亲戚。亲戚自然是要打电话问霍慧文的,怎么一点儿风声都没有,霍慧文的小儿子就突然结了婚?

霍慧文打电话给周行叙,可电话接通之后她又不知道应该怎么说了,质问他为什么要公开吗?还是在明知道他喜欢现在的妻子的情况下,逼着他去把婚离了?

都是行不通的。

向卉的身体恢复得特别好,病理切片报告也出来了,情况很乐观。拆完线之后,向卉除了不能太累,基本和以前没有什么不一样了。

八月，二姐家请客吃饭。

薛献小朋友过生日。

薛与梵提前在网上买好了礼物寄了过去，也收到了二姐客气的回礼。

"你看，这些全是我当时生薛献之前买的，这个婴儿车我就用了几次，你别嫌弃是用过的。还有超多衣服，几乎都是新的，能省不少钱。"

二姐说这些全部是前几天大伯母闲在家里无聊的时候整理出来的。

薛与梵心虚地回了句："还早还早。"

薛映仪："我听婶母说你谈恋爱了，谈了恋爱就快了，我像你这么大的时候都怀上薛献了。"

那头向卉在和妯娌聊天，说到了大伯母最近认识了一个特别厉害的算命师傅，还发现一座烧香灵验的寺庙。大伯母洗脑能力一流："你不是身体不好吗，之前还说你哥哥和侄子赔钱了，没准是什么东西找上你们家那边的人了……真的，我之前去的时候什么都没说，那个师傅连小仪未婚生子都知道。"

等薛与梵坐到沙发上的时候，只听向卉应下了："那行，我下周周末和你一起去算算。"

那头向卉刚应下，薛与梵就给周行叙发了周末有时间出来约会的消息。

……

求神拜佛在早上，那个算命的师傅住在首府普济寺前面的老街区。向卉天没亮就出门了，薛与梵听见动静的时候觉得身上酸痛感明显。

向卉会开车，现在身体恢复得差不多了，开车已经没什么问题了。汽车发动机的声音消失在楼下，薛与梵睡不着了。

起身化了个妆，看时间，周行叙过会儿也要晨跑了，薛与梵给他发了消息让他来接自己。

向卉去接了妯娌，今天薛献没有人带，两个人就带着个小孩一起去了。两个女人到了这个年纪,能聊的无非是丈夫和小孩。

聊起薛献,大伯母摸着小孩的脑袋,似是在感慨:"时间过得真快,当时他刚出生,小仪没有奶水,你买了桶奶粉过来给这个小孩喂奶。我还记得他一岁长牙的时候,梵梵穿了条真丝裙抱他,结果献献流口水,那条真丝裙上就画了一道印子。现在这小孩马上就要上幼儿园了。"

向卉:"时间是过得快啊,我们一点点老了,他们一点点长起来。"

"你现在好好养身体,等梵梵过几年结婚了,你还能给她带孩子。"

向卉嘴上说着不乐意:"我不给她带,带小孩累死了。让她婆婆给她带孩子。"

大伯母笑,谁当时不是这么想的,到时候一切都难说:"也是,你出去打打麻将,他们来了你有空就做顿饭。带孩子老得快。"

开车到普济寺不过半个多小时。她们提前打过电话和算命的师傅联系过了,大伯母带着薛献站在房间门口,让向卉自己到供桌前点了根香。

一个男人盘着佛珠,坐在供桌旁边的位子上,嘴里念念叨叨地,像是在请神。

那人摸了摸胡子,神神道道的:"你丈夫对你很好,他很会赚钱。你们有一个小孩,是个女儿。"

听那头的人说着,向卉往后看找着妯娌,递过去一个有些惊讶的眼神。

只是再往下说,说到她一直过得很幸福,向卉就觉得那人有些不可靠。向卉上头有哥哥,下头有个妹妹,妹妹和她年纪差得有些大,哥哥又是儿子,她从小吃的苦最多,还是嫁给了现在的丈夫之后日子才一点点地好起来。

对面那个男人动了动手指,拇指、食指和中指来回搓着,向卉知道那手势是让她给钱,犹犹豫豫地从包里掏了二百块钱。

也不知道是不是因为付了钱,向卉觉得他说的话越来越不靠谱了。

"你女儿最近好事临门啊,恭喜恭喜。就是她和她婆婆相处得不会太好,但是你放心,她老公会站在她这边……"

向卉这下可以断定这就是个骗子了,什么好事临门,她家最近就没有什么好事,女儿刚谈了个男朋友,这就开始说什么婆婆、老公的了。

要不是那二百块钱已经被老头死死地攥在手里,向卉都想抢回来。

去后面的普济寺烧香的时候,向卉吐槽了一路那算命的老头不靠谱,作为介绍人的妯娌也不好多说什么,狐疑着明明自己来算的时候特别准。

普济寺的绿竹遮阳,香火不断,大雄宝殿前的银杏远远可见,这个季节满目苍翠,大殿之内菩萨低眉。

向卉迈过门阶,跪在蒲团上,还是这檀香佛像来得靠谱些。

周末两人见了面,结果周行叙在忙着看报表。薛与梵早上被向卉起床出门的声音吵醒后一直没有睡着,腰和腿莫名有些酸。

他看他的报表,薛与梵拿着草稿纸坐在他对面随手画了枚戒指。

周行叙起身倒水的时候,看见她在草稿纸上随手画的设计图,视线扫到她手上,然后又落在自己手上。

空空的,没有戒指。

他叫她:"薛与梵。"

"嗯?"薛与梵抬头看他。

"我现在没有那么多钱。"周行叙把水杯重新放到桌上,然后在她对面坐了下来,"我想给你买的戒指有点贵,我现在没有那么多钱。"

也是,现在鲜少有人能在大学刚毕业就存够买戒指的钱,就是真到了结婚的时候,大部分钱也还是由爸妈出。他们两个的事,他妈反对成那样,肯定是不会掏钱出来了;至于表面支持他的老爸,周行叙又不想跟他要钱。

更没有让薛与梵爸妈掏钱的道理。

薛与梵拿着铅笔,小指上沾了铅笔碳粉,有些黑。她听完那些话的表情在周行叙的意料之外,她有些生气,语气微怒:"结婚戒指还要买,你这是在侮辱我。"

她总有办法在他每次将自尊放到最低的时候,小心翼翼地将他那份自尊染上的尘埃扫去。

最后她又像叮嘱似的强调了一遍,似乎他不照做她就要生气了:"不准买,我要自己设计。当然,材料费你出,这个我可以接受。"

材料费他肯定有。

周行叙点头:"行。"

他们两个都计划好了,等他把报表看完之后温存一下。结果刚从餐桌甜蜜蜜地出发,薛与梵在床上滚了两下后,生理期来了。

以前盼着它来,它不来。

现在久旱逢甘霖,好不容易来了场及时雨,盆都端出来接雨水了,天放晴了。

周行叙从她身上起来,看着遭殃的床单:"你肚子疼不疼?要不要给你去买止痛药?"

"没事。提前来肚子就不会太痛。"薛与梵面露难色。

周行叙不太懂这些,但还是去给她倒了杯热水。

他公寓里有上次薛与梵留下来的卫生用品,换洗的衣服这里也有,薛与梵简单地冲洗了一下。出来时他正抱着床单从二楼下来。

薛与梵把卫生间让出来,把床单直接扔在洗衣机里这一块血迹也不一定能洗干净,得先用手搓一搓。

她想自己洗,周行叙站在洗手池前面,让她去阳台拿洗衣液:"网上说生理期不要碰冷水,我洗,你去阳台帮我把洗衣液拿过来。"

洗完之后他把床单和他早上晨跑换下来的衣服裤子一起丢进洗衣

机里。薛与梵在他柜子里没有找到换洗的床单，周行叙说是前一段时间洗得太频繁了，导致床单都洗旧了，他就扔掉了。

至于为什么换得这么频繁，薛与梵不问也知道。

"我陪你去买床单？"薛与梵提议，"顺便我再买点卫生用品回家，我家里没有了。"

他们没去附近那家商场里的超市，薛与梵说那边东西不多，她给周行叙导航，去她每次都和向卉一起去的那家大超市。

在门口扫了二维码，换了一块钱的硬币，周行叙推着购物车，将她的包放在车里："肚子疼不疼？我感觉租个轮椅比推购物车好一点儿。"

"不要浪费公共资源。"薛与梵走在旁边，手扶着购物车，帮忙控制购物车的方向，"你除了床单，还有没有别的想买的？"

周行叙想了想，视线移到她身上，有点暧昧。他勾了勾唇："我去问问导购放在哪里……"

话还没有说完，一只手已经捂住了他的嘴巴。薛与梵想到了上次的经历，耳朵尖都红了："周行叙，闭嘴。"

没走两步，看着摆满一个货架的计生用品，周行叙故意停在那里，继续打趣她："买不买？我请客。"

从普济寺出来，向卉准备把妯娌和薛献送回家，大伯母说要去趟超市，他们在超市门口下车就可以了。

向卉想了想，家里也缺东西："我也去买点儿东西。"

向卉虽然身体恢复了一些，但大伯母还是不让她推购物车。薛献坐在购物车里的座位上，小脑袋东张西望地找着喜欢的奥特曼玩具。

两个女人聊着天："我家那个总问我家里开销怎么那么大，但是你看看现在油是什么价格，贵死了。"

"他们不买菜，不知道。他们就只能看见几碟子菜摆在桌上……"向卉视线扫过货架，叹了口气，"我倒是还会做菜，你看看薛与梵，就会一道糖拌西红柿，以后结婚怎么办啊？"

"别说梵梵，我当时结婚的时候也什么都不会，还不是嫁了人之后才开始做菜的。"大伯母让向卉放心，"再说了，说不定梵梵命好，到时候找个不需要她做菜的男人。"

"算了吧。"当妈的最会数落自己家小孩，"真这样我非得上门谢谢我未来的亲家，生了个这么好的眼瞎的儿子来娶薛与梵。"

稚童的声音响起："薛与梵……"

聊天的两个大人笑了，看向购物车里的小孩："什么薛与梵啊，你要叫小姨。"

薛献指着他们旁边的人，又喊了一声："薛与梵。"

薛与梵想找个地洞钻进去。

其实画面也挺美好的，她和她男朋友站在一起，面前站着她老妈。前提是背景不是摆着计生用品的货架。

薛与梵坐在向卉的车里忐忑不安。她偷瞄着开车的向卉，心虚得不行。偷偷摸出手机，周行叙的消息已经发过来了。

耕地的牛：别怕，我跟着一起过来了。

种草莓的园丁：来给我收尸吗？

耕地的牛：替你挨打。

薛与梵已经在想等会儿跟向卉解释的话了，但好像怎么说都没有办法把自己偷偷结婚这件事对向卉的伤害降到最低。

从超市到小区只用了半个多小时的时间。

种草莓的园丁：别了，你给我妈一点儿缓冲的时间，你直接上门我妈更受不了。

客厅里，向卉坐在沙发上，薛与梵局促地坐在对面，垂眸看着面前的茶几，她已经在计划等会儿怎么跪到向卉面前，声情并茂地哭着承认错误了。

向卉深吸一口气，薛与梵跟着一紧张。

"薛与梵，你可以谈恋爱，但是你们才在一起多久啊？那种事情……"向卉一想到刚刚见到她和一个个子高高的男生站在货架前面挑计生用品的样子，真是又想好好教育她，又不知道要怎么说。

丈夫被婆婆教育得很好。

尊重自己，不勉强，不让她为难。但向卉知道这样的人其实很少，她不知道那个男孩子家里有没有教育他，但是向卉得教育一下薛与梵。

让她知道只要她不愿意，那个男生就不能强迫她，否则就是触犯了法律。

一番话说出口，薛与梵一愣。

是啊，她心虚什么。向卉还不知道她结婚了，刚刚就只看见她和周行叙一起逛超市而已，而且自己已经提前和向卉说过她有一个喜欢的男生了。

她的腰板莫名其妙地直了起来。

薛与梵吸了吸鼻子，重重地点头，只是那句饱含情绪的"妈妈，我知道了"还没有说出口，家门就被推开了。

老薛刚刚收到女婿的微信消息，奔袭千里赶回来救急。

明明是开车回来的，但人一头的汗。

他喘了口大气："老婆你别动怒。我刚刚发现她结婚的时候，我就已经抽了她一顿。你要是还生气，我再打一顿。你才动完手术不久，一定不要累着。我来我来，鸡毛掸子呢……"

老薛四处找着鸡毛掸子，回过头，发现客厅里安静无比。

老婆一脸蒙，女儿心如死灰。

老薛看了看两个人："难道你没想打她？不打最好，家和万事兴。我们改天见见男方父母聊一聊，虽然顺序有点变了，但是那个男生我见过了,人真的挺不错的。今天一看见你把薛与梵从超市带走,他立马给我打了电话,人现在还在小区门口等着呢。他真的挺不错的,老婆你别生气……"

说到一半,老薛感觉到自己的袖子被扯了扯,回头看见表情痛苦的女儿一直在给他使眼色。

老薛狐疑道:"怎么了?"

薛与梵死心了:"老爸,你闭嘴。"

向卉颤抖着伸手指着薛与梵:"结婚?你结婚了?"

生芽（13）

没有办法了。

现在的感觉就像是期末考试,老师把整张考卷的范围都在书上明确地标记出来了,考试也是开卷考试,结果你没有带笔。

她宁可老薛没有回来。

老薛头上的汗终于慢慢消退了:"不是我说你,当时出了什么事情你不能和爸妈说吗?非要去结婚。我看你就是活该。"

"要不是你,我都'回狂澜于既倒'了。"父女两个望着向卉卧室紧闭的门,面面相觑。

向卉生了好大的气,谁也不搭理。薛与梵更不敢把在外面的周行叙带到向卉面前,她让他回去,说天塌了,也是她爹先挨揍。

薛与梵不敢在向卉眼前溜达,母女俩很有默契地在一个房子里做到了碰不到面。老薛也有心当个中间人劝导一下,结果引火烧身。

"那小伙子一米八几的大高个儿,家境也不错,和梵梵一个大学的,现在毕业出来了……"老薛刚说了几句,向卉就抬手让他打住。

"你不去劝你闺女离婚,来劝我接受现实?"向卉抡起枕头砸他。

老薛抬手挡了一下:"离婚那就是二婚了,我们不介意,别人会怎么想？事情已成定局，而且我见了一面，小伙子一表人才，对梵梵好得没话说……"

"等会儿，你见过一面了？"向卉突然反应过来，"我记得你之前回来的时候说，你知道女儿结婚的时候已经打过她一顿了，所以你早就知道了？"

这下父女俩都不招向卉待见了。薛与梵还好，睡在自己的房间，可怜老薛从主卧搬出来，睡在客房里。

周行叙听薛与梵说母女俩在冷战，问她需不需要他上门道歉。

薛与梵拿着手机在床上滚了一圈："你这叫来火上浇油，道歉有用的话我家早就恢复合家欢乐的氛围了。"

周行叙坐在他自己公寓的餐桌边，将眼镜摘了，靠在椅子上闭眼小憩："那就没有办法了？"

"有啊。"薛与梵说笑，"我们离婚，我的好妈妈还是我的好妈妈。"

说完，薛与梵都能猜到周行叙在电话那头是什么表情了。只听电话那头长长地叹了口气："不离。虽然这样你就没有了好妈妈，但是你得到了一个好老公。母爱没了，我给你点儿来自对象的父爱。"

薛与梵："滚开。"

八月一天天过去，薛与梵已经订好去英国的机票了，也从周行叙那里看见他不知道什么时候办好的护照和签证。

日历上的日期逐渐接近出国的日子，母女的关系还是没有得到丝毫缓和。

老薛中途又去劝了一次，薛与梵当时就站在门外，听见里面的向卉难掩火气："我拼了半条命生下来的女儿，偷偷背着我结了婚，我还不能生气啊？结婚是这么随随便便的事情吗？要不是你说漏了嘴，我看她没个两三年都不会告诉我。当妈的居然不知道女儿结婚了，你说有这么离谱的事情吗？"

薛与梵知道，这回她是真把她妈的心给伤透了。

八月中旬，二姐一家登门拜访，为薛与梵即将离开这里饯行。向卉整个饭局都一言不发，中途离开上楼了，所有人都只觉得这是一个母亲舍不得即将远行的孩子的正常反应。

但薛与梵知道，那就像一条长在手上的伤疤，里面没有好透，碰不碰都在隐隐作痛。

送走二姐一家之后，她把碗筷和酒杯全放在洗碗机里，剩下的交给明天预约的家政公司收拾。

老薛瞄了眼天花板，拍了拍薛与梵的肩膀："你偷偷摸摸把婚结了，还瞒着家里人，你妈妈是觉得你不尊重她。结婚是多大的事情你知道吗？她是怕你被骗。你结婚这事，没有人会比爸爸妈妈更开心。"

薛与梵撇了撇嘴："对不起。"

车灯的光从外面照进客厅，薛与梵听见屋外的车声，老薛也心知肚明外面的人是谁："去吧。"

周行叙出门前在家换弦，吉他弦拆了一半。

坐在地上再动手的时候，腰上环上一只胳膊。

薛与梵的脸颊贴在他后背上，因为这回向卉生气，薛与梵又进入了之前懊恼自己为什么要干坏事，喜欢什么离经叛道的感觉，要是好好念书就不会造成现在这种局面的死循环里。

周行叙手里的动作停了，放下换弦的工具，转身要去抱她。见薛与梵没动，周行叙扭头只能看见她的头顶："要不要我抱你？"

薛与梵让他继续换琴弦："不要。"

周行叙手上的动作继续，她不说话，周行叙也没有开口。薛与梵靠在他背上，闻着弥漫在自己鼻尖的雪松味道。灰尘悬浮在空中，耳边只有换弦发出的声音。

安定又惬意。

决定出国进修是好几年前的事情了，虽然想象过自己可能会舍不得，但是真到了现在这个时候，她的情绪远远比想象中强烈。

她转动脖子，下巴搁在他后背上，圆领的衣服下滑，露出他后颈上的光环海豚。薛与梵伸手，用指腹摸着那一块肌肤，他躲了躲："痒。"

　　薛与梵想到了自己的生日出现在他手臂的时间轴上，用力抱紧了他："周行叙，你说我要不要也在身上文个你？"

　　他换完琴弦开始调音，听见薛与梵的话，稍稍停了手："不要因为冲动去文身，想文就等你念完书回来再去。"

　　薛与梵好奇："为什么？上大学可以文身的。"

　　他没讲话，扫弦的手没停。

　　薛与梵趴在他后背上，能明显感觉到他用力时后背肌肉的变化。吉他扫弦，薛与梵听不出音准不准，他根据调音器显示的内容不断地在调整琴弦的松紧。

　　脑袋里的小灯泡一亮，薛与梵扭头，脸颊靠在他胳膊上，妨碍了他调音："是不是怕我两年后从英国回来万一变心了，到时候身上有你的文身不好？"

　　他"嗯"了一声，动了动胳膊，让她把脑袋挪走。

　　"周行叙你对我这么没有信心啊？"

　　她问完，四下安静了好久之后，她才发现那把民谣吉他已经被他放到了旁边。他什么也没有做，就这么坐在地上任由她趴在自己后背上，被她这么抱着。

　　"风险最低化。"他拍了拍裤子上的灰，手朝后伸，"我弄好了。你坐前面来，我抱你？"

　　薛与梵没动："我没多久时间了。"

　　"你在提醒我抓紧时间在抽屉里的那些东西过期前逮着你用掉？"周行叙打趣她。身后的人微怒地叫了一声他的名字，他才变得正经些，"没事，你别担心你爸妈，有我呢。"

　　"呵。"薛与梵轻笑，"看我妈会不会把你扫地出门。"

　　周行叙："薛与梵，我丈母娘吃不吃苦肉计？"

薛与梵把搂着他腰的手伸到他面前,然后竖起食指晃了晃:"要是我妈吃苦肉计,我家早就一团和气了。"

周行叙想了想,突然做作地叹了口气:"历史告诉我有一招从古至今都很管用,叫作'借子上位'。"

薛与梵不夸口:"这种结果大概率会是我妈接受了你,但是这辈子不会给你好脸色看了。就像电视剧里那种恶毒婆婆和懦弱小媳妇。"

周行叙笑:"俗话不是说,丈母娘看女婿,越看越顺眼吗?"

俗话不假。

但薛与梵转念一想:"周行叙你有点出息行不行?当时靠小孩和我结了婚,现在不努力上进,还指望靠小孩获得我妈的认可。"

"就想吃你们娘俩儿的软饭。"周行叙说笑,说话的同时人向后转,伸手一抱,将薛与梵从身后抱到自己前面。面对面之后,他脸上刚刚那副插科打诨模样没了,笑意似是沉淀了下来,语气也正经了,"好好去念书,他们有我照应着。"

面对面看着那张脸讲出这种深情的话,冲击力可不小。

都说浪子回头金不换。

现在她就像是一个贪财者,看着巨大的金山。

薛与梵亲了亲他的下巴:"有时候我觉得你真的对我很好,换作是我,你妈妈也这样不支持你和我结婚的话,你出国之后我才不乐意照应她呢。"

周行叙手圈着她的腰,听她讲着孩子气的话,这些话他从来都是喜欢听的,不觉得她幼稚:"你妈妈不接受我是因为我们没有按照常理走流程,让她觉得我们把结婚当作儿戏了。我妈是因为听了我哥的话,觉得你一边钓着我哥,一边讨好我,认为你很不好。"

他说两者是不一样的。

听他还讲出这种话,薛与梵鼻尖酸酸的,莫名生出一股倔强:"我一定会让我妈认可你的。"

周行叙听罢，很配合地点了点头，笑着说她就像是古代在青楼寻欢作乐的男人，对头牌一见钟情后，匆匆许下诺言，说"我一定要八抬大轿娶你进门"。

一片真心被他这么一比喻，薛与梵有点生气，又觉得这个比喻还真像那么一回事，抬手捶在他肩头。

他挨了打，抓着她打自己的手，反而笑得更开心了，凑过去和她鼻尖碰鼻尖："老板，寻欢作乐一下？"

薛与梵偏头，啄了一下他的嘴角："那你轻点儿？"

周行叙起身，把人从地上抱起来："这很难。"

……

洗完澡，他在发消息。

薛与梵赤着脚上了沙发，他把抱枕拿开，让薛与梵坐到自己旁边。

是唐洋找他。

薛与梵知道唐洋在没毕业的时候被星探看中了。他发来的消息说自己参加了一个歌唱比赛，想在比赛里唱周行叙写给薛与梵的那首歌。

需要来找周行叙授权。

周行叙自然是同意了，随口问起他比赛情况如何。

他发了条语音消息过来，叹了口气，说挺难的。

具体的事没有细说，节目还在录制中，并没有播出，唐洋也不好说得太明白，只是在最后又对周行叙同意授权道了谢，说是在九月初的淘汰赛演唱这首歌，邀请他去录制现场。

唐洋：没准那就是我最后一次站在那个舞台上了，唱你的歌，你来不来？

夜里，周行叙没睡，算着她登机的时间。她倒是洗过澡之后沾上枕头就睡得很熟。离别的情绪似乎不能打扰她睡觉，就像难过伤心也影响不了她的食欲一样。

虽然觉得她很没有良心，但周行叙是庆幸的，庆幸她现在吃得下，睡得着。

夜里他口渴，起夜喝水。

月光穿过窗纱照进卧室里，他偷了几缕光用以打量近在咫尺的脸。

这八千多公里的距离，将因为对一个人的感情而被放大并拉长无数倍。难逃肝肠寸断，这种情绪在此之前他只在放弃游泳时体会过一次。

再一次感受到时，他并没有因年纪变大而变得铁石心肠，依旧难过，依旧舍不得。

如果说去不去看唐洋录制节目，这是周行叙需要思考的问题。

那么薛与梵需要思考的则是怎么和向卉讲和。

终于，时间的脚步走到了日历上标红的日子。老薛和周行叙一起送她去机场，向卉嘴硬不肯去，薛与梵出门的时候她背对着房门在睡觉。

机场拖着行李的人不少，薛与梵觉得自己就像个第一天念幼儿园的小孩，这里依依不舍的人数量仅次于在医院。她不想对着送行的人哭，可登机后，再掉下来的眼泪也不会引起四周同样面临分别的人的一点儿关心。

……

老薛和周行叙在送完薛与梵之后也分开了。

本来老薛打算直接回公司，想到今天早上有一份文件没有拿。回家去拿的时候他看见向卉坐在床边抹眼泪。

老薛叹了口气："你非要和她冷战怄气，现在人已经出国了。"

"我又不是想她。"向卉嘴硬，数落起薛与梵每天在家也是好吃懒做，自己巴不得她赶紧滚蛋。

二十多年的夫妻了，怎么会不了解对方。

老薛的手抚上妻子肩头，一瞬间向卉没忍住："这个死小孩，偷偷结婚这么大的事情，我就说了她两句，她还给我玩起冷战来了。我都没有揍她！"

老薛："哪里是和你玩冷战？孩子压根儿不敢往你面前凑。"

向卉假装没听见老薛讲的话:"那个男孩子也是的,就不能勤快点儿,脑子灵活点儿,拎着鲜花和水果上门,自我介绍一下。"

老薛:"你板着张脸,鬼见了都闻风丧胆。那天人家都在家门口了,我和闺女合计了一下,考虑到人家的人身安全,又给人撵回去了。"

向卉悲从中来,听着旁边的人拆台,忍不住了:"你告诉我,你站在哪边啊?"

老薛点头:"你这边,肯定是你这边。"

见向卉情绪慢慢平复下来了,老薛见缝插针:"那要不改天我叫人家上门吃顿饭?"

刚说完,情绪平复的人脾气又起来了:"吃什么饭,拐跑人家女儿的小浑蛋。我不吃!你也给我走开,看见你们姓薛的我就来气。"

刚到英国,薛与梵觉得自己比以前还黏周行叙。明明之前也要几天才见一次,约会频率不像其他人那么频繁,但八千多公里仿佛一下子就将一天的时间拉长了。

薛与梵来之前做了很多功课。

和房东沟通好了租房子的事,就连合租的室友都通过邮件联系过了。她以为自己已经做好了万全的准备,但还是被英国的小偷教训了一次。

室友是喀城人,但中文意外地讲得特别好,英语讲得也好,甚至比她这个大学毕业的人都要好。后来一问人家上的大学,薛与梵就闭嘴了。

室友得知了薛与梵的手机和钱包被偷了之后,陪她去警察局报案。

不过好在钱包里没有什么证件,只有几张公寓楼下咖啡店和华人超市的积分卡。

室友陪她去买了新手机,她重新和周行叙还有她老爸取得联系已经是一天之后了。他们关心着薛与梵身体有没有受到伤害,她说:

"没事，只是偷窃，不是打劫。"

她还说要不是英国在食物上太不讲究，她甚至还可以一顿吃两碗饭："我身体好着呢。"

周行叙收到薛与梵这些消息的时候刚去看完唐洋参加的节目的录制，节目组的乐队比他们当时专业很多，重新加工了编曲，更好地突出了唐洋的声线和音色。

节目结束后，他们两个去吃饭。

唐洋说起音乐这条路："我知道难走，没想到这么难走。"

说起当时周行叙拒绝了星探，他总觉得周行叙比他更适合吃娱乐圈的外貌红利。

周行叙摇头："当个绣花枕头吗？我只是在某一段时间选择了音乐，那不是我终生的选择。"

餐桌上，唐洋敬他："薛与梵是你的终生选择？"

周行叙没回答，只说："结婚也同样很好。"

饭局结束之后，唐洋还要为下一场录制做准备。分别时他身边有工作人员，唐洋说授权的钱到时候打给他。周行叙拍了拍他的肩头："好好唱歌，以后大紫大红。"

唐洋笑："行，一定不给我们乐队丢脸。"

"这个不重要。"周行叙说，"到时候免费给我老婆设计的首饰代言。"

黑色保姆车的车门已经打开了，唐洋嗤笑，说恋爱酸臭，但同样像周行叙祝自己大红大紫那样祝福他："那我也祝你们婚姻幸福。"

周行叙久违地喝了点儿酒，回到公寓后一夜好眠。

只是，他早上醒来之后，手机屏幕上几个小时前薛与梵发来的关于她身体好"可以一顿吃两碗饭"的豪言壮语下，堆了几条新的微信消息。

种草莓的园丁：为什么我都来好几天了，现在才开始水土不服？

周行叙打电话过去的时候，才想起她那边现在是凌晨。电话还没来得及挂断，那边就接通了。

薛与梵的声音有气无力。

"喂。"

周行叙蹙眉："喂，你声音怎么听起来这么虚？你那边现在都几点了，你怎么还不睡？"

"头晕，还开始上吐下泻。"薛与梵说完症状怕他担心，说自己已经吃过药了。

周行叙估计她药是吃了，就是这药的药效可能不怎么好。

电话那头声音很虚："国内是不是早上了？"

周行叙掀开被子起床，从楼梯上下去，听着电话那头的声音，觉得她仿佛还是和以前一样，在宿舍或者在家里。

"那你是不是要去上班了？"她说完，周行叙还没有来得及回答，又传来她的"哒"声，"不聊了，我肚子疼。我先挂了。"

薛与梵觉得人倒霉起来最多只能像自己这样了。

人类倒霉蛋本蛋。

才来就被偷了手机和钱包，迟到的水土不服的症状也没有缺席。一开始症状还轻，她点了份寡淡的沙拉吃，结果当晚就开始上吐下泻，最后去医院配了几片药回来。

薛与梵还没有开学，幸好她早来了十天，提前适应新生活。

室友早上去图书馆之后，房东来敲门，大约是怕她死在屋里影响他后续再租房。房东看见薛与梵这样，象征性地关心了她一下之后就走了。

毕竟也不能指望房东现在给她煮碗他可能这辈子都没有煮过的白米粥。

老薛和向卉没有签证，也只能隔着手机屏幕关心一下她。

电话照旧是老薛打过来的，向卉只说了几句话，没在视频通话里露脸。

薛与梵嘴巴一撇:"这里的医生一点儿都不靠谱。"

老薛"哎哟"了一声,心疼道:"那你有没有吃什么药?我听你二姐说可以吃点儿维生素,你吃了没有啊?"

薛与梵越说越想家:"吃了,但是我现在开始上吐下泻。"

老薛:"哎哟,那你怎么办啊?你要不要回来啊?"

向卉在旁边听着父女俩讲废话,夺过手机,看见了手机屏幕上久违的女儿的脸:"这几天不要吃带荤腥的东西,那里能不能买到大米?自己煮碗粥喝,多喝点儿水……"

薛与梵叫了一声:"妈。"

向卉眼眶一红:"干吗?"

薛与梵:"我想吃你做的饭了,这里的饭菜好难吃。"

天底下哪个当妈的听见孩子这句话能不心疼,向卉眼睛发酸:"那妈妈也过不去啊。"

就在母女俩要抱头大哭的时候,薛与梵这边的门铃响了。向卉在那头也紧张了一下,生怕是什么陌生人敲门,提醒薛与梵先看猫眼再开门。

薛与梵拿着手机走到门口,睁一只眼闭一只眼凑到猫眼处。

外面的一方天地透过一个小小的猫眼被薛与梵的眼睛接收到,素白的屋外走廊上站着一个挺拔的身影,只能看见半张脸和一个肩头。

她曾经很多次越过这个肩头看他公寓的天花板,或是埋在这个颈窝睡觉,即便不看脸,她都能认出来。

手机那头向卉在问是谁敲门。

薛与梵打开门,扑上去,再次嗅到那股熟悉的雪松的味道:"周行叙。"

生芽（14）

老薛看着母女俩朝着冰释前嫌的故事情节发展，放心地去厨房泡了杯茶，出来却看见电话已经挂掉了。

他在厨房里，这么近的距离也没有听见她们两个吵架，电话怎么就挂了呢？

向卉把手机放到桌上："那小伙子过去了。"

薛与梵觉得那股雪松味道都有些不真实。

可拥抱的真实感在这一刻告诉薛与梵一切都是真的。她不松手，贪婪地嗅着他身上的味道："你怎么来了？"

周行叙揉揉她脑袋："我怕丧偶。"

他也是第一次来她的公寓，住宿环境还不错，一个客厅两个卧室，还有一个专门储物的小房间。

"我超级倒霉，自己煮了碗面，锅煳掉了，差点儿还弄响了上面的火灾报警器。"薛与梵就跟以前一样，他在厨房忙，她也不帮忙，就这么跟在他身后。

风尘仆仆的人进了屋，公寓里唯一一双男士拖鞋在周行叙脚上。他把外套搭在沙发上，把卫衣的袖子拉高，露出一截手臂。

带着卡通图案的围裙系在他身上显得有些滑稽。

小米粥在锅里发出"咕噜咕噜"的声音，窗户开着，秋风从窗户灌进来，将锅上飘起的水汽吹散。

她什么忙也帮不上，只能站在那里和他说着这几天的遭遇。明厨亮灶，近距离看他下厨也不是第一次了，可不真实的感觉还是很强烈，即便他现在已经进屋下厨了。

周行叙拿勺子搅着锅里的粥，被她抱住的时候，勺子一顿。周行

191

叙捏了捏环着自己腰的手臂："怎么了？"

"你真好，周行叙。"薛与梵的额头抵着他后背。

真的很好，她都没有想到他会来。不是在国内跨越几个省那么简单，而是飞越数个国家的领空，踏足到了另一片国土上。

周行叙关火，听见她这么说，笑了："别光说我好啊，是不是得奖励我一下？"

身后传来闷闷的一声"嗯"。

周行叙想去拿碗，但是身后的人没动，就这么抱着他。他也没办法动，放下勺子，手朝后伸："感动了？"

薛与梵把手递到他手里："跟你结婚真好。"

周行叙拉开她的胳膊，转过身："知道和我结婚是捡到宝了吧？"

他说完，薛与梵抬头，视线扫过他的脸，他的倦意被隐藏得很好，但眼下的乌青撒不了谎。可能是自己潜意识里总觉得他们还是男女朋友，那张法律承认的夫妻关系证明，以前对薛与梵来说只是一个给她带来了麻烦的存在。

是啊，他们现在不只是男女朋友了。

"如果你妈妈可以过来，你生病了她一定会第一时间赶来，因为你们是家人。"周行叙看着她，"薛与梵，我们结婚了，我们也是家人了，所以我会第一时间赶来。"

是他说的"我真的比你想象的更喜欢你，薛与梵"，他也做到了。

他抬手捏了捏她的脸颊："松一松手，我去拿碗给你盛粥。"

他在小米粥里加了糖，这样就不需要搭配喝粥的小菜了。

等她喝完粥，他眨眼的动作明显变慢了，薛与梵知道他是困了。

现在也不是旅游旺季，但是最快到达且不用转机的机票，起飞的时间并不好。在机场的咖啡店里喝了杯咖啡后，周行叙在飞机上也没有休息好。

薛与梵让他去补觉，周行叙想拒绝的，最后还是架不住十几个小时没闭眼的舟车劳顿。

同床共枕的次数不少，但薛与梵记忆中很少有周行叙睡着的样子，他总是比自己晚睡，又比自己早起。

他不是睡着和醒着反差特别大的人，薛与梵吃完医院配的药进屋时，他已经睡着了，侧躺着，手放在枕头上。

五指修长，指腹有薄薄的茧子，是弹吉他磨出来的。

薛与梵看了看他的手，又看了看自己的手。

她轻手轻脚地从书桌的抽屉里翻出锉刀和一对半成品的戒指，又小心翼翼地出了卧室的门。

室友回来的时候看见薛与梵在厨房，以为她在煮东西吃。她扶着鞋柜换鞋，玄关放着两个鞋架，一个是她的，另一个是薛与梵的。

她看见了薛与梵的鞋架边有一双男士球鞋。室友说了一声"嗨"之后，闻到一股奇怪的味道从厨房飘出来，等到看见了餐桌上的锉刀之后，大约知道薛与梵在做什么了。

薛与梵戴着护目镜，拿着镊子，将两枚刚刚用明矾煮过的银戒指夹出锅，看见室友之后和她打招呼："回来了？"

"嗯。"室友想到了门口的鞋，"你男朋友来了？"

"不是我男朋友。"说完，薛与梵卧室的门开了，"是我丈夫。"

话音刚落，薛与梵朝自己卧室门口望去，周行叙一脸没睡醒的样子。室友礼貌地朝他点了点头算是问好。对于薛与梵已婚这个消息她有些错愕，但是她很有眼力见儿地没有打扰他们，抱着怀里的书回了自己的卧室。

——是我丈夫。

这四个字，周行叙听见了。他倚着门框，双手揣在卫衣前面的口袋里，似乎还没有睡醒。他的脑袋靠在门框上，下巴微抬，看着薛与梵神秘地走到自己面前。

"伸手。"

周行叙把两只手都从口袋里拿出来。

薛与梵把男戒套在他左手的无名指上，戒指的款式很简单，是波浪的样子。她在给周行叙戴上之前给他展示了她在内圈刻的一个小爱心。

婚戒的魅力在于它区别于普通饰品戒指的装饰性，因为具有含义，所以与众不同。

周行叙看着自己的手，戒指大小很合适，反问她："你的呢？"

薛与梵张开五指，把自己手上和他款式一样，只是更细一圈的戒指展示给他看："一样的。"

……

他是临时起意来的，还有一张报表的数据没有核对。组里的人受了他爸的关照，从来没把他当老板的儿子来看待，就把他当作一个刚进公司的实习生。

那头组长在催他交报表，和他一起做报表的实习生也在催他，问他来不来得及回来，来不及回来她就动手做了，到时候加班费让周行叙私下结算给她。

薛与梵看见他在看机票的时候并不意外。

她背对着他躺在床上，看着手上的戒指。等身后没有手机的动静后，周行叙把一个枕头拿开，人凑过去和薛与梵挤在一个枕头上。

薛与梵："什么时候走？"

周行叙把手穿过她腰下："明天早上的机票，下午还有个会议我爸要去，我也得到场。"

一个她都没有办法耍小脾气让他留下来多陪自己几天的理由。

周行叙似乎察觉到她的情绪了，脸埋在她发丝间："再过一段时间，我就来陪你过圣诞节。"

他是早上走的，提早很久就起来了，甚至给她和她室友煮了粥之后才离开。

圣诞节还很远，在薛与梵水土不服的症状缓解之后，她也开学了。

同学的名字如果太简单,会导致她搞混;如果是太难的,她脑子会"雁过不留声"。毕竟她通过语言区分同小组的人说的意大利语和法语都花了好几天。

于是一个中国人和一个法国人以及一个意大利人,用英语讨论着美国老师布置的小组作业,结果什么都没有讨论出来。可能是三个人都自认为自己的英语发音特别标准,但谁也没听懂别人说话。

薛与梵最后托着腮去看了一个印度人和一个巴基斯坦人因为一碗羊肉面打架。

将战况转播给周行叙时,他在和唐洋吃饭。

唐洋把钱打给了周行叙。

上次节目录制的时候他唱了周行叙写的歌,于理要给周行叙钱。

餐厅里,服务员收走了菜单之后,周行叙靠在沙发椅上,转动着无名指上的戒指。

很简单的波浪款式。

上次的节目已经播出来了,唐洋没有被淘汰,成功留在了节目里,连那首情真意切旋律简单却让人记忆深刻的小情歌也火了一把。

唐洋得到关注度的同时,他们大学乐队演出的视频也被人找了出来。唐洋压力很大,有种完全没有隐私权的无助和不悦。

他们乐队的合照也在网上挂着。

周行叙伸手挡脸或是干脆只有侧脸的照片都被人剪裁出来,到处问这人是谁。

于是那些以前就挂在他身上的"浪子"和"财管一枝花"的标签重新被人贴回了他身上。

就连他随手注册的微博,连微博名都没有修改,还是标准的"用户"两字后面跟着一堆数字的账户都被人找了出来。

唐洋:"挺对不起你的。"

周行叙拿起装着白开水的杯子,很好意思,毫不害羞:"就当是

'帅哥税'吧。"

唐洋看着周行叙持续飙升的微博粉丝数,笑着回复:"行,那你自己受着。"

周行叙的微博主页干净得不得了,甚至连主页背景图都没有换,最新一条微博动态是他放了结婚证的照片。

他的微博设置了禁止别人评论。

一个主页背景图都没有修改的人,倒是改了感情状态。

——已婚。

今天两个人见面倒不是为了叙旧,是唐洋签约的那个唱片公司有意要买周行叙那首歌的版权。

周行叙卖掉了,钱拿去买了婚戒。

婚戒还是找唐洋托人买回来的,今天见面就一起带来了。

周行叙打开戒指盒,看着钻石折射出来的光芒,又将盒子放回袋子里:"谢谢。"

"客气了。"唐洋摇头,手摸着杯壁,"薛与梵不是做了戒指吗?你怎么又买一对?"

"这是我的爱。"周行叙把袋子从桌上拿到自己坐的沙发椅边放着。

唐洋笑:"成家是什么感觉?"

比起结婚,周行叙更喜欢"成家"这个词。

是啊,是成家。

想到薛与梵那句曾经安慰自己的话——世界大是为了让你有更多可以去的地方,有其他的容身之所。

周行叙垂眸,扭头看着椅子边摆着的装着婚戒的袋子,卖关子:"只可意会,不可言传。"

薛与梵圣诞节假期放了好几天周行叙才来。她每天看着倒计时,盼来盼去,终于把他等来了。

虽然他来晚了,但还是比她室友的男朋友早了几天,他没有年假,但硬是休了一周。

两个人的圣诞节是在北约克郡的一个小城市里度过的,住在一家墙上画着卡通图案的英伦建筑风格明显的旅馆里。周行叙将从租车行里租到的车停好后,拎着他们两个人的行李跟在薛与梵身后。

薛与梵穿着雪地靴踩着路边的积雪,周行叙把行李拿下车时,特意摸了摸口袋里的戒指盒。

还在。

说是旅馆,其实就是一家食宿小旅店。

经营者是一对中年夫妻,两个人没有孩子,年轻时一场车祸导致女主人这辈子都没有办法生育。虽然有遗憾,有痛苦,但两个人还是继续迎接之后每一天的幸福生活。

办理入住手续的时候,电视机里在播放球赛,女主人面带微笑地给他们办完手续后瞬间变脸,朝着看电视的男人喊道:"杰克,你再不把你的电视机声音调小一些,我明天就拜托隔壁的珍妮教我做洋葱派。"

"洋葱是魔鬼!"男人回她,然后听话地拿起遥控器将电视机音量调小了,"居然又输掉了,我再也不支持他们了。"

薛与梵拿着钥匙牌和周行叙交换了一个眼神后,假装什么都没有看到。

雪地靴踩在木质的台阶上声音不小,她说:"能想象到我到了那个岁数和你吵架的样子了。"

周行叙回想了一下韭菜和榴梿的味道,蹙眉:"放心,我不喜欢看电视。"

薛与梵找到了房间,用钥匙打开房门,二楼的房间不大,但是特别干净,床头柜上放了一封感谢信,感谢他们入住。

今天出发撞上下雪天,路上花的时间多。

两个人洗完澡就睡觉了。

壁炉还没有灭,周行叙躺在床上听着柴火的声音,爆裂的声音意外地催眠。在这些白噪声里,耳边她的呼吸声是万千声音里最让他安心的一种。

早上薛与梵醒来,还是和以前一样,床边已经没有周行叙的身影了。昨天那封店家留给他们的感谢信背面的空白处写着中文。

是周行叙的字。

他说他在楼下。

薛与梵洗漱完还没下楼,他就端着早饭上来了。

她实在是无法以国人的胃来享受这里的早饭。不过还好滑蛋的口感很不错,但薛与梵还是想吃豆浆和油条或是一屉小笼包。

"我去借灶,给你煮碗面?"周行叙把自己那份早饭里的香肠给了她。

"不用。"薛与梵也不客气,咬了一口香肠,"你今天怎么起这么早?"

"问问老板这附近有没有什么好玩的地方。"周行叙摸了摸牛奶杯,催她快点儿喝,不然要冷了。

薛与梵:"情报收集成功?"

"老板说可以爬山,山上面有残堡和广场。"

男人之间要打开话匣子其实很简单,香烟可以,一杯酒可以,球赛也可以。周行叙说只要有眼力见儿,不和他们聊维京战吼就可以。

早上周行叙起床的时候,旁边的薛与梵还在睡觉,他下楼,鼓起很大的勇气问这里有什么适合求婚的地方。

老板告诉周行叙,他是在山上的广场上向妻子求婚的。

那是在春天,有绿树和带喷泉的许愿池作陪。

老板说着说着就变得很自豪:"那个许愿池可比上帝管用多了,我向许愿池祈祷和我妻子白头到老,许愿池做到了。我以前每周日向上帝祷告,他却没有保护我们的孩子。"

他们出门的时候把餐具带到了楼下。

楼下老板和老板娘在拌嘴,老板娘在催老板去洗手然后吃早饭。

老板不情不愿地从沙发上起来,手里拿着遥控器:"等明年春天我要带着你搬到沙漠里去住,这样你就不会再每天催我洗澡洗手了,因为那里水很稀缺。"

这样的事情似乎很常见,老板娘和他生活了这么多年,当然知道什么样的反应是夫妻关系里最好的,那是几十年生活在一起总结的经验。

老板娘:"但你放心,我还是会在屋前想办法种上你最讨厌的洋葱。"

"哦不,洋葱是魔鬼。"老板一边洗手一边拒绝。

老板娘看见下楼的薛与梵和周行叙,并没有因为被别人听见夫妻间的对话而觉得不好意思或是生气,她告诉薛与梵:"男人就是这样。"

薛与梵点着头,看向旁边的周行叙,重复了老板娘的话:"是的,男人就是这样。"

"不过杰克做到了每一件对我承诺的事情,如果可以回到过去,在他向我求婚的时候我就会要求他每天自觉洗澡,饭前自觉洗手。"老板娘看着两张亚洲面孔,"你们结婚了吗?"

薛与梵:"结婚了。"

老板娘似乎有些遗憾:"那可惜了,否则我告诉你的这个经验你就能用上了。"

薛与梵故意露出痛心的表情:"是的,否则我就可以要求他这辈子不要逼我去晨跑去锻炼,否则我就不嫁给他。"

说完,他们和老板娘道别。

周行叙站在门口帮她系上围巾,从口袋里拿出手套给她时,小方盒差点儿掉出来。

棉手套牵着棉手套,周行叙把她的围巾往上扯,包住她的口鼻。他背着一个装着热可可的保温瓶,在前面开路。他要背负的不仅有保温瓶,还要拖着一百斤左右的薛与梵。

薛与梵爬了一半都不到就累了。

周行叙说山上有广场,她都不乐意动。周行叙一只手牵着她,另一只手揣在上衣口袋里,摸着口袋里的盒子环顾四周,并不觉得这里适合求婚。

他将背着的保温瓶卸下来,给她倒了杯热可可。

热可可带走了身体的倦意,他就像是骗小孩去医院打针的家长,用一瓶热可可把薛与梵骗上了山。

残堡矗立在面前,白雪皑皑。周行叙手握着小方盒,明明他们已经结婚了,但是现在要把戒指拿出来却意外地需要勇气。想到自己之前那次"求婚",似乎一点儿都不正式。

但现在呢?

没有作陪的许愿池,没有云雀,也没有绿树。

那就借用这一方天地中的白雪和残垣,借用这经历百年风雨依旧矗立在此的残堡,以示他同样经历时间长河也不会变的情意。

"薛与梵。"周行叙打开戒指盒,黑色的绒布上,钻石璀璨。

薛与梵听见他喊自己的名字,她在看一块牌子上写的详细的残堡介绍,做着英文阅读理解,注意力因为他喊自己的那一声而被分散。

她扭头看向他,却看见他拿着戒指盒单膝跪下:"之前那次我好像也没有好好和你求婚……"

薛与梵感觉自己下巴处的关节被冻住了,所以嘴巴合不上了:"都登记了,你还补个求婚仪式?"

"该有的不能少。"周行叙把戒指取下来,摘掉了薛与梵手上原本戴的那枚戒指。

薛与梵莫名想到了和他刚认识的那个平安夜,他要给她买苹果也是这样的,她说不需要特意专门再跑一家店给她买苹果,她说她不爱吃。但是周行叙告诉她"不爱吃也得有"。

看着手上的那枚戒指,薛与梵还没有来得及按照通常的剧本里写的那样,激动地与他来个热吻,口袋里的手机就响了,是向卉打来的。

向卉打电话日常关心一下薛与梵的生命体征。屏幕里，薛与梵裹着厚厚的棉服，告诉向卉她现在在外面散步。

周行叙还保持着单膝跪地的姿势，悄悄扯了扯薛与梵的衣摆，然后自己起来，站在了旁边。

老薛的脸一出现就把向卉整个人挤开了："太阳从西面出来了，你居然大冬天起床了。"

"老爸。"薛与梵娇嗔，将镜头偏了偏，把周行叙拍了进去，"我和你女婿出来爬山，锻炼身体。"

老薛看见了周行叙，抬了抬手。周行叙很有眼力见儿地叫了声"爸"。老薛眼睛一弯："行，你们好好爬山，注意安全，小心山路滑。早点儿下山，不要等到天黑。"

开口全是叮嘱的话。

周行叙点头，保证自己会安安全全地带着薛与梵回旅馆："爸，你放心。"

向卉在旁边插了句嘴："薛与梵你什么时候开学？"

"一月初。"薛与梵回答。

周行叙知道向卉不待见自己，向卉一出现他就慢慢挪出镜头。

薛与梵看见手机屏幕上一点点消失的周行叙，抬手拉他："你就喊我爸，不喊我妈？"

周行叙朝薛与梵投了个求救的目光，犹豫了一下，保险起见喊了一声："阿姨。"

向卉蹙着眉，板着张脸，"嗯"了一声。

母女俩随口唠了两句就准备挂电话了。周行叙一直在旁边没讲话，薛与梵对着镜头挥了挥手："妈，再见。"

向卉："嗯，再见。"

薛与梵将镜头对着周行叙。周行叙只要一面对向卉，就会不由得拘谨起来："阿……"

201

"姨"字还没有发声。

薛与梵用镜头外的脚踢了他一下。

周行叙改口:"妈,再见。"

向卉咳嗽了一声:"嗯,再见。"

风不知道什么时候小了下去,一瓶热可可都要见底了。

如果现在让周行叙再回答唐洋的问题:

"成家是什么感觉?"

他想,应该是——漂泊止于爱人的相遇。

番外

曲/周行叙

| 番外一 |

周行叙没有想到和自己对接的对方公司的人是路轸。

很巧。

两个人的饭局就不需要那么正式了，就在商场里随便找了一家小餐厅。

工作上的事在饭局中解决了。自从薛与梵出国进修之后，路轸也从那个公寓里搬出去了。周行叙听说他结婚了，现在孩子都出生了，之前那个公寓最多就适合小夫妻两个人住，有了孩子之后太不方便。

"也是。"周行叙想了想自己的公寓，万一有孩子了，是不太方便。

原本工作就已经谈得差不多，今天吃完这一顿饭也已经把字都签好了。周行叙结完账之后，看路轸喝了点儿酒，问路轸需不需让自己送他回去。

路轸摇头："我自己有车。"

周行叙没细想，以为他是自己开车过来的，对他说："那我给你叫代驾。"

路轸喝了点儿酒，脸颊和脖子都有些红，他还是拒绝："有人来接我。"

也是，他现在都认祖归宗了，配备了司机也是正常的。

路轸说完，一束灯光打了过来，周行叙看见一辆明显是男士才会开的车慢慢开了过来，停到了他们面前。

后排的车窗慢慢放下来，一张小包子脸搁在车窗边上，小孩手里抓着一个卡通玩偶,一笑,露出四颗牙齿。

路轸抬手捏了捏小孩的脸,朝周行叙道别:"我老婆孩子来接我了,你回去路上也注意安全。"

最近温度升得不快,夜风袭来,还有些冷。

周行叙看着黑色的车慢慢驶远,备受打击。

——老婆和孩子来接我了。

周行叙撇了撇嘴,什么时候他应酬完了,老婆孩子也能来接他?

薛与梵为了攻克一个难题,熬了一个通宵,又连轴去上了上午的课之后,才回到公寓里睡觉。她给周行叙发了信息,避免他下班之后给自己打电话,吵醒自己午睡补觉。

结果电话还是打来了,习惯性地将现在的时间加上七小时后,她立马换算出了国内的时间。

国内应该已经晚上九点多了。

她拿起手机,有气无力地"喂"了一声。

"薛与梵,我今天和路轸一起吃饭了。"

薛与梵觉得自己大脑里的线路没有连上,"哦"了一声,趴在床上,用手扶着脸,人醒了但魂还在床上睡觉。她好一会儿才反应过来这个路轸是谁。

是周行叙那个邻居。

当时他还送自己去过一次医院。薛与梵好奇:"你怎么和他一起吃饭了?"

周行叙:"公司和公司之间谈点儿事情。"

薛与梵听着电话那头的人语气有些低落,翻了个身从床上坐起来:"那怎么了?是没有谈成功吗?"

"谈成功了,刚刚吃完饭。他被他老婆孩子接走了,我还在饭店门口。"周行叙的重音在"老婆孩子"四个字上。

谈成功了？

薛与梵思考了一会儿之后，感觉自己清醒一些了："谈成功了啊，挺好的。"

都谈成功了，他还有什么好失落的？

薛与梵的脑中蹦出了一个很荒唐，但是又觉得特别接近真相的大胆猜想："就是，该不会他老婆是你的'白月光'前女友吧？"

周行叙："……"

就像是以前念书的时候，做语文阅读理解。

他像个作者，只想用文字表达形单影只，而她就是那种为了填满答题卡上的横线瞎编答案的学生。

周行叙给她一次"将功补过"的机会："他是老婆孩子接走的，我是一个人，等会儿还要自己开车回去。"

"初恋白月光"警告解除，薛与梵的神经一下子又放松了下来："我要是现在告诉你我怀孕了，你也有老婆孩子了，你能高兴吗？"

他们都好几个月没见了。

周行叙想了想，就小夫妻两个人也挺好的。

薛与梵重新躺回床上，熬了一个通宵让她现在全身无力，脸埋在枕头里，发烫的手机贴在自己脸上，她任由手机躺在她耳边，两只手摆着最舒服的入睡姿势。

听筒里，有夜风灌入的杂音。

他在电话那头说："薛与梵，你快点儿回来吧。"

薛与梵回国的飞机延误了两次，这个多雨的国家比往年还提前进入雨季。最后延误到使飞机抵达首府的时间变得青黄不接。

已经到了新的一天，但是距离天亮又还远。

熬夜这件事得让小年轻去做，正巧有个远房亲戚在弥留之际，老薛和向卉要出省去祭奠。

周行叙一个人在首府机场看着航班信息。手里的咖啡见底了，他的视线紧盯着方形显示屏上显示的通道里面的画面，心里计算着她托运行李需要的时间，一刻钟一刻钟地不断往后推算她会出现的时间。

直到那个熟悉的身影先出现在了显示屏上，然后出现在通道里。

薛与梵从通道出来蹦到周行叙身上的时候，他一只手托住了她，另一只手将飞走的行李箱拉住。

冯巩的那句名言在这时候被薛与梵说了出来。

周行叙侧着脸，用脸颊贴了贴她的脸："我也想你。"

薛与梵从他身上下来，满脸不信的表情，嘴巴噘得能挂酱油瓶："骗人，你连鲜花都没有准备一捧。"

他牵着她的手，按照指示牌朝着停车场走。周行叙拉着她的那只手稍稍用力，捏了捏她的手："你回来得太早了，鲜花刚在花盆里种下去。"

阴阳怪气的，讽刺她飞机晚点。

"那雨也不是我作法让它下的。"薛与梵嗤笑，嘀咕了一句，"连条欢迎横幅都没有。"

"要不是你和你的同学去喝酒喝醉了，导致改签了两次，下雨的时候你都飞离英国了。"

得了，说来说去还是因为薛与梵没听他的话，回来前和同班的几个同学一起去喝酒了。

他方向感好，在停车场找到自己的车不难。把她的行李箱放进后备厢里的时候，她已经先上了车。

等薛与梵坐在副驾驶座上的时候，几个小时的飞行带来的疲惫感悄然而至。

打开副驾驶座前面的化妆镜，打光的小灯随之亮起，她的注意力全在眼下的乌青上。她看了半天眼下的细纹才放弃，正准备关镜子，却在镜子一角看见了一抹红色。

她立马回头。

是一捧玫瑰花。

周行叙绕到驾驶座的时候,薛与梵正抱着从后排拿过来的玫瑰花看着他,眼睛里藏满了笑,嘴角也上扬着,但又不说话,脸上带着胜利者的喜悦。

周行叙系上安全带,问她:"好看吧?"

薛与梵思考了一下,这时候自己是应该做作地来一句"一般般",还是应该遵从内心的想法。犹豫了一下,她手抚着花蕾,口是心非:"还好吧,一般般。"

周行叙闻言,瞥了她一眼。

她脸上的高兴可撒不了谎。

周行叙故意泼冷水:"所以一般般的玫瑰花不能送你,我是买了要送给我们同事的。"

他又补了句,强调:"女同事。"

他发动车子。

薛与梵扯过安全带系上,伸手抱着花,哼了一声:"我不给。"

她说完,旁边传来一声笑。

车子慢慢驶出机场,正巧一架航班起飞,飞机飞过他们头顶,又载着一机舱的悲欢离合远行。

还好,还好这次她是一个欣赏别人悲喜的人。

他公寓的小区保安室里只有两个值夜班的保安在打盹儿,识别到车牌后,自动升降杆抬起又落下。凌晨的小区安静不已,他的车位被人占了,他在不占用消防通道的前提下靠着花坛停了车。

"行李箱拿不拿?"周行叙熄火。

薛与梵:"拿。"

周行叙下了车之后绕去后备厢重新把她的行李箱拿了出来,她则是抱着那束玫瑰花站在旁边等他。

208

楼下单元门的门禁解锁声音在漆黑的夜里有些响，虽然门会自动关上，但是周行叙还是在门即将关上之前，用手挡了挡，避免门"嘭"的一声关上。

爬楼梯上了二楼，他公寓的密码一直没有改，薛与梵的指纹自然也没有删掉。

薛与梵开了门之后，站在玄关，踩着脚后跟把帆布鞋脱了。周行叙随后进门，抬手把玄关灯的开关打开，脱了鞋之后，弯腰把她的帆布鞋放整齐。

将行李箱拖到客厅，周行叙回头，看她一直抱着花，笑着说："不是说还好，一般般吗？"

薛与梵："要你管。"

周行叙走过去，把玫瑰花花束从她臂弯里拿走，随手在客厅茶几上一放。

回到薛与梵面前的时候，两个人突然都没有说话，也没有进一步的动作。她仰着头看着他，他微微低头看着她。

视线相撞，沉默流淌在客厅里，流淌在他们之间。

直到薛与梵先扬了扬唇角。

下一秒，她像是在机场刚见到他的时候一样，蹦到他身上，双腿环住他。周行叙用手托着她，防止她从自己身上掉下去。

这次却比在机场时多了一样。

多了一个吻。

唇在这一刻相触。

薛与梵捧着他的脸颊，主动的她渐渐落了下风，手从在他脸上，变成钩着他的后颈。

他太了解薛与梵了，知道她最喜欢什么样的吻。

两人微微分开，鼻息交织在一起，薛与梵目光都有些涣散了，喘着气问："床头柜里的，过期了吗？"

周行叙抱着她,摇头:"我买了新的。"

薛与梵挣扎着要从他身上下来,拍着他的肩头,脚在空中晃着:"那我们快点儿行动起来。"

| 番外二 |

结束了一场出汗运动后,薛与梵原以为自己一定会睡死,睡到自然醒。结果在这种可以睡死,下午还不用上课的日子里,她破天荒地早上七点就醒了。

睁眼看着既熟悉又因为许久没来而陌生的环境,她愣了好一会儿。

她看见赤着脚上二楼的人,周行叙拿着毛巾在擦汗,他上楼是来找衣服的。

没穿拖鞋是因为穿拖鞋上楼脚步声太大。

薛与梵刚醒,眼睛还有些睁不开,眯着眼睛看着床尾的人。昨天晚上她飞机就晚点了,回来两个人还闹了好久,但他居然七点钟都晨跑完回来了。薛与梵朝他竖了个大拇指:"昨天晚上都这么累了,除非是你们小区人工湖旁边可以捡钱,否则我是起不来去跑步的。"

周行叙被她逗笑了,打开衣柜去找洗完澡要换的衣服:"所以我也没有叫你起来。"

"挺好的,希望你以后也有这个觉悟,以后不要喊我早上锻炼身体。"薛与梵在被窝里伸了个懒腰,打着哈欠犹豫着要不要再继续睡时,搁在床头柜上充电的手机响了,是向卉给她发的信息,喊她今天晚上回家吃晚饭。

没一会儿又发了一条信息过来,补充了一句话。

向卉:你把他也喊上。

薛与梵没回向卉,把手机放下,看着拿好衣服的人:"周行叙,我妈叫我今天晚上带你去我家吃晚饭。"

他一愣,听她说完话,还在盯着她看。

薛与梵:"恭喜你居然合情理地迈进了一大——步。"

说到"大"的时候,她还挥动着手臂,画了一个圆。

说不紧张那都是假的,怎么可能不紧张。

最后车还是薛与梵开过去的。

他笑话她的车技,她笑话他吃顿饭紧张到油门和刹车都踩不动。

薛与梵虽然笑话他,但是设身处地想了想,见家长的确会紧张。如果让她和他爸妈吃饭,她估计也是这副坐立不安的样子。真庆幸自己是个不招婆婆待见的儿媳妇。

车慢慢开进小区,薛与梵考完驾照后摸方向盘的机会不多,车技难免生疏一些,车速也放得特别慢。

慢慢开过一排排房子,薛与梵余光瞥见他舒展了一下肩膀,她笑着说:"没关系的,就是和我爸妈随便吃顿饭。"

说着,她家也到了。薛与梵看着家门口和院子里停的两辆车,挠了挠头:"好像我二姐一家都来了。"

两句话之间没隔多久,薛与梵仿佛听到了一记响亮的耳光。

开车门下车的时候,周行叙想打退堂鼓了。等拎着见面礼走到门口的时候,他都想回车里了。薛与梵站在他身后,推着他往前走:"你紧张什么?你之前单枪匹马都敢去找我爸,现在我陪你,你应该更不怕了。"

"那是因为当时如果我不去找你爸,我怕你挨打。"

现在这种情况就不一样了。

家门打开得猝不及防,他们早就看见了停在门前的车。来开门的是向卉和薛献,薛献手里拿着一个不知道是什么动画片里衍生出来的玩具,靠在向卉腿上望着门外两个有些陌生的人。

这场看似是为了给薛与梵接风的晚饭，因为女婿上门，聚光灯都打到了周行叙身上。二姐坐在薛与梵的一侧，把手挡在嘴巴旁边，和她说悄悄话："我妈听说你回来了，说改天喊你去我家吃饭，结果婶母在电话里说今天让你把男朋友带回来一起吃饭，我妈下午麻将都不打了，立马给我打了电话，说是今天晚上来你们家吃饭。"

二姐和大伯母母女俩之间坐着薛献，小孩子上了小班之后就开始自主进食了，不需要大人喂饭之后，大人也轻松了。

桌上开了一瓶白酒，薛与梵就没见过周行叙喝白酒，他公寓的冰箱里也只有啤酒而已。纸杯装不了白酒，向卉给他们拿了玻璃杯。

也给周行叙递了一个。

"你能喝吗？"薛与梵拉住他拿酒杯的手。

周行叙把酒杯用双手举着，那头长辈在给他倒酒。

满满一杯。

周行叙偏头，给薛与梵吃定心丸："没事。"

但对面大伯和她老爸都是在商场上摸爬滚打，应酬了几十年的老酒鬼了，要喝过他们两个，是不现实的。

"那你少喝点儿。我大伯劝酒的水平一流，你别上当，喝不下就别喝，喝多了对身体不好。"薛与梵叮嘱他。

这偏头咬耳朵的小夫妻模样被长辈们看在眼里，他们打趣薛与梵真是长大了。

薛与梵耳尖红着，继续埋头吃饭。

餐桌上话题一直集中在薛与梵和周行叙的身上，都没有转移过。一群人看着正自己吃饭的薛献，就说时间过得快，薛映仪和薛与梵像薛献这么大时干的糗事，全部都被长辈们说了出来。

把薛与梵小时候一件哭鼻子的事情也翻了出来。

薛与梵比薛献还小一点儿的时候，看见了老薛和向卉的结婚照，哭着问爸妈为什么他们结婚的时候没有喊自己去吃饭。

也说老薛以前嘴上说着借用薛与梵的压岁钱,但是最后没有一次是还了的,薛与梵就去和奶奶告状,说:"你儿子欠了我二百块钱,你能不能替他还?"

薛与梵咬了口鸡翅,打断了他们:"能不能给我留点儿老本。"

大家不可避免地聊到了两人结婚以后生孩子,提起这种事情小夫妻还是脸皮薄,不好意思放在台面上来说。

薛映仪在旁边笑,结果笑出事了。大伯母没给她留面子:"你看看,我到现在都没有体验过一次男孩子拎着见面礼登门拜访。"

二姐识相地抱着吃完饭的儿子先从饭桌上撤退了,薛献在客厅看电视,薛映仪坐在旁边玩手机。

电视机的声音闹哄哄的,薛与梵吃菜也吃饱了,看着一瓶白酒见了底,大伯还要给周行叙倒酒,大伯母伸手拉住了起身的老公:"差不多了,哪有让男孩子第一次上门就喝醉的。"

那头大伯还不罢休,向卉和老薛都不清楚周行叙的酒量,真怕把人喝出了问题。大伯母有眼力见儿地抢过酒瓶,让丈夫赶紧吃完饭,然后赶紧回家:"明天献献还要上补习班呢。"

薛与梵偏头看旁边的人,喝过酒的反应在他身上很明显。

他的脸和脖子,甚至眼尾都泛红。

薛与梵抬手蹭了蹭他的下巴:"我给你泡杯茶?"

周行叙把她的手从自己下巴上拿下来,握在手里,嘴上说着好,但是手没有松开。他大约是真的喝得有些多了,连握着她的手都有些用力了。

向卉去厨房给喝酒的男人们盛了饭,也泡了茶,拿着公筷给周行叙夹了几筷子菜。

播放着动画片的电视机前没有了薛献的身影,他拿着玩具朝着餐桌跑过去,手扯了扯全屋子最陌生的周行叙的衣服,给他看自己手里的玩具。

也不知道是谁教的薛献，薛献叫他"姨父"。

周行叙低头看着他，伸手握住他拉着自己的手，应了一声。

薛献晃了晃另一只手里的玩具："这是巴克队长。"说着，要拉他陪自己一起看动画片。

小孩是种很神奇的存在，手很小，脚很小，讲话的声音也是稚气十足。他想坐在周行叙腿上，他很聪明，知道叫"姨父"这招最管用。

他坐在周行叙腿上的计划在叫了一声"姨父"之后成功了，他让周行叙手抱着他，小小的手拉着他的手，往他身上放。看见了周行叙无名指上的婚戒，他用手抠了抠戒指，看了好久之后，他满足了好奇心也就不关心戒指了，而是仰着头看他："姨父，你看过这部动画片吗？"

周行叙怕自己身上和嘴巴里的酒味会熏到他，尽量不说话，只是摇了摇头。

于是他开始给周行叙解说这部剧情浅显易懂的动画片。

周行叙靠在沙发上，看着腿上小小的人。他的短袖背后画着卡通图案，小孩子连背影都是可爱的。

薛映仪玩着手机，等她注意到儿子的所作所为之后也只是笑笑。向卉看周行叙走了，挪到他的位子上，小声问女儿："那他们家有没有说什么时候喊你过去吃饭？"

薛与梵听完一愣，她知道这句话是什么意思。

等她什么时候去男方那里吃过饭之后，两家长辈也应该见一见了。虽然这些事情都应该在结婚前做完的，可是他们现在先领证把正常步骤打乱了。即便如此，向卉也不得不继续走流程。

霍慧文那里，薛与梵觉得自己这辈子大概率是不讨喜了，她也没有想过非要让霍慧文认可自己。但她张了张嘴，一个字也没有说出口，这些话她又不能直接和向卉说。

薛与梵把话题转移走："那你要给我买新衣服啊，我不想穿着旧衣服去见我婆婆。"

向卉听罢，立马露出亲妈才能做出来的嫌弃表情："那你别见了。现在都有对象了，你还问我要钱呢？"

薛与梵撇嘴："那是我们的共同财产，我舍不得花。"

向卉打了她一个栗暴。

那个话题被薛与梵扯走之后也就没有再绕回来了。

餐桌上的饭局彻底结束了，薛献也在周行叙怀里睡着了，他人不重，连呼吸声都是小小的。二姐小心翼翼地从周行叙臂弯里接过孩子，他一只手拿着巴克队长的玩具，另一只手抓着周行叙的袖子。

因为薛献睡着了，二姐一家很快也走了。

周行叙喝得有些多了，留宿是必然的。向卉和薛与梵收拾着餐桌，把锅碗都放在洗碗机里，又开始给男人们煮醒酒汤。

家里没有客房，他和薛与梵一起睡薛与梵的房间。

她的房间向卉在她回来之前就打扫过了，但是很多学生时代的痕迹还是没有被打扫掉。书柜上有被撕得七零八落的贴纸，架子上放着她从小到大所有的课外读物。

周行叙坐在床边，整个人被酒精扰得有些头昏。

薛与梵在外面找了一套老薛还没有来得及享受的崭新睡衣，又拿了一块新毛巾，尽数交到他手里："卫生间的灯开关在墙壁上。"

周行叙接过东西，但是随手往旁边一放，伸手把站在自己面前的人抱住，脸贴着她的身体。薛与梵以为他是醉酒后不舒服，手揉着他的脑袋："洗完澡就赶紧睡觉。"

"薛献挺可爱的。"周行叙没动，"薛与梵……'送子娘娘'什么时候来给我们送货啊？"

薛与梵听懂了，揉着他头发的手下移，捏了捏他的耳朵："那也不是今天，谁叫你今晚喝了那么多酒。"

他解腰带："我行的。"

| 番外三 |

行什么呀？

洗完澡之后周行叙头更痛了，意识也昏昏沉沉，喝完醒酒汤之后还没等薛与梵把他的衣服丢洗衣机里，他就睡着了。

薛与梵洗完澡，拧了把洗脸巾给他擦了擦脖子和手，他也没有醒。灯的开关在他睡觉的那一侧，薛与梵关掉灯之后用手机屏幕的亮光绕床一周回到了床的另一侧。

薛与梵扯了一些被子过来。

他就算是洗过澡了，也刷牙漱口了，酒味还是有一些。薛与梵背对着他，掖好了被子，调整着自己的睡姿。她嗤笑，在枕头上找到一个舒服的位置，小声嘟囔：''行什么行呀，都说了要量力而行。''

薛与梵这一晚上睡得格外沉，也不知道是不是因为旁边那个人酒喝多了，把自己都熏醉了。

一夜无梦，即便还是早早就醒了过来，她也不觉得累。

意识需要慢慢聚拢，但是脖子上传来的湿热以及身上束缚自己的手脚，帮她聚拢意识加快了速度。

薛与梵反应过来，挣扎的第一个动作就传递给了身后的人她已经醒过来的信息。周行叙用力一压就将她压在了床上。薛与梵趴在床上，脸埋在枕头里，呼吸有些困难，偏头大口呼吸的一瞬间，从脖子上传来的湿热到了她脸颊上。

''干吗呀？''薛与梵刚醒，还有一些起床气在身上。

他说:"量力而行啊。"

薛与梵想骂人,转动脖子,将脸转向另一边,不给他亲:"你昨天晚上没睡着啊?"

周行叙当时是睡着了,但薛与梵上床的动静实在是太大了,他迷迷糊糊地又醒了,然后就听见她说"行什么行呀,都说了要量力而行"。

她没挣扎几下,外面就传来响动,是向卉起来的声音。

她还没有来得及把向卉搬出来吓吓他,压在自己身上的人率先僵硬了。薛与梵察觉到后,周行叙已经从她身上下去,规矩地躺在旁边了。

脚步声停在了薛与梵房间门口,门被打开了。床上的两个人瞬间屏住了呼吸,但向卉只是来把昨天薛与梵丢进洗烘一体的洗衣机里的周行叙的衣服拿过来。

房门再次关上之后,薛与梵得以翻了个身,和他面对面躺着,笑话他:"怕了吧?"

他脸上昨天喝酒的醉态已经彻底没有了,只是还有些隐隐的头痛。房间外传来向卉下楼梯的声音。周行叙脸蹭了蹭枕头:"你什么时候搬去和我住?"

薛与梵把腿伸过去,搭在他身上,惬意得很:"让年过半百的中年妇女和她两年都没见过几次面的女儿好好温存一下,行不行?"

"新婚宴尔,我们就不需要温存一下了?"周行叙将她的腿从自己身上推下去,"起床了。"

他是说起床就起床的性格,这点让薛与梵很佩服,学不来的佩服。

"起这么早干吗?"

周行叙拿起向卉刚刚拿过来的衣服,洗衣液的香氛留在上面,是以前在薛与梵身上闻到过的味道。但不知道是不是他衣服布料的问题,他总觉得没有她以前身上的味道那么浓。

向卉早上起床看见自己老公那样子,就知道老薛这觉还有得睡,这会儿她在厨房听见下楼的声音也是一愣,她这个当妈的还能不了解自己的女儿吗?

只要在家里没有事情,太阳不晒到头顶薛与梵不会起床。

拿着锅铲煎着荷包蛋的向卉后退了一步,从厨房门口朝外面望去,看见了刚走到厨房门口的周行叙,惊讶之后朝他笑了笑:"起床了?"

瞒着家长登记结婚,不管周行叙人怎么样,向卉一开始都不可能待见他。但他为薛与梵做的事,他对薛与梵的好,向卉是能看见的。

"嗯。"周行叙走过去,想搭把手。

向卉没让,问他几点上班。

"上午九点。"

向卉看了看墙上时钟显示的时间:"来得及。"

他现在就像之前他煮面煮粥的时候跟在他身后什么忙也不帮的薛与梵一样。煮粥的电饭锅跳闸提示,他找到了一件可以搭把手的事情。

他拿了碗,把粥盛出来。

嘴上说着不要他帮忙,但看他帮忙了向卉自然也是高兴的。向卉将煎好的鸡蛋全部重新倒回锅里,加上酱油和醋,做了老薛和薛与梵最喜欢吃的糖醋荷包蛋。

向卉旁敲侧击地问他:"你爸妈什么时候有空啊?"

周行叙一愣,被电饭锅内胆烫到了手:"嗞——"

他知道自己和家庭的矛盾总有一天是需要和向卉坦白的,坦白之后迎接自己的会是什么,周行叙大概还是能猜到的。

没有人会愿意把女儿嫁进这样的家庭里。

这个问题向卉已经问出来了,他一时间想不出可以搪塞过去的借口。

"妈,今天做了糖醋荷包蛋吗?"薛与梵的声音横插进两人之间,她还穿着睡衣,用皮筋随手扎了一个马尾辫。她洗脸时候用手捧水,所以脸颊两侧的碎发都湿漉漉的。

向卉的注意力被门口的薛与梵吸引过去了,拿着盘子将糖醋荷包蛋盛出来："怎么，闻到糖醋荷包蛋的香味肯起床了？"

薛与梵走进厨房，从周行叙手边端走盛好粥的碗："用劳动换取母爱保质期。"

吃早饭的时候向卉有意无意地还在问周行叙家有没有什么行动，正巧楼上的老薛起床了。

老样子，老薛找件衣服都需要向卉去帮忙，衣服在哪个柜子里向卉说得再清楚他都找不到。

向卉走了之后，周行叙稍稍放松了一下。

薛与梵有了自己结婚瞒着父母的教训，周行叙爸妈的事情她不好再瞒，但是要怎么说，她还没有想好。但她看见旁边周行叙紧张的样子，薛与梵用膝盖蹭了蹭他大腿外侧："我来和我妈说，你别担心。"

吃过早饭，周行叙要去上班了。薛与梵一愣，她下意识地以为两个人还在念书。头一次面临早上要送他去上班，薛与梵还有些不习惯。

"那我呢？"

向卉下楼听见了他们说话，让周行叙路上小心，她抬手敲了敲女儿的脑袋："你赶紧吃完饭，休息两天也给我去上班。"

工作这件事得忙，但是找机会和向卉解释清楚周行叙的家庭情况也很重要。

薛与梵的时差没有调整的必要，她就是待在国内，过的也不是国内的时间。但这两天她可能是把英国的生物钟带回来了，结果作息完美地和国内日出日落的时间匹配了起来。

一连好几天早睡早起。

晚上，一家三口吃完饭，薛与梵懒洋洋地躺在沙发上。一家人聊起工作，薛与梵说准备自己开工作室，这件事在读书的时候她就想好了："先定个小目标'拥有自己的品牌'，然后日进斗金。"

老薛坐在另一边的沙发上："别日进斗金了，你别亏到还要我给你擦屁股，我就心满意足了。"

薛与梵抱着果盘吃葡萄:"论打击我的积极性,没有人比老爸你更会了。"

"薛与梵,等我老了,你能有我现在对你这样一半好,我的老年生活都不要太滋润。"老薛伸手从果盘里抓了一把葡萄过来,"到时候你时不时得给你爸几千块钱,喝喝小酒,抽抽香烟。"

薛与梵:"给你再喊几个老太太一起跳广场舞?"

老薛挥手:"不要,我都和女人待了一辈子了,老年生活我要和男人一起打打麻将,钓钓鱼。"

向卉在旁边剥石榴,玻璃小碗里装着深红的石榴子,她瞥了眼说完那句话立马朝她卖笑讨好的老薛,拿石榴皮丢他:"薛与梵你听见了吗?以后送你爸去那种没有老太太的养老院,你把他送进去之后也不要去看他了,你是女的,他和女人待了一辈子,嫌烦。"

薛与梵笑着说"好"。

老薛把丢到自己身上的石榴皮拿了下来,说向卉挑拨父女关系。老薛还没有来得及争辩两句,他的手机响了,大约是公司的人有事情找他。他吐了葡萄皮去阳台接了电话。

向卉摘了手上的一次性手套,把装着石榴子的碗递给薛与梵:"这两天你怎么没和他见面?"

"他今天去吃升学宴了。"

向卉一听,不乐意了:"他有没有说喊你一起去吃?"

薛与梵有时候就是没有他们已经结婚的觉悟,可能是因为她和周行叙的家人没有联系。她更多的时候还是觉得他们在谈恋爱,可能比别人再蜜里调油一些。

薛与梵将装着石榴子的碗放在茶几上,朝着向卉挪了过去。

她算是想明白了,事情瞒不得。她也没有信心让霍慧文现在接受自己,更别说以后了:"妈,我和你说件事。"

向卉拿遥控器调小了声音,嘴上还在说老薛每次看电视都会把声音调得特别大:"怎么了?"

"周行叙其实有一个哥哥。"薛与梵一说完,就看见向卉眉头都蹙起来了,"双胞胎哥哥。"

向卉表情不太好,但她想了想:"虽然我觉得独生子女比较好,但也不能让他妈妈现在把孩子塞回肚子里。只要他家里人对他不错,一碗水端平,他哥哥有的也能给你们,我也没什么意见。"

薛与梵一噎:"他爸爸不偏心,但是周行叙和他爸关系不太好。至于他妈妈,就很偏心。"

薛与梵看见向卉那样子,总感觉向卉下一句就是"算了,你们离婚吧"。她拿当妈的人的同理心和母爱当王牌,和向卉说周行叙从小的遭遇,再说他妈妈偏心的斑斑劣迹以及他哥哥横刀夺爱。

"这一家子人上辈子是仇人吧?这个当妈的也真是的,大儿子身体不好,疼他是应该的,那小儿子不是自己生下来的?"

向卉大约是想到了自己当时不被薛与梵的外婆待见,家里重男轻女,她的日子并不好过。她是最知道家长偏心小孩子是要吃多少苦的。

薛与梵趁热打铁:"真的,我老公从小到现在都超级可怜的。但是现在他娶了我,他就拥有了一个特别好的丈母娘。"

说到"丈母娘"三个字,薛与梵抬手做捧花手势,放到了向卉下巴处。

向卉反应过来了,抬手打掉薛与梵的手:"他可怜是另一回事儿。你老实说,你回来到现在他们家一直没喊你过去吃饭,是不是因为他家里人不喜欢你?"

薛与梵比了个"一点点"的手势:"有那么一点儿原因。"

向卉不语,看着她。

薛与梵撇嘴:"好吧,是因为他哥哥喜欢我,然后我这不是和他弟弟结婚了吗?他哥就在周行叙老妈那边说我坏话,说我吃着碗里的,看着锅里的,所以他老妈觉得我很坏。但是妈你相信我,我发誓我从来没有给过他哥哥任何机会。"

向卉简直像是看见人证物证俱在还否认自己作弊的学生，说教他两句他还吊儿郎当的，一副油盐不进的样子。她手往沙发上一拍："这是群什么牛鬼蛇神？有这么吃不到葡萄就说葡萄酸的吗？我还真是额头磕破，开了眼了。"

| 番外四 |

周行叙知道，安排双方父母见面这件事迫在眉睫。

不是拖一拖就能了事的。

升学宴的主角是亲戚家小孩，小孩考上了三中。餐桌上有一段时间没有看见过周行叙的亲戚拉着他在说话。

大家都看见他戴在无名指上的婚戒了，当时他那条宣布自己结婚的朋友圈也没有屏蔽列表里任何一个人。

"小叙，你没把你老婆带过来吗？她还在国外念书啊？"

周行叙将转盘上的玻璃杯拿下来，对着和自己家的人坐在一桌的大姨笑："她念完书了，前几天回来了。"

大姨好奇："怎么今天没把她带来？都结婚领证了，还不带出来给我们这些亲戚见一面啊？我都准备好见面礼了。"

"这不得大姨你邀请我们去吗？"周行叙推拉。

大姨自然是立马应下："行啊，你们这周末来大姨家吃饭。"

正巧这时候霍慧文送完红包回来，小儿子笑盈盈的，大儿子装聋作哑黑着脸在玩手机。周行叙像个没事人一样，中途还出去接了个薛与梵的电话。

旁边的大姨也不知道内情，拉着霍慧文的手说她有福气："现在我们还能和你们坐一桌，到时候等扬扬和小叙一样结婚了，我们还能挤一挤，等他们都有孩子了，你们这一大家子人都能凑一桌了。"

霍慧文有些尴尬地坐在位子上，被问起小儿子什么时候办婚礼。

霍慧文支支吾吾地说不上来，周行叙抿了口茶，看上去很孝顺地解围："新娘子这不才回来嘛。表哥当时结婚的时候，大姨你穿的那件红色旗袍特别好看，到时候你带我妈也去买一件，我结婚的时候我妈必须比我丈母娘漂亮。"

大姨被逗笑了，到了她这个年纪没有别的爱好，就喜欢凑热闹："行啊。"

大约是和霍慧文说了几句都没怎么被搭理，大姨倒是和周行叙聊起了天，两个人面对面坐着，聊着婚礼的事情，聊得比谁都火热和激动。

大姨被周行叙带着，往他想要聊的话题方向越走越远，最后大姨如他所愿对霍慧文说："这事你要抓紧啊！婚礼办了，到时候孙子孙女就都来了。你也不上班，待在家里带小孩不要太开心。"

周景扬吃到一半就先走了。

徒留霍慧文坐在那里，说孩子今天身体不舒服。

薛与梵的工作室选址结束了，向卉还是对女婿不满意："所以你干脆把婚离了，一了百了。小叙人是好，但是婆婆和哥哥这样子，你知不知道你以后的日子有得吃苦了。"

薛与梵："作为亲妈不应该祝我百年好合吗？"

向卉抬手抵着她额头，用力一推："因为你是我亲生的，所以我要祝你早日脱离苦海。"

向卉劝不动薛与梵，当晚只好叫老薛去试试。老薛戴着老花眼镜在看手机，说哪有让老爸去劝女儿和女婿离婚的，又不是女婿犯了什么原则性的错误。

"我这不是为了闺女好吗？"

老薛把眼镜摘了："那你将心比心，那会儿我妈知道你们家重男轻女，我妈跟你说等你嫁过来了就不用吃那头的苦了。真是孩子不好，所以爸妈不疼不爱吗？不是的，就是有人心是偏的。结婚是看婆婆和哥哥吗？是看结婚的人为人好不好。"

向卉坐在梳妆台前擦脸，一时间找不到东西丢他："我就是因为嫁给你，有了一个好婆婆，所以我知道婆婆好是多幸福的一件事。就小叙亲妈那样的，我这不是把女儿往火坑里推吗？他们家一直不点头，我女儿就不办婚礼了？名不正言不顺地跟着他过一辈子？结婚说是两个人的事情，但就是和两个家庭有千丝万缕的关系。"

老薛讲不过她，但还是觉得自己特别有道理："我不去劝，你不满意你去说。我不和你讲了，你蛮横死了。"

"我也不和你讲话。"向卉嗤笑，"明天早上起床你别喊我给你找衣服。"

老薛戴上眼镜，结果眼镜腿戳到了眼睛，他"哎哟"了一声，捂着眼睛。向卉看见了就在旁边笑，说他活该。

薛与梵趴在周行叙公寓的沙发上，在和装修公司讨论工作室的设计方案。

因为创业刚起步，薛与梵不准备大搞特搞，也不是开线下的店铺，工作室不需要大批量的货柜。她尽可能地将一切都电子化，弄成线上的。

第三次对乙方提出修改意见之后，薛与梵猛地坐起来，把旁边的周行叙吓了一跳："怎么了？"

薛与梵："我好不积德，我让人又给我修改了一遍。"

周行叙在看书，手捏着书角："你出了钱，对方案不满意然后提出修改意见，很正常。"

"可是以后我也是乙方。"薛与梵让他幻想一下，如果自己画了好几版都被pass了会是什么心情，"就像是砸你吉他的熊孩子，你还揍不了他，你动一下他他就能呼唤你妈，然后你妈在几句'哎呀他还是个小孩子，你都这么大了和他计较什么'的言语中，逼你既往不咎。"

他眨了眨眼,似在思考:"简而言之,我哥。"

"那你很适合来干我这份工作。"薛与梵想想,好像还真是有异曲同工之处,"这就是甲方在压榨乙方。我要是关门歇业了,周行叙你要好好赚钱养我。"

"行啊。"他继续翻看着书,"到时候我把全首府垃圾桶里的塑料瓶都让给你。"

听听,这说的是人话吗?

"你说我到时候能拿到当爹体验卡吗?"薛与梵不敢想象到时候那一句"还是用第一版吧"会给她带来多大的杀伤力。要是有骨气,她也能当个贞洁烈女,不被甲方骑在头上,但她为了钱,大概率还得回一句:"好的,请亲稍等,我马上发给你。"

这简直就是灵堂级体验,到时候骂人、砸电脑、关店一气呵成。

| 番外五 |

要开工作室,财力和精力的消耗是巨大的。

薛与梵倒也不是信不过装修公司,只是这一段时间手机的好多软件都在给她推送装修踩雷的视频,她不得不全程跟进,实时监工。

她的工作室在写字楼里,和周行叙上班的地方隔了两个十字路口,很近,旁边还挨着一个大商场。周行叙中午休息一个半小时,两个人中午就出去吃。

他下了班也过来实地勘探过了。

薛与梵穿了条耐脏的牛仔裤坐在纸箱子上,旁边又摞了两个纸箱子,她下巴搁在高出一截的纸箱子上。周行叙踩着随便扔在地上的硬纸板走进去时,机器的声音掩盖了他的脚步声。

薛与梵直到被他揉了脑袋才反应过来,回头看见来人是他,伸手圈着他的腰,头靠在他胸口:"我好累啊。"

装修的工人在旁边量木板,扯了扯嘴角,心想连卷尺都没叫她递一把,居然都嫌累。

周行叙还能不了解她吗?她就是来监工的。进屋前看见她坐姿懒洋洋的,他开玩笑说:"那怎么着?要不我给你买张躺椅送过来?"

他是开玩笑的,但是薛与梵认真地思考了这个问题,觉得这个提议很不错:"就买折叠式的好了,到时候我往这里一摆,来了打开,走了收起来。我还要再带个电风扇过来。"

这两天她跟周行叙住,她还没买车,每天跟着周行叙上下班,离得近他就顺路送自己过来。

等工人都走了之后,薛与梵锁上门,将钥匙丢进包里:"我们晚饭吃什么?"

他提议:"在商场吃完再回去?"

前期工作室的准备工作就累人,薛与梵不敢想象之后如果订单多会有多累,更不敢想象以后订单少的话会怎么样。在商场吃完晚饭,往地下停车场走的时候,周行叙在负一楼的超市里买东西。

薛与梵吃撑了肚子,走在他旁边就当是饭后散步了。她好奇他要买什么:"床头柜里不是还有好多吗?你还要买什么?"

周行叙推着购物车,环顾四周在找东西:"难道我们以后的生活就只有它了?当然我是不介意以它的用途作为生活重心的,但是你吃得消吗?"

薛与梵扯了扯嘴角,实在是对这个人说这话产生一定的免疫了,早就没有当初的羞赧。她抬手做了个噤声的手势:"扫黄大队要闻风赶来了,你少说两句。"

他笑,抬手钩着她肩头:"警察又不管夫妻之间的事情。"

周行叙要买的东西是面食。

他拿了一把挂面和一袋拉面往购物车里放,问她:"有没有别的什么想吃的?"

她自然还是爱吃垃圾食品的,拿了几包薯片和辣条。看他买的东西和自己买的东西,就像以前读书的时候她和向卉去超市,那时候向卉买的都是一家人要用的东西,而她总是朝购物车里丢小零食。

她把想法说出口:"周行叙你好像我妈妈那个年纪的人出来购物,买面条、鸡蛋……"

当晚,薛与梵就知道他买面条的好处了。他从床上起来,问她要不要吃碗面条,她扯过被子,闭眼要睡觉,说不吃。

结果他们把床单换了,都洗完澡了,她喊饿了。

周行叙在玩手机，连着充电器，所以背对着薛与梵躺着。他和同事在交流工作，还没有聊几句，就感觉到身后有动静，以为她要睡了。结果下一秒，她把下巴搁在自己颈窝里，朝他耳朵吹了口气："周行叙，给我煮碗面条，我饿了。"

他搁下手机起床，丢给她一包小零食垫肚子："要什么味道的？"

薛与梵接过："都可以。"

周行叙低头穿着拖鞋："面上加个鸡蛋？"

"最好有。"薛与梵撕开包装袋，坐在床上开吃。

向卉想劝薛与梵离婚这件事，丈夫那头说不通，女儿那头也说不通，她只好去找了周行叙。

她不方便直接去他公司，即便不清楚直接去公司会给对方带去多少不便，但她知道一定会给对方造成影响。

所以她和周行叙约在了写字楼楼下的咖啡店。咖啡店里在放钢琴曲，服务员在介绍咖啡的口感、产地和年份，这些因素导致这里的咖啡特别贵。向卉其实不爱喝这些东西，但既然坐在店里等人了，她还是点了一杯。

周行叙似乎被一些事情拖住了，他给向卉打电话的时候，向卉表示理解："没关系，你慢慢处理。我本来也是闲人，待在家里没事做，我的时间不值钱，你先忙。"

他半个小时之后才来，站在门口环顾大厅。

向卉看见他穿过马路，走了过来，率先朝着门口的人挥手，示意自己的位置。

"妈。"他拉开向卉对面的椅子坐下来，喊了一声。

服务员跟在他身后，他说要一杯冰美式。

想到自己要说的话，听着这声"妈"向卉反倒有些不好开口了。但是她就这么一个女儿，等服务员走开了，她犹豫了一下还是开门见山。

她没有再七弯八绕:"我知道你是个好孩子,阿姨当年家里重男轻女,我晓得你吃过的苦。可我就这么一个女儿,我得为她打算,你人是挺好的,但你连让你家人认可我女儿都做不到,领了结婚证她还是名不正言不顺。你们小年轻思想开放,觉得法律认可才是合法的、正常的,觉得这天底下不和的婆媳多的是,自己也只是其中的一分子。你们觉得结婚是你们两个人的事,薛与梵又不是嫁给你妈,但因为婆媳不和离婚的到处都是。"

周行叙听见这话里向卉都自称"阿姨"了,也知道了向卉是什么态度。他开口还是下意识地想称呼向卉为"妈",但是话到嗓子眼,还是被他咽了回去:"因为婆媳关系不和离婚,大多数是男方没有站在女方这边。

"薛与梵永远会是我的第一选择,请您放心。"

……

做工的工人有一个是外地来这边打工的,满手都是茧子,手指关节特别大,下午会喝一瓶茉莉绿茶,一大瓶,抽的烟也很便宜。

有一回他不小心碰洒了盖子没拧紧的饮料,他喝完了饮料之后,去灌了自来水。薛与梵看见后,第二天搬了一箱矿泉水放在这里。

薛与梵让他们别客气。老薛下午来了一趟,他这个老板从不西装革履,穿着双拖鞋,胳膊下夹了一个公文包,送了今天干活儿的工人一人一条香烟。

在生意场上摸爬滚打的成功人士,懂的可比薛与梵这种刚步入社会的小年轻多得多:"虽然你付了钱,但是这下把烟送了,他们干起活儿来细致一些,你到时候验收就会省不少事。"

也不知道是不是因为喝了她买的矿泉水,抽了老薛送的好烟,下午他们开工了,时不时还会和薛与梵聊上几句。

他们问起薛与梵在哪里念的书,得知她是毕了业就去国外进修了两年,回国后家里出资给她开了这么一个工作室,都羡慕她,也惋惜自己家的女娃娃没有这么好的命。

这种时候薛与梵一般不怎么说话,她有些把握不好安慰他们的尺度,可能自己的一些话会变成他们眼里的炫耀。

他们话不多,聊了几句之后就开始埋头干活儿。

今天周行叙给她买的躺椅到了,快递员不肯送上楼,其中一个木工帮她搬了上来,他们干活儿的人力气可比薛与梵大多了。薛与梵不好意思让他一个人拿,见薛与梵要帮自己,不知道是不是因为收了老薛的烟,他非要一个人搬。

他跟薛与梵客气,人是好心但就是不太会讲话:"我自己来,你个小姑娘平时不干活儿,拿不动。你这样帮我,反倒拖后腿。我一个人扛,不重。"

拆了躺椅的包装,虽然是折叠的躺椅,但是要展开并不费力。薛与梵将它展开后,调整了一下电风扇的角度,风吹得她碎发乱飞,说不出的惬意。

钉枪的声音响了又停,薛与梵把手机玩烫了,躺在没有空调的毛坯房里渐渐生出一丝倦意,眯着眼睛小憩了一会儿。

等脸上的风没了,她才缓缓睁眼。

入目的是今天早上分开时周行叙穿着的黑上衣。薛与梵脖子里汗津津的,打了个哈欠,一只手伸向他,另一只手去拿屁股下的手机。他比平时来得要早,薛与梵仰头看他:"怎么今天下班早了?"

她拽了拽他,示意他坐下来说话。

薛与梵动了动腿给他让位置,他在躺椅上坐下来了,她把因为给他让地方而屈着的腿搭到他腿上伸直。

她又问了一遍:"你怎么今天这么早就过来了?"

薛与梵小憩了一会儿,但是没有睡够还是会觉得很累,她伸了个懒腰之后,往他肩头一倒,脸埋在他颈窝里,闻着他身上的雪松味。

薛与梵从他肩头离开,凑到他面前:"怎么了?"

"薛与梵。"他叫她的名字,对上她的眼睛。

薛与梵:"嗯?我在。你怎么了?"

周行叙望着她的眼睛,她的瞳孔里有他的倒影:"我们能不能不离婚……"

能不能不离婚?

——我只有你了,只有你一个家人了。

| 番外六 |

——能不能不离婚,婚礼的事情我会想办法。

但很明显,薛与梵没有进入周行叙的思维模式,狐疑他怎么突然说离不离婚的事情。

要是告诉她今天向卉找过自己,着实有点破坏别人的母女关系。周行叙看她迷惘,干脆收敛了情绪。

晚饭,她吃得津津有味。

她就是这样,没有什么事可以打扰她的胃口,吃得下且吃得香,睡得着且睡得沉。

薛与梵坐在他对面啃虎皮鸡爪,吃完米饭后空了的碗被她用来装她吐的鸡骨头了。

周行叙靠着椅背,想起了今天在咖啡店的时候和向卉的谈话。

……

因为周景扬的关系,薛与梵虽然和周行叙领了结婚证,但一直没有办婚礼,也没有喝改口茶,落在长辈眼里还是有些名不正言不顺。

当时领完结婚证,薛与梵就出国念书了,很多事情也就顺其自然地往后拖了。但是现在向卉看女儿都回国了,别说办婚礼了,就连家长都没见,一切都没有苗头,她着急。

"我不是逼你们离婚,你们是可以婚后少和你家里人接触,但婚礼总得办吧?这附近的邻居都看着,只听说谁家孩子结了婚,却没看见窗户上贴'喜'字。人是不该活在别人的目光里,但你总要给我女儿一场婚礼吧。"

……

薛与梵开始啃最后一只鸡爪,她永远是光盘行动的中坚力量。

她挥了挥手,示意周行叙可以撤盘了。他起身去厨房拿垃圾桶:"你不怕晚上不消化?"

薛与梵啃着鸡爪,不方便立刻说话,只能摇了摇头。等把骨头吐到碗里,她开口:"监工是个力气活儿。"

周行叙收拾着桌上的碗筷,"嗯"了一声:"今天干了哪件力气活儿?搬了张折叠躺椅?"

听出他是在损自己,薛与梵撇了撇嘴,假装没听见。吃饭的时候不能置气,否则饭菜会不好吃。

晚上周行叙故作随意地问起她想办什么样的婚礼。

薛与梵靠在床头,一只手端着手机,另一只手绕着一缕头发把玩着,听见他突然提起婚礼,薛与梵想了想:"你妈和你哥肯来吗?来了能保证不砸场子吗?"

薛与梵是说笑的,故意问他,要不要到时候在婚礼现场配个保安,让保安看着周景扬和霍慧文。

这些说笑的话放在以前,周行叙听了会笑,甚至还会顺着她的话继续说,干脆再配两个保镖,让两个保镖保护她。

监工怎么就不是一个体力活儿了?

这年头周末出门都不算周末休息了。

忙了几天后,工作室总算有一个雏形了。

木工在实操的时候,发现有个柜子设计得不是很合理,在和薛与梵交流了之后,决定修改。上午的时间总是过得特别快,薛与梵肚子都饿了,准备催师傅们先去吃午饭的时候,周行叙给他们叫了外卖。

他人比外卖后到。

薛与梵是和工人说好了她这里不包伙食的。

他们两个还是去隔壁的商场解决吃饭问题，薛与梵过马路的时候，挽着他胳膊，好奇他今天怎么突然帮忙叫外卖了："我这里是不管饭的，当时合同里已经写好的。"

"知道，但是给点儿好处，他们也会上心一点儿。"周行叙和她站在距离十字路口有几步距离的树荫下等红灯，"明天带你去吃饭。"

他没细说。

周行叙只说要带自己去吃饭，薛与梵想着既然不去监工，索性睡到了大中午。周行叙早就晨跑完回来了，洗过澡之后坐在客厅里无声地看电视。

其间周行叙不是没喊过她起床，但是她不乐意起，抱着被子一副起床就玉石俱焚的架势成功睡到了现在。

打着哈欠从楼上下来，她把手伸进上衣里，挠着痒。

周行叙听见她下楼的脚步声，抬手看了看手表上的时间，没出声，但在心里叹了口气。周行叙把电视关了，他进厕所的时候，薛与梵已经刷完牙洗完脸了。他倚着门框，看她开始化妆。

东西拿起又放下，她用刷子蘸了眼影之后，又抖掉一些，然后可能是发现粉不够了，又继续蘸，他也不清楚究竟是为什么。

等他们出门时已经过饭点了。

周日全天各个时间段车都挺多的，车从小区开出来之后，就拐弯朝着高架桥开过去。

薛与梵还坐在副驾驶座上打哈欠，这才想起来问他："我们去哪里吃饭？"

周行叙不说，反问她："都这个时间点了，还吃饭啊？"

薛与梵"嗯"了一声："这个时间点怎么就不能吃饭了？每个时间点都应该吃饭。"

今天天放晴，天上云都没有几片，那片蓝色像是用水洗过一遍一样。薛与梵看着路牌闪过，环顾四周觉得眼熟，但又不太眼熟。

他带着自己去了老城区。这片不好停车，前些年这寸土寸金的区域开辟了一个停车场出来，才方便了不少住在这条街上的人。

薛与梵直到下了车，还觉得他应该是带自己去美食视频号里拍的那种藏在巷子里的饭店。

直到往里走，路过坐在老槐树下纳凉的几个奶奶身边时，一个摇蒲扇的奶奶喊了他的名字，用首府话问周行叙是不是某人的孙子。

说的是他奶奶的名字，薛与梵没有听清楚，只听他也用首府话回应了那个老奶奶。

薛与梵是本地人，所以听得懂。

听见对方问他是不是带女朋友回来见他奶奶，他眼睛弯弯的，拉着薛与梵的手："不是女朋友，是老婆了。改天叫我奶奶给你们发喜糖。"

薛与梵也不傻，拉了拉他的胳膊，小声问他："你怎么带我来见你奶奶？"

周行叙和那群奶奶告了别，带着薛与梵往里面走。向卉那天说得很对，婚后可以不和霍慧文还有周景扬来往，但这婚礼得办吧。

仅凭上次升学宴上大姨那几句话，就叫霍慧文按照他的计划走，不现实。

往巷子里继续走，不知道哪家院子里飘出了桂花香。她被一阵狗吠吓了一跳，木门开着，一条狗拦在门口，朝着走来的两人叫着。

只是狗的尾巴飞快地摇着。

周行叙瞥它一眼，它呜咽着站在原地，后腿立着，前爪搭在周行叙的裤子上。

在老街，家里没人，不关门也不怕。周行叙走进去喊了声"奶奶"，穿过院子发现客厅里没有人，电视机和收音机都没开，说明奶奶出去了。

这附近房屋布局都是一样的，进屋便是厨房，厨房和客厅中间是个院子。

虽然是老人家一个人住，但是家里特别干净。院子里搭了葡萄架子，只是薛与梵一眼望过去没有看见葡萄。

供桌上摆着黑白照片，照片裱在黑色的相框里，大约是每天都上香，所以房间里留着淡淡的香火味。供桌下几个篓子里摆着香烛和锡箔，还有一些叠好的元宝。

饭菜在桌上，两副碗筷洗干净摆在桌上。薛与梵看着那一桌菜，咽了口唾沫："现在怎么办？"

周行叙找了一圈没有找到人之后，拿过碗去盛饭："我们吃饭，奶奶估计出去了吧。"

薛与梵的视线就没有从桌上的菜上移开过，咽着口水看着一桌子菜："你奶奶都不在家，会不会不太好？"

周行叙打开了电饭煲，故意问她桌上有什么菜。

"酸辣土豆丝，凉拌黄瓜，糖醋鱼……还有红烧肉。"薛与梵看着那一盘子红烧肉，"哇"了一声，"做红烧肉就应该放一点儿带骨头的肉，就比如小排。像这一盘子一样全是肉，没有灵魂。"

他拿着两碗饭回来了，薛与梵手里那碗压得特别实。看见他手里那碗饭不多，薛与梵分给了他一些："你每次吃这么少，会让我产生容貌和身材焦虑。你要多吃点儿，你看看我，我就吃得特别多，能吃是福……"

薛与梵刚说完，在桌子边等待着骨头的狗叫了两声，她沾沾自喜："看，狗都在说'对对对'。"

等她把饭拨到周行叙碗里，又给他夹了一筷子红烧肉后，薛与梵看见他脸上意义不明的笑容，狐疑了一下，只听他叫了一声："奶奶。"

薛与梵慢慢回头。

看见了一个老太太站在门口。

和寻常的老太太比起来，周行叙的奶奶大约是整条老街最精致的了。衬衫搭配黑裤子，脚上穿的不是水晶凉拖，是一双皮质单鞋。

黑发大约是几周前染的，除了发根有一点白，其余的地方黑色保持得非常好。

脸上的皱纹是不可避免的，但是她身板看上去依旧硬朗，不苟言笑时，面带凶相。薛与梵偷偷瞄了眼周行叙，觉得他奶奶看上去有些不开心。两个人面对面坐着，如果可以，她挺想端着饭碗坐到周行叙旁边去的。

周行叙："薛与梵，叫奶奶。"

薛与梵叫了声"奶奶"。

那人这才扬起嘴角朝着薛与梵笑了笑："你好。"

虽然笑了，但看上去还是有些不近人情。

奶奶把手腕上的小钱包往桌上一放，叉着腰。前两天小孙子打电话说要把孙媳妇带给她看看的时候，她就开始准备今天的饭菜。到了日子，她在巷子口等了小孙子和小孙媳妇一个钟头了，实在是等得无聊，就中途去看了一场别人打麻将，结果自己看的那个老头子，手气臭死了。

麻将很快就打完了，才几分钟的工夫，她从麻将馆里出去，对面开小卖部的张老头告诉她，刚看见她孙子带着个女孩子进去了。

"等得菜都要凉了。"奶奶伸手佯装要打他，"我还在想啊，是不是我老年痴呆记错时间了。"

周行叙端着饭碗笑："奶奶，你见哪对刚同居的新婚小夫妻是早起的？"

赤条条的荤话平时听他对自己开玩笑说就算了，现在见他这么和奶奶说，薛与梵在桌子下抬脚踢了他。他把薛与梵的脚一夹，继续和他奶奶开玩笑："奶奶，见面礼呢？"

奶奶咂舌："知道了。"

她说着，就往里间走。

周行叙告诉薛与梵，他和奶奶关系很好，养在奶奶家的这条小狗是他以前想养，但是霍慧文不准养的那条老狗生的小狗。

当时霍慧文让他把狗丢了，他抱着狗上不了公交车，也打不到车，就自己走去了奶奶家。走了几个钟头，脚都磨出了水泡。

一向不喜欢狗啊猫啊的奶奶没说什么，一直养到了老狗去世。老狗生的几窝小狗，她就留了一只继续陪着自己，剩下的全部妥善安排，送给了附近的邻居，或是被附近邻居家的孩子抱走了。

说完这些，周行叙回头朝他奶奶喊："奶奶，钱数好了吗？这是要给我老婆多大的红包，数到现在？"

里屋传来一声"臭小孩"，这三个字却听不出讨厌的意思。没多久，奶奶出来了，手里拿着一个红包和一个镯子。

红包厚得很，镯子装在绒布盒子里，又套了一个绒布袋子。

是个翡翠镯子。

薛与梵当时因为学珠宝设计，简单研究过翡翠。这个镯子看上去不太像是传家宝的成色，但是肯定不便宜。

她拿着个饭碗，不敢接，死命给周行叙使眼色，挥着手："奶奶，不用给我这个。"

他接收到了薛与梵求解救的眼神，笑着扒了口饭，问他奶奶："要是有重孙子，过年的红包得给两个了吧？"

说着，他感觉被自己夹着的脚挣扎了一下，下一秒她用自由但是有些不方便的左脚踢了过来。

奶奶叫薛与梵别客气，把东西塞进她手里，扭头看周行叙："你要是让我抱上重孙子，我给你们包三个，一人一个。再给你点辛苦费。"

周行叙下饵："你想要重孙子，你得说服我妈啊，婚礼她都没有开始操办呢，不紧不慢的。你瞧瞧，多耽误你和我儿子见面啊，对吧？"

正所谓，婆媳是天敌。

所以奶奶和孙媳妇的关系好。

敌人的敌人就是朋友，也不知道是不是这个原因，薛与梵和周行叙的奶奶相处得很不错。

厨房的门开着，巷子里的穿堂风灌入厨房，薛与梵看得出他奶奶是个爱干净的人，就连正对着巷子的洗手池前的窗户上都没有陈年的油渍。

周行叙在厨房用洗手液帮薛与梵戴镯子，他挤了很多洗手液抹在薛与梵手上，仔仔细细地涂满了之后，捏着她的手，给她戴。

"我爷爷在世的时候有地方银行的股份，他去世之后股份给了我奶奶。我奶奶存款多，之前被人忽悠着玩石头，买了好几个镯子……"周行叙说他奶奶还有个全是金子做的凤簪传家宝，说好他和他哥谁先结婚就送给哪个孙媳妇。他开玩笑，"老婆，抢家产的时候到了。"

周行叙用力把镯子往上一推，牵着她的手放在水池下面洗。

听出他是开玩笑，薛与梵用那只干净的手拍了拍胸口："包在我身上。"

泡沫在水柱下消失，周行叙听罢，用湿漉漉的手捧着她的脸亲了一口。一阵穿堂风吹起了薛与梵的头发，耳边是狗吠，和一声有些陌生又挺熟悉的声音。

"奶奶。"周景扬走到门口，"我妈叫我给你送点儿水果和螃蟹过来。"

说完，他的视线从开着的门望进去，桌上是用纱罩罩起来的饭菜，最靠近门口的洗手池旁，只有周行叙的一个背影，一只手腕上戴着翡翠镯子的手环在周行叙后腰上。

那个几年没见的人此刻倚着水池，仰着头，和他弟弟，她的丈夫，在自己面前接吻。

| 番外七 |

听见周景扬的声音时,这个差点儿没刹住车的吻停了。

被人看见亲热多少是件不好意思的事情,薛与梵侧过头靠在周行叙后背上,用后脑勺对着周景扬。周行叙倒是还好,视线懒懒地落在周景扬脸上,没有太多表情。

幸灾乐祸又得意扬扬。

周景扬突然之间仿佛看见了很多年前,周行叙站在家门口看着游泳池被封起来的时候的模样,那时候他说着关心的话,也是周行叙现在这个样子,一样地落井下石,一样地沾沾自喜。

周行叙现在是胜利者啊。

抢走了自己喜欢的人。好吧,现在也不喜欢了。

他就是不甘心。若是现在让周行叙把薛与梵让给自己,周景扬也不会要,但是他就是不想让周行叙拥有。

他就是一个小人,这种争抢的胜负欲和变态的心理没来由,可能是因为他在母体里就争抢营养,也可能是从小亲戚都因为他身体不好让着他,这些潜移默化的影响终于造成了他现在不可逆的嫉妒弟弟的扭曲心理。

他在霍慧文的面前说薛与梵的坏话,他得不到的就要毁掉。

他宁愿薛与梵和一个陌生人在一起。

霍慧文上当了,妈妈永远是最爱他、最偏心他的人。

四周的一切都安静着。

奶奶从客厅走出来,穿过院子,打破了这三人诡异的见面氛围:"我又不是没钱买,说了多少次了,你们留着自己吃。"

周景扬这才将和周行叙对视的目光移开,想把手里的东西放在门口就走。

奶奶倒是客气,先问了周行叙:"你妈给你们了吗?"

周行叙摇头:"她当然先想着你,我还不知道轮不轮得到。"

奶奶叫周行叙过来拿螃蟹:"那今天晚上你们也留下来吃饭,我们把螃蟹煮了,扬扬今天晚上也留下。"

老太太不给人拒绝的机会,自己嘀咕着怎么又给她送水果过来。她叫两个孙子给她把客厅的门锁修了修,又让薛与梵这个眼神好的,帮她穿了几根针,防止下次缝缝补补时她老眼昏花没法穿针引线。

老太太像个幼儿园老师,等他们弄完,一人给了一根香蕉,然后坐在沙发上,打开电视机。她说人老了,就喜欢跟小孩待在一起,看着他们就觉得高兴,说他们是自己这根枝丫上长出来的小叶子。

又说:"可惜你们的爷爷走得早。"

只是她说这话的时候带着点儿笑意。只听奶奶继续说:"但现在真是我最开心的时候,每天都不用听你爷爷烦人地唠叨了。"

奶奶说着突然想到了什么,急忙起身去电视柜下面的抽屉里找东西。薛与梵看到她拿出了一个本子和一副老花镜。

薛与梵以为是奶奶看电视要用,只见奶奶戴上眼镜以后,在手机上点开了股票:"现在是后市,我差点儿给忘了。"

奶奶把手机拿得很远,对周行叙比画了一下:"这手机屏幕还是有点小,是不是现在市面上有那种叫什么平板的?给我买一台过来,我给你钱。"

炒股不稀奇,看一个这么大岁数的奶奶炒股很稀奇。

周行叙的奶奶还是个老手:"你看看,现在都涨到二百三十块了,当时五十块六毛买的,我要是等到现在,能多卖三万块,心疼死我了。"

周景扬放完修门锁的工具箱回来，就看见奶奶又开始炒股了。那头周行叙在给薛与梵剥香蕉，把香蕉剥开一半之后递给了薛与梵。他抽了张纸巾擦了擦手，和奶奶开玩笑："你开个补习班教炒股。"

某卫视下午正在放古装电视剧，是一部"王爷爱上哥哥的妃子"的古装大剧。薛与梵轻咳了一声，她和周行叙挨着坐在沙发上，小声和他说："你奶奶放这部电视剧，是不是怕你们兄弟打不起来？"

"那你等会儿在旁边大点儿声给我喊加油。"周行叙笑着回她。

"但你要是……"薛与梵没说全，顿了顿，"我是不是能继承你家的一部分钱啊？你看看，你奶奶现在过得多开心。"

周行叙选择不和她计较，客厅里只剩下电视机里电视剧的声音。薛与梵之前监工，到了这个时间点也困了，捂着嘴巴打了个哈欠。

他听见了，把薛与梵还拿在手里的香蕉皮拿走，丢进靠近周景扬脚边的垃圾桶里，然后坐回沙发上，拍了拍自己的肩头："眯一会儿？还是我们回去睡午觉？"

薛与梵靠上周行叙肩头，还没说话，旁边专注炒股的奶奶听见了："去我卧室里睡一觉。"

就是自己奶奶的床薛与梵都不睡，更别说睡在周行叙的奶奶这个第一次见面的人的床上。

奶奶倒是很懂，叫周行叙陪她一起去睡午觉。

奶奶腿脚还不错，所以卧室在二楼，没有搬到一楼来。

床上的薄被子叠好了放在床尾，床上铺着空调席，阳台的门开着，不知道是谁家院子里的桂花香飘了出来，房间里都沉淀了一些桂花的味道。

周行叙将两个枕头放好，自己先躺上去了，又拍了拍旁边的空位，示意薛与梵睡过来。

薛与梵虽然不认床，但是环境实在是太陌生，她入睡也困难。她磨磨叽叽地上了床，周行叙无比熟练地侧躺着将她抱在怀里。

同床共枕太多次了，身体都熟悉要怎么和旁边的人相拥入眠。

薛与梵枕着他的胳膊，看见了他因为躺着而向她敞开的领口，皮肤上留着一些前几天留下来的痕迹。薛与梵说自己肯定睡不着。

周行叙拍了拍她的后背："不管睡不睡得着，先闭眼。"

薛与梵："我有心理负担，我睡不着。"

十分钟后，周行叙慢慢地停下轻拍她后背的手，改成搂着她。听着她有规律的呼吸声，他忍俊不禁。

目送着小夫妻上楼之后，奶奶将眼镜摘了，把客厅里电视的音量也调小了。周景扬狐疑地看向奶奶，只见奶奶把手机也放下了。

"你妈妈今天在家，是吧？"奶奶问。

周景扬点了点头。其实他和奶奶的关系没有周行叙和奶奶那么亲近，小时候他身体不好，霍慧文全身心照顾他的时候，周行叙就会在奶奶这里住上一段时间。

奶奶继续说："给你妈打个电话，叫她晚上也过来吃饭。"

就像周景扬和奶奶的关系没有周行叙和奶奶的关系亲近一样，霍慧文跟奶奶则更是聊不到一起去，他们都不像周行叙一样会和奶奶开玩笑。

可能真是因为婆媳关系难搞，所以奶奶也有些不喜欢霍慧文。周景扬从小听多了霍慧文说奶奶不好的话，自然知道霍慧文不想和奶奶在一块儿多待。

不然今天送水果和螃蟹的就不会是他了。

但周景扬还是认命地从口袋里拿出手机，电话号码还没有翻找出来，奶奶临时又变卦了："反正她不上班也不赚钱，待在家里没事做，你让她现在就过来。"

霍慧文到婆婆这里的时候，是一个小时后了。

她在停车的地方看见了小儿子的车，结果到了婆婆家里，却只看见婆婆和大儿子两个人。她喊了一声"妈"之后，周景扬也被奶奶支走了："扬扬，你帮我去巷子口买两瓶料酒回来。"

　　霍慧文刚准备坐下，人又站直："妈，还是我去吧。"

　　"一个小伙子，走这么点儿路还不行吗？"奶奶问周景扬肯不肯。

　　周景扬自然得去。

　　霍慧文目送着大儿子离开后，拘谨地坐到了大儿子先前坐的位子上。她随便环顾了客厅四周，发现电视机音量特别小，随口问："没有找到遥控器吗？电视机音量好小，妈你听得清吗？我给您调大点儿。"

　　奶奶在霍慧文面前将茶几上的遥控器拿走了："调小是为了让你听得清楚一些。你最近在家里闲着干吗呢？还是在忙什么事情？"

　　"没有，就看看书，学学做菜。"

　　霍慧文当了快二十年的家庭主妇了，以前是围绕着孩子的病打转，后来等到周景扬病情稳定了之后，她更是无所事事。

　　"那挺好。"奶奶把遥控器放到了自己身旁的沙发上，在霍慧文伸手就能够到的地方，"那你们最近是缺钱了？"

　　霍慧文一头雾水："哪里，公司的收益挺好的。"

　　旁边沙发上的人开口了："既然你有时间，你们也不缺钱，怎么小叙的婚礼到现在还没有着手准备起来？是因为先领了结婚证，就欺负人家小姑娘，想省钱不办了吗？"

　　霍慧文是怕自己婆婆的，婆婆又不需要向他们夫妻伸手要钱，婆婆年轻的时候就有远见，当初公公在地方银行的股份还是婆婆让他入的。

　　婆婆还是亲戚里出了名的招人喜欢的老人，不嘴碎，不无缘无故刁难儿媳，邻里之间关系还好。真要是闹起来，霍慧文还会给自己惹一身骚。

　　丈夫也孝顺，大概率不会站在自己这边，她便在婆婆面前从来都硬气不起来："这小姑娘……妈，她不讨喜。你不知道她以前一边……"

"你当初也不讨我喜欢啊。"奶奶打断霍慧文,"可是我怎么和你还有我儿子说的?我说日子是你们夫妻自己过,结婚是你们自己决定的,结果也要自己承担。你打小别的地方管小叙不多,这次管得倒是勤快。小时候摔跟头,你叫他自己爬起来,不准哭。他要真在结婚的事上栽了跟头,你也应该让他自己受着,自己爬起来。"

隔代了,就少管孩子们的事情。

她是知道的。

可她前两天接到小孙子的电话,听他在电话那头和她说那个女孩子人很好,不是周景扬口中脚踏两只船的人。

说那个女孩子是馈赠。

是他被忽视的二十多年里,上天唯独给他的无二馈赠。

| 番外八 |

薛与梵翻了个身,醒了。

老巷子里的风吹进屋子里,薛与梵打了个哈欠,睁眼看见陌生的环境时愣了一下,猛地从床上坐起来的动作把周行叙吓到了。周行叙靠在床头玩手机,见她醒了,笑话她:"不知道是谁说的,'我肯定睡不着'。"

后来薛与梵吃得香、睡得沉的基因完全遗传给了他们的孩子,就是小孩比她嘴硬了一点儿,睡前哄小孩睡觉,小孩就仿佛睡着了会被吃掉一样,总是不肯睡。

但哄一会儿小孩很快就睡着了。睡醒之后踮着脚要周行叙抱,刚睡醒时,眼睛都睁不开,还口是心非地来一句:"爸爸,我说了我睡不着的。"仿佛刚才睡了几个小时的人不是他一样。

薛与梵打着哈欠靠在床头醒神,她重新躺回床上,翻了个身抱着周行叙,吸了口他身上的雪松味道:"就是睡得不太香。"

不太香?

周行叙揉了把她的脑袋:"行,刚刚那鼾声是我醒着玩手机打的,和你没有关系。"

"喊——"薛与梵不信,她从来不打呼噜。她用脸颊蹭了蹭他的锁骨,问他现在几点了。

周行叙把手机锁屏之后,把锁屏界面给她看:"可以洗把脸,起床吃螃蟹了。"

薛与梵不是个手脚特别麻利的人，但她觉得如果真到了吃饭的时候，让他奶奶在楼下喊自己吃饭，她也挺不好意思的。

想着现在下楼，或许他奶奶做饭的时候她还能搭把手。

结果她下楼的时候，已经看不到周景扬的身影了。

当时薛与梵在睡觉，更不可能知道霍慧文也来过了。

那天的螃蟹很好吃，薛与梵一个人吃掉了大半。

要办婚礼的消息突如其来。薛与梵的工作室进入通风散甲醛的阶段，她待在周行叙的公寓里无所事事了一段时间。

她开工作室的消息室友都知道了，小八和方芹给她"投了简历"。

只是在给多少工资这件事上，薛与梵犯了难。

晚上周行叙下班，她向这个待在正规大公司财务部的专业人士请教。

"就按照正常市面上她们这种劳动力给工资。但是我觉得如果是因为友谊，不应该让她们来。"周行叙下班拎着菜回来，在门口换了拖鞋之后往厨房走，"还有，你老公不是负责核算薪资的人。"

薛与梵弄不懂他工作的具体内容，看他那些资料和报表，模糊地知道他是跟项目的。

他的工作内容可比食谱还难研究，也不如食谱美味。

两个人住在一起之后，有的时候她点外卖，有的时候周行叙也会下厨。薛与梵看他下了班还要回来做饭，有时也于心不忍。

周行叙手里拿着篮子在沥水，锅里已经倒油了："于心不忍啊？"

薛与梵像根小尾巴站在他身后，抱着他的腰："对啊。"

周行叙让她松手，他要把菜倒进锅里了，菜叶子上还有水，他怕入锅之后会溅到她手臂上："那你就忍心让我吃你做的菜？吃你做的菜我就不可怜了？"

薛与梵提议："要不我去报个厨艺班？"

"待在家里无聊啊?"周行叙见她待在家里无聊,于是给她安排了一个任务。

还是监工。

他把钥匙交到她手上的时候,薛与梵一愣:"你什么时候买的房子?"

"以前就存好的老婆本。"周行叙第二天带她去了那个小区,距离她工作室和他上班的地方都非常近。

虽然是好几年前买好的房子,但是户型一点儿都不过时。

办婚礼的消息,向卉收到了。

原以为女儿苦尽甘来熬到头了,结果向卉又知道了霍慧文让薛与梵叫她阿姨,不要叫妈。

前几天,薛与梵忙完工作室装修又去忙着监工她和周行叙的新房。霍慧文昨天找了薛与梵,给了她一张卡,让她拿去办婚礼用。

拿人的东西手软,薛与梵虽然不喜欢霍慧文,还是说了一声:"谢谢妈。"

结果霍慧文劈头盖脸地把薛与梵数落了一番,说她好手段,都知道去抱周行叙奶奶的大腿了,还说不要叫她妈,永远都别叫她妈。

向卉在厨房准备食材,听见薛与梵吐槽,气得拿起菜刀往砧板上用力一剁。

"这是什么人啊?"向卉气得不行,"给她把卡丢回去,办婚礼的钱我们家来出,以后孩子也跟我们家姓!这是什么人啊?"

刚说完,门铃响了。

不出所料,进来的人是周行叙。

今天是周五,是每周他们小夫妻来父母家里蹭吃蹭喝的日子。

向卉好不容易接受了周行叙,现在被这么一气,想着他们家对待自己女儿的态度,没有一个当妈的能不生气、不心疼的。

看见薛与梵去开门之后,向卉进了厨房继续找事做。

周行叙手里提着蛋糕和水果，在门口换上薛与梵给他拿的拖鞋，提着东西站在厨房外面喊了向卉一声"妈"。

向卉在厨房里，黑着脸，冷漠地"嗯"了一声。

薛与梵把水果拎过去，转身叫周行叙去看会儿电视，自己拆了水果的包装盒，洗了几样，瞄了眼板着脸的向卉。

她知道老妈是心疼自己，她将洗干净的车厘子递到向卉嘴边："吃一个嘛，给我个面子。"

向卉扭过头："不吃。"

"吃一个。"薛与梵哄着，"你女婿买的，挺甜的。"

"什么女婿？"向卉拧着眉头，气不打一处来，"我当他是女婿，他们家当你是儿媳妇了吗？"

"看在我的面子上，吃一个。"薛与梵将车厘子递到向卉嘴巴边上。

向卉最后还是吃了，薛与梵将车厘子的杆扯掉，笑盈盈地搂着向卉："妈，但你看我现在这样不也挺好，他们家不认同我，我也不需要和他们家来往。多少人害怕的婆媳关系，我都遇不上。"

这种想法在向卉看来就是薛与梵嫌她命太长，要气气她把她给气死。她拿着锅铲把女儿轰了出去："走开，帮不上忙就去外面看电视，别在我面前瞎晃悠，烦死我了。"

薛与梵出去的时候顺道将厨房的推拉门关上了。

客厅里，周行叙坐在每次来都坐的那个最边上的位子。

他今天跟项目，和供应方见面，所以穿得特别正式。薛与梵也不是没见过他西装革履的样子，但今天再看到，还是忍不住上手揩了把油。

她的手在他胸口作怪，然后往上摸到了他的脖子。周行叙这回在薛与梵父母家里倒是矜持了，换作平时两个人待在他那个公寓里，他早就反客为主了。

周行叙坐在沙发上，抬手挡了挡在自己身上乱摸的手，正襟危坐，开口很小声地说："薛与梵，现在别闹。"

他像个娇弱的小女子，薛与梵摸了把不存在的长胡须："这套衣服很棒。"

"就是普通西装。"周行叙伸手理了理被薛与梵弄皱的衬衫。

她挤到他和扶手之间蹲坐着："好帅的。"

周行叙眯眼，打量着旁边的薛与梵，也不知道她这副模样是真的，还是故意逗他的。

所以他干脆起身，在薛与梵狐疑的目光中扯平了身上的衣服："我去帮忙，给妈打下手。"

向卉没回头，光听脚步声就知道来的不是薛与梵。

既然不是自己的女儿，也就只能是自己的女婿了。周行叙叫了一声"妈"，然后站到抽油烟机前，从向卉手里接过锅铲。

厨房的推拉门已经关上了，油烟和菜香都被锁在了这一方天地之间。

当然也包括他们接下来的对话。

向卉不怕女婿难做人，直接敞开天窗说亮话："我和她爸爸就这么一个女儿，我知道你们家的情况很复杂。我当初心疼梵梵，所以想遂她的愿让她嫁给你，又不想遂她的愿，想以后让她找个好一点儿的婆家。你们家为了让你哥哥如愿，不肯让她改口，那我也不想白送你们家一个孙子或孙女。反正你也有哥哥，他的孩子你妈爱，那梵梵和你的孩子得跟她姓。还有你妈给的办婚礼的钱，你把卡收着，那钱你们小夫妻拿着用。办婚礼的钱我和梵梵爸爸出，这事没有商量的余地。"

周行叙同意了。

而且丝毫不犹豫。

这件事被薛与梵在厨房外面听见了，晚上蹭完饭回去，在路上薛与梵就问他了："你怎么就答应我妈了？这样你就像个上门女婿了。"

"所以呢？"周行叙反问。

从薛与梵父母家离开，周行叙没有穿西装外套，外套现在被他们随手丢在后排。他把领带也解开了，袖口的扣子开着，袖口往上翻折叠在一起，露出一截有力的手臂，握着方向盘的手手背青筋有些明显，无名指上的婚戒也显眼。

"不管是不是上门女婿，薛与梵，我都是你丈夫，这不会改变我们的婚姻是合法的这个事实。至于孩子跟谁姓也同理。跟你姓，那是我和你的孩子；跟我姓，也是我们的孩子，没有什么区别。"

他说是不是上门女婿，他不在意。

反正，他们是夫妻。

反正，孩子也是他们的孩子。

薛与梵很好奇这个人为什么这么会说。

等他停完车，她亲了周行叙一口："你的嘴巴真是能说会道。"

周行叙瞥了她一眼，笑了笑，开门下了车。

他走在薛与梵前面，一只手提着向卉给的小菜，另一只手拎着薛与梵的包。薛与梵看见了他后背的肌肉在衬衫下的变化，一进屋就催他去洗澡。

他洗完澡出来，身上穿着睡衣。

薛与梵坐在沙发上看着他身上那套灰色的睡衣，嗤笑："天很冷吗？"

周行叙拿着毛巾在擦头发，听罢笑了一声，只见沙发上的人朝他勾着手指。

"快来快来。"

周行叙走过去，坐在沙发上。等她从沙发旁边翻身过来，面对面坐在他腿上的时候，周行叙捧着她的脸，今晚的狂欢以吻作为开场。

周行叙吮着她的唇，鼻尖擦过她的脸颊。

"薛与梵。"

她在意乱情迷之时听见周行叙叫自己："嗯？"

"我要戒烟了。"

| 番外九 |

周行叙说要戒烟。

薛与梵后知后觉意识到是要备孕。

洗过澡之后,薛与梵穿上睡衣躺在床上,他也重新穿上那套灰色的睡衣,倚在床头看戒烟的时候辅助用的小零食。

"现在要孩子是不是太早了?"薛与梵侧躺着看他网购,"买包这个薯片吃,我之前看见网上有网红和明星推荐过。"

周行叙玩手机的手一顿,把薯片加入购物车之后,偏过头看她:"我戒烟也需要一段时间,总之先戒掉对身体也好。"

身体是革命的本钱。

的确,就算不是备孕,为了身体好,先把烟戒掉错不了。薛与梵认可地点了点头,然后把周行叙的手机拿走了。手机界面上那几种小零食看上去都很吸引人,薛与梵一股脑全加入购物车了,接着扭头看他:"我能买吗?"

自然是能买的。

但周行叙还是打趣她:"唉,想说戒烟是为了给我儿子存点儿奶粉钱,结果到头来还是给你花掉了。"

薛与梵噘嘴,哼了一声:"别把思想境界上升到这么高,扯到父爱母爱就是你玩不起了。"

周行叙拿回手机:"那你贡献点儿什么?"

薛与梵拿着他的手机不松手:"我的身材,我的半条命……"

和她扯手机的力气瞬间消失了,周行叙顺手做了个"请"的手势:"继续买。"

戒烟是件很难的事情,远比学抽烟要难多了。

一下子不抽烟,烟瘾反而更厉害,他只能一点点减少抽烟的次数。

有时候薛与梵看他对尼古丁的戒断反应,有些不忍心。

焦虑、不安、头痛、入睡困难……

一部一个半小时的老电影,薛与梵看他有些坐立不安,自己大约是他戒烟路上的绊脚石:"要不今天破例允许你抽一根?"

他把烟盒拿起来了,随后又丢开,剥了一颗柠檬糖,用后槽牙将硬糖咬碎,舌头卷着糖果的碎渣。他就是没来由地觉得焦躁和不安。

明明没有什么特别紧急的事情,他却像个在看自己悬赏新闻的通缉犯。

薛与梵:"嘴巴里是不是很不舒服?"

不只是嘴巴,浑身都很不舒服。

薛与梵看他连吃了三颗糖,忍不住叫了他的名字。

周行叙闻声,扭头看她。

一个意料之外的吻。

但身体很快做出反应,他靠在沙发上,伸手护着她坐到自己腿上的身体。

薛与梵尝到了他嘴巴里的糖果味。

海盐柠檬糖。

薛与梵在他下唇上咬了一下,留下一个浅浅的牙印:"嘴巴舒服点儿了没有?"

电影里主演们卖力地演着,但沙发上的两个人全然不关心。

周行叙抬手,摸上她的脸颊,抱着她在沙发上坐直:"再亲一会儿。"

唇舌分离时,他带着笑意看着薛与梵,看见她羞赧:"来一次?"

她点头。

周行叙轻轻松松地将她抱去二楼,扯着衣领将上衣脱掉,伸手从床头柜里摸出东西。

……

结束时,窗外的光已经暗了。

薛与梵翻了个身,周行叙将被子扯了扯,盖过她的肩头。

伸手抱住身侧暖烘烘的身体,薛与梵挤进他臂弯里,脑袋将他看手机的视线挡住:"周行叙,我觉得你戒烟比较废我。"

他躺着的那侧被窝明显比自己这里暖和多了。

周行叙被她挡着也看不到什么内容,干脆把手机放下了。低头看见怀里的人脸上未褪下去的酡红,他亲了一口她的脸颊:"我去给你煮碗面?"

等忙起筹备婚礼的事,薛与梵才知道什么叫作还不如不办婚礼。新房还在装修,工作室刚起步,一切事情都让薛与梵忙得无力招架。

周行叙从厨房出来,看见她面朝着沙发靠背坐着,后腰腰线下凹。他喊她过来吃饭。等他从厨房端着菜出来,人还在沙发上没动。

少有的吃饭不积极。

他解了围裙走过去,抬手揉了揉她的脑袋:"怎么了?"

"我好累啊。"薛与梵撇嘴,"事情太多了,忙了好久最后发现没一件做好的。"

周行叙把人从沙发上抱起来:"那你就先忙工作室的事情。"

其他事情全部都交给他。

等薛与梵把其他事情都推给他之后,才想到他也要上班,也很忙。想着要不要分担一些的时候,新家的装修已经接近尾声了。

他们两个抽了一天时间去验房。

新家和上次来相比已经发生了翻天覆地的变化,是顺应当下时尚审美的灰白黑极简风格。衣帽间的格子不多,他说她这个人不爱叠衣服,所以让师傅少做了几个格子,大部分都是能挂衣服的杆子。

卫生间没做现在流行的镜面柜。

一起生活了这么久,周行叙见她买的桌上收纳盒都积灰了,什么护肤品最后都是堆在台面上的,要让她每天开柜门去拿放在镜子后面的东西,那是不可能的。

逛到儿童房,里面的柜子上虽然空荡荡的,但是不知道为什么,薛与梵看见墙壁上用来记录小孩身高的贴纸时,眼睛有点发酸。

是3D的身高测量尺,测量板是一个卡通图案的小飞机。薛与梵伸手玩了一会儿,周行叙将厘米贴纸往墙上按了按:"小时候看见我妈定期给我哥记录身高,我就很羡慕。"

薛与梵想到之前怀孕闹乌龙时,自己问过他的想法。

他回答了两个字——家人。

动容是必然的,薛与梵转身抱住他:"我们生孩子,多生几个。"

多几个家人。

周行叙抬胳膊,搂着她的后背,听见她的话,只是笑笑:"谢谢,我很感动,但我觉得还是少生点儿,养不起。"

本就是安慰他的话,是脱离现实的,但薛与梵还是拍了拍他的肩膀:"那你得好好努力赚钱了。"

空气净化器在运作,窗户也开着通风。两个人从儿童房出来,薛与梵环顾四周:"我们真的要搬过来住吗?"

"嗯。"周行叙走过去将客厅的空气净化器开到最大,"不喜欢这里吗?"

薛与梵摇头:"只是有点舍不得那里,有好多回忆的。"

周行叙:"但是等有了孩子之后,住在那里不是很方便。"

确实。

等有了孩子,还有很多东西要往家里搬,那个公寓还是只适合两个人住。

他是个细心的人,可能是因为和金钱、数字打交道,筹备婚礼的事情交给他,他也处理得特别好。办婚礼的时间需要和长辈提前沟通好。

向卉在那个算命的大师那里,算到了一个好日子,是过完年五月。

五月十四号,周六。

日子是不错,到时候去度蜜月也没有撞上国内外旅游高峰期。

向卉写得一手好字,喜帖的样式选定了之后,薛与梵直接把东西寄到了向卉和老薛那里。确认了两遍宾客名单之后,她把名单发给了向卉。

除了亲戚,就是朋友。

薛与梵看见周行叙邀请了之前乐队的成员,就连唐洋都在里面。

唐洋当初参加完那个歌唱比赛之后,一鼓作气出了两张专辑,现如今他的声音活跃在各大电视剧和电影里,许多人不一定叫得出唐洋这个名字,但是他的歌大部分还都听过。

"没想到我居然也能有一个明星朋友。"薛与梵把周行叙那边客人的名单转发给了向卉,好奇他找谁当伴郎。

"还没决定,都行吧,反正没有人能给我造成什么压力。"他倒是很自信。

闷声办大事的佳佳婚礼比薛与梵办得还早,所以薛与梵的伴娘是小八和方芹。

过了两天,周行叙的伴郎也定了,是翟稼渝和左任。

伴娘服和伴郎西装还不着急准备,毕竟还有一段时间,几个月里他们会不会发福,谁都难说。

两人拍婚纱照约了一个档期很满的摄影师,对方是唐洋出道之后第一个给他拍摄照片的摄影师。时间约在办婚礼前,到时候天也转暖了。

唐洋自然是介绍人。

薛与梵挺不好意思这么麻烦他的,结果等她收到他发来的饰品合作邀请的时候,薛与梵看着订单合同上的零,下巴都要掉了:"不应该是我给他钱吗?"

"他邀请你,当然是他给你钱。"周行叙说就当是他随份子了。

今年首府很早就开始下大雪。

外面银装素裹,气象局发布寒潮预警,说今年将会达到十年以来的最低温度。

过年前他们窝在家里,想之后度蜜月去哪些地方。周行叙戒烟已经戒到了一天抽一根烟的程度,胜利在望。

薛与梵拆着用锡箔纸包住的烤红薯,对面的周行叙拿着一个盘子在剥栗子,拿着栗子蘸上蜂蜜之后递到她嘴边。

栗子肉味道很不错,就是吃多了嘴巴干:"我看到网上有好多度蜜月的攻略,但是好可惜,那些地方不能都去。"

"度蜜月就是购物和造人。"周行叙将全部剥好的栗子肉放在了一个单独的碟子里,然后拿过垃圾桶拂去桌上的栗子皮,"你这种稍微累一点儿就床都不肯起的人,看看度蜜月的攻略里哪边的酒店是满星的,就去哪边。"

虽然他说的是大实话,但是薛与梵还是嘴硬:"这次过完年之后我就开始锻炼身体,我要为度蜜月时逛街购物打下坚实的基础。"

栗子剥完了,周行叙的手也闲下来了,人往沙发靠背上一靠,笑着说:"你锻炼,尽情锻炼,我照样能给你榨干了。"

| 番外十 |

怎么使皮肤保持好的状态,让人显得青春有活力?

买超出能力范围内的护肤品——这个薛与梵信。

花大价钱去做医美——这个薛与梵也信。

好好锻炼,健康饮食,作息规律——这个薛与梵听过就忘了。

昨晚她的尺树寸泓之地加了个班,营业时间延长到很晚,薛与梵连鸡蛋挂面都不吃了,裹着被子睡到第二天,上班都迟到了。

她缩在被子里,不肯起:"我都是老板了,为什么我还要按时上班?"

"身先士卒。"周行叙站在床边拉着她的胳膊,她把脸埋在枕头里,死活不肯出被窝。

早上,上班路上,薛与梵昏昏欲睡,但并不妨碍她坐在副驾驶座上吃煎饺。她吃着东西,还陷入了沉思:"我觉得和你住在一起,对我创业实在是造成太大阻碍了。"

"晚上共同奋斗,怎么我早上就起得来?"周行叙故意把话题往锻炼身体上引导。

薛与梵又不傻,选择用沉默代替回答。

"锻炼身体。"

说完这四个字之后,周行叙听见旁边传来碎碎念。薛与梵捧着一盒煎饺在小声嘟囔。车停在红灯前,周行叙凑过去听。

"不听不听不听……"

周行叙抬手捏她的脸,他手大,一个巴掌就能把薛与梵下半张脸捏住。

煎饺没法吃了,薛与梵投降:"知道了,等这个冬天结束,我就锻炼。"

冬天就这样在薛与梵的不期待中悄然走远。

这年的除夕,他们在薛与梵家里守岁。

周行叙吃到了那个包着硬币的饺子。初五迎财神,山上寺庙香火旺,两人去了往年从来不去的送子观音像面前三叩首。

在父母家蹭完饭,回去的路上,他们路过一家花店。

周行叙不知道哪里来的闲情逸致,买了好几盆花回家。

入春。

他们参加了佳佳的婚礼。

新人携手,白头到老。

佳佳的捧花丢给了薛与梵,敬酒的时候,佳佳说下次就是喝她的喜酒了。

从佳佳的婚礼回来,捧花里的花只在花瓶里活了四天的时间。

清明节,薛与梵跟着周行叙还有周行叙的奶奶去给他爷爷扫墓。那个小时候总在他们床上吃饼干的小孙子已经成家立业了,奶奶一边烧纸一边把日常的琐碎事说给阴阳相隔的老伴听。

五月,婚礼开始倒计时,周行叙过年时买的几盆花都开花了。他小心翼翼地去掉白玫瑰花茎上的刺,缠上白色中微微透着粉色的绸带,系好。

搭配了满天星和其他几种花。

但事实证明,这种事情得交给专业的人来做,比起婚庆公司准备好的捧花,他自己做的那束确实有一点儿逊色。

薛与梵看他对比了一下之后,默默地把他自己做的那束放到了旁边。薛与梵笑:"干吗呀?我挺喜欢的。"

薛与梵原本以为都结婚这么久了,她对婚礼这种走过场的事情不会太在意，结果等换上婚纱的时候她还是有些想哭。

发型装饰的珍珠饰品都是薛与梵自己设计的。

跟妆的小姐姐夸她这套饰品好看，薛与梵感动之际还不忘让小八多拍两张发型的照片："留着做宣传用，以后提供定制服务。"

方芹给她整理裙摆，笑着说："老板就是老板，结婚的时候都不忘工作。"

化妆师在给薛与梵做最后的修饰，薛与梵尽量保持人不动，面部表情少一点儿："如果现在天降一个大单，我都能一边结婚一边工作。"

搁在旁边的手机在响，是周行叙发消息问她紧不紧张。

薛与梵老实地回答，挺紧张的。

耕地的牛：婚鞋藏哪里了？

话题转变得实在是太快，连带着刚才的关心都变了味道。

不知道是不是因为这人在生意场上摸爬滚打过了，精明得很。

耕地的牛：你告诉我，然后我把贿赂伴娘的钱给你，这样钱还是我们的。

挺有道理的，只是她一抬头，发现放在椅子上的婚鞋已经不知道去哪里了，只看见当花童的薛献小朋友穿着件小西装，拿着一个小花篮站在她旁边，二姐还给他用发胶抓了个发型。他的小手摸着薛与梵的婚纱，但可能是二姐叮嘱过他了，他只敢轻轻碰一下，然后又很快地收回手。

薛献小声说："小姨你今天真漂亮。"

薛与梵伸手捏了捏他的小脸："谢谢。"

薛与梵也没有回周行叙那条消息，把手机丢在旁边了。她坐在床上，薛献自己爬上床，坐在她旁边，目光一直落在薛与梵的婚纱上。童言无忌，他问薛与梵："小姨以后可以每天都穿这条裙子吗？"

"不行哦，这是婚纱，适合结婚的时候穿，不太适合平时穿。"说完，薛与梵看见他的小手轻轻地摸着她白色婚纱上的花卉图案。

薛献收手:"结婚才能穿吗?那奶奶说妈妈没有结婚,是不是我妈妈没有穿过这么漂亮的裙子?"

看着这么一点儿大的小人儿问出这样的问题,薛与梵心头一酸,实在是不知道要怎么回答他。

楼下传来声音,趴在窗口的小八看见了楼下的车,说是新郎来了。

薛献立马从床上下去,小跑到了门口。薛映仪带他去楼下给姨父开车门。

薛与梵在头纱下,只能隐隐约约看见进屋的一团人影。

可她偏偏能分辨出哪个是周行叙。

他用了一大摞红包,买到了婚鞋藏匿地点的消息。

接亲的小游戏他都应付得很好。

他牵着她的手,带她去楼下给向卉和老薛敬茶。他提着她的裙摆时,她小声地凑过去说:"你今天挺帅的。"

他回夸了一句:"你也是。"

他们的婚礼和大部分婚庆公司筹备的没有太大区别,主要是长辈喜欢这种。但是小八她们都说现场布置还有她的婚纱礼服,一切都很漂亮,美中不足的是薛与梵手里的捧花不是很好看。

小八蹙眉:"怎么这束捧花有点粗糙?"

薛与梵朝着小八摸花的手打去,拍了一下她的手背:"不是挺好看的吗,我喜欢。"

他们结完婚没有立刻去度蜜月,因为周行叙距离完全戒掉烟才两个多月。往后推了一个月也挺好,他手上的那个项目跟进完之后,他老爸也肯给他放久一点儿婚假。

临行前,薛与梵做足了功课。

看了不少网上的度蜜月攻略。

两人度蜜月去了英国，重游了北约克郡的一座小城市。他们回到了山上的那个广场上，看到和那年圣诞节完全不一样的风景，柳树已经冒新叶，那时候结冰的湖面，现在观光小船的船桨搅起一道道涟漪。唯一不变的是那座残堡，它依旧矗立在风雨中。

他们这次入住的还是那对幽默的英国老夫妻经营的旅馆。墙壁上的墙绘还在，男主人依旧有拖延症，只是这座小镇人来人往，他们对这对曾经短暂落脚的中国小夫妻没有什么印象了。

他们没有在这座小城市落脚太久，就去了肯特郡。

他们也和所有来这里旅游的"无知小羔羊"一样去了巨石阵。虽然当代网络发达，巨石阵去掉了"美颜相机"之后的真实"素颜照"已经在网上流传了。

但是薛与梵还是硬要去看，她摆弄着相机说："来都来了，总要去看看的。"

周行叙戴着鸭舌帽坐在大巴靠过道的那个位子，双手抱臂放在胸口，他腿上放着薛与梵的托特包。昨天去逛街，一个小包她能背，今天一个大包她也能装满。

他们也赶上了肯特郡一座海边小城每年七月的生蚝节。

他们在那里见证了生蚝的一百种死法。

周行叙："是烹饪方法。"

只是周行叙不是一个多爱吃海鲜的人，薛与梵看着一桌生蚝，自己挤着柠檬汁，说他这不吃那不吃的，活得太枯燥了。

在靠海的地方，他戴着墨镜。他将墨镜摘掉，往桌上一架："薛与梵，我不吃是为了你好。"

薛与梵嚼着嘴巴里的生蚝肉，没多想："你少吃点儿然后留给我吃啊？又不是像以前没东西可吃，你吃呗，吃完了我们再点。"

周行叙听罢，动了筷子。

那顿饭可以算是薛与梵至今看他吃得最多的一次了。

结完账,他们去了海边。

在海边,冲浪、沙滩排球以及晒日光浴都是热门项目,只可惜没有一个是薛与梵能体验的,她运动细胞一般,晒日光浴就更别说了,她为了不晒黑特意涂了好多防晒霜。她能做的就是吃掉一个又一个椰子制品,然后回酒店继续制订下一站的行程。

只是,当晚她就知道了。

这些该死的生蚝——居!然!会!壮!阳。

| 番外十一 |

整个蜜月期间,两个人在为人口增长做贡献这件事上确实挥洒了不少汗水。

只是,薛与梵没有怀上。

还好他们两个都很顺其自然。

二人世界很不错,如果多一个宝宝也很高兴。

周五去向卉和老薛那里蹭饭的时候,薛与梵无意间刷到了佳佳在朋友圈宣布变成"一家三口"的好消息。

今天他们家由男人下厨,周行叙和老薛在厨房忙。

薛与梵没多想,随口和向卉说了佳佳怀孕的消息。

也不知道是不是到了这个年纪都这样,你妈妈总能记得你的朋友什么时候结婚,什么时候生孩子。

向卉问:"佳佳是不是就是你们三月去隔壁省喝喜酒的那个?"

薛与梵点头。

向卉:"那人家不就只比你们早结婚两个月嘛,你们也要加油啊。"

薛与梵算了算,他们这个进度也不算慢了。

怎么打断你妈催生的念头?那就是让你妈不好意思催生。薛与梵嘴巴上像是没有装门把手,想到什么都往外面说:"知道了知道了,我和你女婿加快进度,挑灯夜战。今天晚上回去,我们觉都不睡了,明天班也不上了,就在家里待着,什么时候憋出个孩子,我们什么时候出门。"

向卉听她一个二十多岁小姑娘这种话张口就来,生怕厨房里的女婿听见,塞了她一嘴西瓜,让她赶紧闭嘴。

薛与梵以为生孩子这事,向卉应该不会再提了。

结果没两天向卉带着大补汤来了。

薛与梵原本还懵懂无知,直到看见了生蚝。

"咯——"薛与梵咳嗽了一声,"妈,你女婿没问题,真的。"

向卉把另一个保温瓶给她:"那你多吃点儿,补一补。"

说着,她转身进厨房拿碗和盘子,想着自己来都来了,就给小夫妻做顿晚饭再走。结果她一回头,就看见薛与梵几大口就把她给女婿准备的那份餐食里的生蚝吃掉了大半。

她嘴巴里的生蚝还没有咽下去,后背挨了向卉一掌,她吃痛地哼唧了一声。

正巧周行叙下班了,喊了一声"妈"之后,他把自己下班买的菜递了过去。目光扫到了桌上还没有吃掉的生蚝,他勾了勾唇:"妈,今天留下来吃晚饭吧,菜我买得多。"

向卉接过菜挥手:"不了不了。"

她顺道把跟进厨房的女婿也赶出去了:"你去把桌上的汤喝掉,还有我做的生蚝。你上了一天班累了,坐着休息休息,我来炒菜。"

说完,她把厨房的推拉门都关上了。关上门前,她还叮嘱薛与梵不准再吃生蚝了,剩下的留给周行叙。

周行叙看着那几个生蚝壳,戴着婚戒的手捏了捏薛与梵的脸:"怎么,知道怕了?"

薛与梵不敢回忆,但很快又意识到:"你知道这东西是……"

他心领神会,扯开薛与梵旁边的椅子坐下,然后点了点头。

薛与梵炸毛了,抬脚踢他:"那你当时怎么不说,还吃了那么多?"

周行叙拿起一个生蚝,用薛与梵的筷子拨走了上面的蒜和姜:"没办法,那是老婆的爱。"

267

挑灯夜战的后果是薛与梵生理期过了一周还没来。

她心里有数，等意识到生理期延后了之后，她下了班自己去买了根验孕棒。药店的袋子直接放在了客厅的茶几上，周行叙下班回来就看见了。

他扫视了一圈，只看见厨房亮着灯，隐隐能看见一个身影在玻璃推拉门后面。

薛与梵在厨房，站在冰箱前面找吃的。等腰上环上一条手臂的时候，她往后看。

他下巴搁在薛与梵肩头，手贴着她的小腹："怀了？"

薛与梵拿了个果冻："不知道，应该吧。我明天早上起来测一下。"

第二天早上，周行叙起来晨跑的时候顺便把薛与梵叫醒了。她起床上厕所，后知后觉发现自己没有把验孕棒带进来，扯着嗓子想喊周行叙的时候，卫生间的门被人从外面打开了。

他手里拿着药店的袋子，递给了她。

等验孕棒结果出来的时间，她刷了牙、洗了脸，搁在旁边的验孕棒上显示出清晰的两条杠。薛与梵穿着睡衣从厕所出来的时候，周行叙还没有去晨跑。

她晃了晃手里两条杠的验孕棒，故意说："今天要不要带我一起去晨跑？"

周行叙也猜到了薛与梵是故意的，在玄关穿鞋："我拿手机挂了医院的号，现在去给你买早饭，你想吃什么？"

"看见两条杠了还这么冷漠。"薛与梵撇嘴，摸了摸肚子，继续演着，"宝宝，你看看你爸。"

周行叙："那怎么办？早饭不吃了，让我们父子交流交流？"

薛与梵穿着拖鞋往楼上走："要一屉小笼包，要醋要辣酱。再要一张葱油饼，一杯红米粥，两个茶叶蛋。"

双人份食量的早饭吃完之后，薛与梵去拿需要的证件，周行叙拿水杯给她泡了杯柠檬茶。

她心情倒是挺轻松的,直到回忆起自己当初被抽了三管血。

这回三管血依旧抽得她胳膊疼。

柠檬水里加了一点儿蜂蜜,喝起来甜甜的。

千年等一回,前台的医护人员告诉她,去厕所也是要分时候的:想上厕所,有点急,不行;太想上厕所,超级急,也不行。

她戴着耳机在听催尿意的水声,但是毫无效果。周行叙背着她的包,打趣道:"我给你吹着口哨?"

薛与梵喝得胃胀,周行叙牵着她的手,带着她在走廊上溜达,摘掉她的一个耳机,吹了声口哨。

走廊上全是和妇科、和孕妇有关的知识科普,周行叙越走脚步越慢,拿出手机,将立牌上的小知识全部都拍下来。

很小的举动,但是薛与梵忍不住笑了,抱住他的腰:"好爸爸呀。"

周行叙把手机放下,搂住她:"后勤工作交给我。"

"周行叙,你每次都让我觉得……"她收紧了手臂,脸颊贴着他胸口,"嫁给你是一件特别好的事情。"

薛与梵躺在床上,等医护人员在她小腹上涂上凉凉的耦合剂。仪器在她小腹上打转的时候,薛与梵没有感觉到什么孕育生命的伟大,只觉得随着仪器下压,她快憋不住了。

听着仪器运作的声音,薛与梵努力憋着尿意,医护人员没有说恭喜,只是淡淡地说了三个字:"怀孕了。"

"一个还是两个?"薛与梵仰起头,但她看不清屏幕上的图像。

医护人员抽了张纸巾给她:"一个。双胞胎还是不常见的。"

薛与梵点头。不知道是依据生物学还是遗传学,总之网上搜来的资料说双胞胎生双胞胎的概率比较大。她把腹部的耦合剂擦掉,将纸巾丢进垃圾桶里:"我丈夫是双胞胎,所以我有一点儿好奇。"

报告单很快就出来了,医护人员递给她:"没事,下一次努力。恭喜恭喜。"

薛与梵一出诊室就把报告单拿给了周行叙,跟献宝似的:"看。"

他接过单子,看着上面才以厘米为单位计算身高的孩子,眼眶一热,小心翼翼地把单子折好:"嗯。"

薛与梵让他别折起来:"我还要发朋友圈呢,第一次怀孕,必须发一条。"

她说的话有一种"不发朋友圈孩子都白怀了"的感觉。

发完朋友圈,薛与梵坐在周行叙的车上就给向卉打了个电话。

向卉在电话那头听到薛与梵说自己怀孕了,她是一百个开心。

薛与梵连忙撒娇:"晚上我们过去蹭顿饭,你煮点儿好吃的。"

怀孕了,点菜都变得理直气壮。

怀孕了,家庭地位当然就会上升。

她把自己要吃的都报了一遍,向卉在电话那头全部都答应了。

薛与梵回家之前,向卉已经打电话通知了七大姑八大姨了,她也做了功课,问了薛映仪不少关于孕妇和去医院检查的事情。

晚上二姐一家来吃饭的时候,薛映仪说,一般医院建档是在十二周左右,也就是三个月。不同的医院需要提供的证件都不一样,把户口本、结婚证、医保卡和身份证这些都带着总是不会出错的。

这些事情周行叙认真地听着,记着需要注意的事情,虽然这些医院的医生已经讲过一遍了,但是他还是从衣食住行,甚至连胎教都请教了。

薛映仪开玩笑说:"爸爸在妈妈怀孕的时候,对妈妈好,不要惹妈妈生气,这样小孩出生后就会和爸爸特别亲近。"

……

薛与梵和薛献坐在客厅里吃好吃的,薛献看着薛与梵的肚子,拿了一把葡萄给薛与梵:"小姨,奶奶说你有宝宝了。小姨你要当妈妈了吗?"

薛与梵点头,接过他给自己的葡萄,握着他的小手,搭在自己肚子上:"对的,宝宝在小姨肚子里面。"

薛献不敢摸,把手缩回来:"他肯定很乖。"

薛与梵塞了一颗葡萄给他,捏了捏他的脸:"能和献献一样乖,小姨就满足了。"

薛献拿着薛与梵给的葡萄没有吃,只是他的视线落在了和自己妈妈聊天的周行叙身上:"那姨父要当爸爸了吗?"

"是呀。"薛与梵不厌其烦地回答着小孩子简单的问题。

向卉在厨房炖的汤好了,薛与梵闻着味道被勾走了。周行叙去车里拿之前向卉给他们打包大补汤时拿过去的保温瓶。拿着保温瓶刚锁上车,他看见不知道什么时候跟在他身后的薛献。

身高还没他腿长的一个小孩,穿着带着翅膀的卫衣,手里拿着两颗葡萄,站在门口看着他。

周行叙把保温瓶用一只手拿着,另一只手伸给他:"怎么出来了?你小姨跑去喝汤了,你怎么不去喝?"

薛献把葡萄递给他一颗,然后用暖乎乎的小手拉着他的小指和无名指:"姨父你要当爸爸了吗?"

"对啊。"周行叙为了配合他的步子,走得很慢。

薛献抬头看他:"姨父,你开心吗?"

周行叙:"很开心。"

"每一个人知道自己当爸爸都会开心吗?"薛献问他。

周行叙是从薛与梵那里听说了薛映仪和那个男人的事情的,他隐隐猜到了薛献想问自己什么。

虽然心里知道可能是这么一个问题,但真听见这么一个小小的人问自己"那我爸爸那时候也是这么开心吗"的时候,周行叙还是觉得心头一酸。

271

他说:"肯定是的。"

薛献摇头:"可是他没有来看过我,奶奶和妈妈一提到他就吵架,我听见她们吵架说当时是我爸爸不想要我。所以我爸爸那时候不开心,也不喜欢我对吗?"

很多人都觉得孩子还小,孩子什么都不懂。但是周行叙知道,很多时候小孩子的心思很细腻,比如他就会把小时候周景扬做的一些事情记到现在。大人远远低估了孩子们的感情和认知。

所以他知道,自己需要好好回答这个问题。

他想了想,停下脚步,蹲下身子,和薛献保持平视:"怎么说呢?每一个人到世界上来一趟,等到很多年以后就一点儿痕迹都没有了。这时候科学家们留下发明,文学家留下书籍和文字,但是大部分人都像你和我,是普通人。所以他们给世界留下了自己的孩子,就像是一份礼物。献献去挑礼物送给别人的时候,是不是会挑最漂亮、最喜欢的礼物?"

薛献点头。

周行叙哄他:"所以啊,你对你爸爸和妈妈来说,就是他们挑选的最漂亮、最喜欢的礼物。"

| 番外十二 |

怀孕总得有个心理变化的过程。

但是薛与梵头三个月只从母爱满满变得不耐烦："周行叙,不行了,吐死我了,我要去把小孩给打掉。"

她现在闻不得任何刺激性的味道,油烟味重了她就想吐,好不容易吃点儿东西,没一会儿又要吐出来。

胃酸侵蚀着食道,她只能吃点儿水果,抱着抱枕靠在沙发上闭目养神。周行叙白天不在家,薛与梵因为怀孕初期的症状难受极了,这几天一直在家里休息。

和工厂对接,打板沟通,检查出货的货物,工作室有方芹那么一个细心的人在,薛与梵也放心。

向卉今天买了一只老母鸡,知道薛与梵孕吐厉害闻不得浓重的味道,她在家里煮好之后送过来了。

进屋看薛与梵睡在沙发上,眼下都有一些乌青,向卉说,她如果实在是困了,就去楼上睡一会儿。

薛与梵上楼,往周行叙睡的那一边躺下去,闻见枕头、被子上和他身上一样的雪松味道,她稍微舒服了一些。

向卉给她又做了一些开胃的适合孕妇吃的小炒和凉菜。看着好不容易睡着的女儿,向卉犹豫着是让好不容易睡着的女儿再睡一会儿,还是把她叫醒,让她起床吃饭。

手机里,有个认识的人联系向卉,说是今天有鹅蛋了,保证是新鲜的，问她要不要过来拿。

她想着要不把菜放在保温柜里，自己留张字条先走时，周行叙回来了。

闻见饭菜的味道，周行叙一愣，看见向卉在家之后，他朝她点了点头："妈。"

向卉赶紧做了一个嘘声的手势，指了指楼上，小声回答周行叙："梵梵在楼上睡觉呢，你怎么回来了？"

"中午有一个半小时的休息时间，我早上出门她没起，我怕她中午点外卖，想着回来带她去吃午饭。"周行叙看见桌上的菜，明白了向卉也是放心不下薛与梵，所以过来了。只是菜看上去不像是有人吃过了，"妈，你们还没有吃吗？"

"这不是看她难受，好不容易睡着了，不知道要不要叫醒她嘛。"向卉转身要往厨房走，"你还要上班，你先吃。"

周行叙抬头看着楼上的卧室，摇了摇头："妈，我上去看看她。"

向卉看他回来了，自己正好也能去拿鹅蛋了："那你陪她一会儿，我去拿点儿给她订的鹅蛋。"

……

薛与梵睡得迷迷糊糊的时候，感觉床上有动静。

入秋后，气温持续走低，薛与梵往旁边的热源靠过去，把腿搁在周行叙腿上，脸埋进他的颈窝里。嗅着衬衫上的雪松味，薛与梵梦呓似的来了一句："你怎么回来了？"

"午休一个半小时，回来看看你。"周行叙等她在自己怀里找到舒服的位置后，伸手帮她把被子掖好，摸了摸她的脑袋，"又吐得特别厉害？"

"嗯。"薛与梵有气无力地回了句，"我不想怀了，我好难受，我现在饭都吃不了，还吐。"

"辛苦了。"周行叙低头亲了亲她的发顶，"我上楼的时候看见妈已经把午饭做好了,要不要起来吃点儿?"

虽然吃了会吐,但是总归还是要吃的,至少吃下去了多少能吸收一点儿。

结果薛与梵吃了大半碗饭,喝了一碗鸡汤后,身体很给面子的居然没有反胃。周行叙把餐桌收拾干净,薛与梵跟在他身后,开玩笑说:"还是跟你一起吃饭好,都不吐。"

其实薛与梵就是随口开个玩笑,第二天和周行叙一起吃早饭,她还是一起床就吐得死去活来。中午向卉带了鹅蛋过来,准备给她做适合孕妇吃的鹅蛋羹。

薛与梵吐完之后,坐在客厅的沙发上吃水果。入秋之后水果虽然没有夏天那么丰富,但还是有不少像是石榴、火龙果还有柚子这些适合孕妇吃的水果。

她坐在沙发上,吃着向卉带来的剥好的红柚。听见开门声时她一愣,朝着门口望去,看见午休时间回来的周行叙,她有些诧异:"你怎么回来了?"

"回来陪你吃午饭。"周行叙换了鞋进屋,对着厨房的向卉叫了一声"妈"之后,提着回来的路上买的水果和垫肚子的甜品走到沙发边。

甜品都是以前的邻居路轸的老婆自己做的,是他老婆做给他们女儿吃的,所以在食品安全这方面没有问题。

薛与梵现在还没有显怀,周行叙在她旁边坐下,伸手摸了摸她的肚子:"下周三做产检,到时候我们还要去建档。"

这些事情周行叙一早就做好了功课,薛与梵被早孕反应搞得身心俱疲。周行叙能做好这些后勤工作,薛与梵就安心当个怀孕的妈妈。

向卉今天中午不知道周行叙要回来吃午饭,先紧着孕妇做的饭,不过饭也够他们两个吃。她问起周行叙今天怎么又回来了。

周行叙给薛与梵盛汤:"她说我跟她一起吃午饭她就不吐,正好午休时间也够,我就回来了。"

这种把薛与梵随口一说的话放在心上的举动,别说薛与梵听着开心,当丈母娘的听着都高兴。

向卉:"要是方便回来吃也好,正好这几天她不上班,我来做饭。一个人的饭是这么做,两个人的饭也是这么做,你就回来吃点儿。虽然不是什么山珍海味,但肯定比公司的饭好吃。"

他们是在二姐上班的医院建档的,向卉一边纠结妇产医院,一边又觉得有熟人在的医院比较好,最后还是选择了后者。

等到三个月后,薛与梵的早孕反应终于好了不少。肚子里的小宝宝按照正常指标一点点地长大。

一切都很好,不过十六周的时候有个重要的检查——唐氏筛查。

这个检查不用憋尿,但是需要空腹,就薛与梵这种怀孕前都要吃夜宵的人,让她怀孕之后不吃,就是要她的命。吃晚饭的时候薛与梵特意多吃了一点儿。

周行叙一早就拉着她睡觉了。只是他失算了,没想到平时睡得沉的薛与梵,这次睡到半夜十二点突然醒了。

周行叙在睡梦中听见薛与梵的声音,睁眼后,对薛与梵那句"老公,我肚子饿了"还不能清晰地做出判断。

在他还没有分辨出是做梦还是醒了的时候,薛与梵支起身,用手捏了捏他的耳垂:"周行叙,我饿了。"

饿了也不行。

周行叙把人重新塞回怀里,他大梦初醒,声音有些慵懒,带着倦意:"不能吃。"

这时候薛与梵又开始嘀咕:"我不想怀了,周行叙。我好遭罪,我们明天去把宝宝打掉吧。"

可是等检查一做完,她吃饱饭后,摸着已经显怀的肚子,还是满心的高兴。

已经是临近过年的时候，街道旁的树木只剩下光秃秃的枝干，积雪堆在街道两边。阳光从餐厅的窗户照进来，落在薛与梵肩头的羊绒坎肩上，肩头卷曲的发梢被映上金色。她给向卉打电话，说宝宝一切都好。

挂电话前，她还不忘点菜："妈，我今天想吃你做的……"

他们从医院回来，自然是要开车去向卉和老薛那里蹭饭的。

临近过年，街道的氛围很好。

薛与梵在车上随口问："今年过年你要回你家吗？"

"不回，最多带你去和我奶奶吃顿饭。"周行叙因为副驾驶座坐着薛与梵，所以车速很慢。

她坐在副驾驶座还在吃小零食。自从不孕吐之后，那些"我不想怀了，我们明天去把宝宝打掉吧"之类的话周行叙再也没有听薛与梵说过了。

薛与梵腮帮子鼓鼓的，她嚼着嘴巴里的饼干，突然好奇地问："周行叙，你是不是没把我怀孕的消息告诉你爸妈？"

周行叙"嗯"了一声。他知道之前办婚礼的时候霍慧文拿了张卡给薛与梵，也说了些不好听的话。

短暂的一声"嗯"，让薛与梵有点察觉不出他的情绪。她知道他并不是不认同自己，不告诉他父母，反而是因为太认同自己，所以不肯说。

他心里的盘算，薛与梵不搅和。

当天去老爸老妈那里蹭饭的时候，他们说今年要和大伯一家去奶奶那里过年。

小夫妻也没有意见，薛与梵叉着腰，站在水池旁边，等不及向卉洗完水果就站在旁边开始吃了："那宝宝今年有红包吗？"

向卉逗她："我反正不给，宝宝又没有对我说'恭喜发财'。"

薛与梵："在我肚子里，我拜年不就是宝宝拜年嘛。"

对于向卉和老薛来说那肯定是不一样的，小孩是小孩，薛与梵是薛与梵。等宝宝出生了，她有多远就可以走多远。

薛与梵抓了把车厘子走去找周行叙："你给我包红包吗？"

周行叙伸手去接，她护食，转身把手里的车厘子拿远了。周行叙笑："我给你拿着，不吃。你用手拿着吃起来方便吗？"

薛与梵把车厘子全放在他手掌里了，自己抓了一大把，结果到他手里的只有一点点。

家里开着暖气，她就穿了一件毛衣，孕肚已经很明显。她又问了一遍周行叙："你过年会不会给我包红包？"

周行叙把车厘子一个个递给她："会。"

周行叙包了，而且还是一个大红包。

大年三十在向卉和老薛家吃完年夜饭他就给了薛与梵，结果她一个晚上就花完了。

她只是犯了每一个新手妈妈都会犯的错误，看见宝宝用的东西就想买。结果宝宝用的东西都贼贵，一个平平无奇的奶瓶都要好几百块。

买了奶瓶就要买专门洗奶瓶的清洁剂和清洁海绵刷，还有消毒用的消毒柜。

更别说那些拍照拍出来都特别好看的小衣服了。

黄的、蓝的、粉的，各色小毯子和口水巾。

小猫、小熊、小兔子，各种图案的婴儿连体衣。

还有婴儿手摇铃，可咬可锻炼抓握的各种益智小玩具。

晚上吃年夜饭的时候就说好在这里留宿了，所以周行叙喝了点儿酒。在酒精的作用下，入睡效果很好，可熟睡了又被薛与梵吵醒了。

她抱着自己在哭。

原本周行叙还迷糊着，一听见她的哭声，酒劲瞬间下去了一半。

他身体僵硬，完全不知道发生了什么事，手轻轻拍着薛与梵的后背："怎么了？"

她哭的声音不小,把还没有睡的向卉都引来了。

向卉看着薛与梵哭得那么伤心,心疼她肚子里的小孩:"怎么哭了?说给妈妈听。"

薛与梵抽泣着喊出了两个字:"好……贵……!"

众人听到了,但是完全没有听懂。

薛与梵哭了两声,坐起来。她拿起枕头下的手机,点开购物软件,手指滑着手机屏幕,把未发货的几十样东西展示给向卉和周行叙看:"好贵啊,宝宝的东西怎么这么贵,长得不都差不多吗?它布料还少,怎么能卖那么贵?周行叙,你给我发的红包一分钱都没有花到我自己身上,我还倒贴了五百块。"

哭到最后,周行叙也不知道她哭是因为宝宝的东西太贵,还是因为他发给她的红包她一分钱都没有花到自己身上。

无名指上婚戒的钻石因为她用手背擦脸而弄红了她的脸,周行叙拉住了她的手,给她抹眼泪:"没事,我赚钱不就是给你和宝宝花的嘛。"

向卉一开始被她的哭声吓了一大跳,急急忙忙跑过来的时候,脚趾还撞到了门上。现下听见女儿因为这事哭,忍不住想揍她:"这事哭什么啊?大过年的,不吉利,不准哭了。"

薛与梵吸了吸鼻子,眨巴着眼睛看着向卉,伸手:"你要是给个红包,我就不哭了。"

向卉恨铁不成钢,回房间给她拿了个红包,往里面塞了几千块钱。

周行叙也给她又发了一个大红包,她这才破涕为笑。

房间里重归安静,向卉也回屋睡觉了。

周行叙给她盖好被子:"现在可以睡觉了吧。"

薛与梵看着余额,想了想还是准备把钱给周行叙转回去:"只要我没有钱,我就不会想要买东西。"

周行叙瞥了她一眼,到时候她还是会找自己要钱,多此一举:"你放着,律己一下就好了。"

薛与梵躺在被窝里，拿着手机，扭头看他。她睫毛还湿漉漉的，带着刚刚哭过的泪痕："我能做到吗？"

不等周行叙回答，她就给自己打气："我能做到的。"

周行叙不予评价，伸手要去关灯的开关。昏暗涌入室内的一瞬间，他还没有掀开被子躺下来，一道声音从旁边传了过来："周行叙，我肚子饿了。"

……

她想吃羊肉面。

周行叙晚上喝了酒不能开车，幸好她想吃的那家羊肉面店距离很近。

她裹着厚厚的羽绒服，系好围巾，挽着周行叙。这段距离对她这个怀孕前就不运动的孕妇来说，仿佛跋涉了千里。薛与梵看着放下来的卷帘门，看着卷帘门上喜庆的倒着贴的"福"字。

薛与梵一下子又没有忍住眼泪，一把抱住周行叙："关门了。"

"对啊，没办法。"周行叙出门前都忘了今天是大年三十，难怪街道上空荡荡的。

薛与梵摇头："我不要。"

周行叙笑她孩子气："人家也要过年啊。"

她哼唧了一声："我讨厌过年。"

周行叙笑意更浓了："刚刚收红包的时候怎么不说讨厌过年？"

听他和自己抬杠，薛与梵抬手给了他一拳，气鼓鼓地往家走。

不就是碗羊肉面嘛。

论煮面，周行叙不吹不擂，他很擅长。

今年年夜饭里的剩菜，有一碗红烧羊肉，周行叙准备拿来做浇头。回家的时候他在二十四小时营业的便利店里买了一袋面。

薛与梵拿了勺子和筷子坐在餐桌边等他，热气腾腾的羊肉面很快就出锅了。

周行叙没有吃夜宵的习惯,所以就煮了一碗。

薛与梵一边玩手机,一边吹着面条。她看见了一个好玩的东西:"香蕉盒子?这是什么东西?买来看看。"

你说这钱怎么能不花光,你说钱花光了能不哭吗?

现在月子中心都要提前半年约好,好的月嫂现在比好男人还稀缺。

有薛映仪这个和薛与梵年龄差不多的踩过坑的过来人帮她避雷之后,薛与梵联系到了一家很不错的月子中心,月嫂虽然不是当时带薛献的那个,但也是月子中心的好口碑月嫂。

过年的时候薛与梵和周行叙去给周行叙的奶奶拜年了,美美地拿到了一个红包之后,奶奶说今天晚上去他父母家吃饭。

周行叙听罢,和薛与梵坐了一会儿就走了。

薛与梵瞥了他一眼:"你今天晚上要不还是回去吃顿饭吧,今年你一天都没有回去……"

周行叙:"不了。"

"去呗,万一你爸妈良心发现,给你和我包了红包,你不去不就没有人领了嘛,到时候我们的宝宝就得少几件新衣服了。"薛与梵知道他爸妈大概率是不会包红包的,只是想起今天去给奶奶拜年的时候,奶奶刚说完今天去他爸妈那里吃饭,就看见周行叙要带着她走时的表情。

老一辈人,觉得自己没多少年了,临到这个时候却见孙子和儿子要走散了,多少还是会有遗憾的。薛与梵想,就当是团圆给老人看的。

……

怀孕二十周,做了四维彩超看见宝宝在肚子里的样子后,薛与梵抑郁了。

蹙眉看着单子上宝宝的第一张照片,她欲哭无泪:"周行叙,宝宝也太难看了吧。这是什么啊?"

周行叙:"胡说什么呢。"

薛与梵把单子给他,还在说太难看了。

周行叙把单子收好:"网上很多人做完四维彩超出来的照片都很难看,但是宝宝出生后都很漂亮。"

薛与梵:"有我们的宝宝丑吗?"

周行叙一顿,这一顿被薛与梵看见了,她更想哭了:"是不是没几个比我们的宝宝丑的?"

"从基因的角度上来说,我们两个生出一个丑宝宝的概率很低。"周行叙尽力安慰她。

薛与梵:"但也不是为零。"

因为春节而停运的物流重新开始运作,薛与梵当时买的香蕉盒子也到了。结果这就是一个装香蕉的塑料的香蕉形状的盒子,她买了一串香蕉,居然没有一个能契合这个盒子的。

周行叙做晚饭的时候,先碰到他的是薛与梵的肚子。她手里拿着香蕉盒子,手臂环着他:"连孕妇都骗,他们都是大骗子。"

……

等薛与梵做妊娠糖尿病筛查的时候,首府已经入春了。

在经历了所有孕妇的噩梦之后,周行叙突然告诉她,昨天他回了趟家给他爸送文件的时候,撞上了他哥相亲。

"周景扬相亲?"薛与梵喝水缓解嘴巴里的甜味。

周行叙:"嗯,然后今天我们家要和那个女生的家人吃饭,我回家的时候和他们碰见了。"

当时红娘和女方的家长很热情地邀请周行叙一起去参加今天的饭局。

这次薛与梵默认他肯定不会去,结果他居然要去。

给薛与梵准备好晚饭之后他才出门,只说:"等我。"

这两个莫名其妙的字,搁在战争背景下就像是最后的交代。但怎么说也是多年的夫妻了，同床共枕那么久，薛与梵不能说是他肚子里的蛔虫，但也能猜到他心里的一些真实想法。

他是天蝎座。

记仇啊。

薛与梵以为他最多就是随便让周景扬出点洋相。

……

饭店就订在他们小区外面，周行叙没开车，直接步行到了。他是最后一个来的，虽然他不是今天的主角，但是可能是因为红娘还想赚一笔，很热情地招呼周行叙过去坐。

他不经意地将无名指上的婚戒露出来，那红娘才将注意力重新转移到今天的主角身上。本来周景扬和这个女生接触得就够多了，今天这顿饭似乎是想让两个人的交往进度快一点儿。霍慧文也很满意这个乖巧的女生。

周行叙靠在椅背上，看着霍慧文热情地给那个女生夹菜。

怒火在心头慢慢堆积，但他面上依旧挂着笑容。

他妈不仅对他是偏心的，就连对两个儿子的结婚对象都是区别对待的。周行叙觉得自己可以不在意她二十多年的忽视，能做到一笑泯恩仇，但涉及薛与梵就不行。

饭局进行到了最后的阶段，周行叙起身，站在二楼的窗户旁。身后那群人已经吃完饭，在喝茶闲聊，他的视线漫无目的地扫视着对面街道上的一切，下一秒，一个眼熟的身影闯入他的视线。

她穿着显眼的白色棉服，戴着棉服的帽子，孕肚在宽松的棉服之下依旧明显。

周行叙看着她走进了一家烧烤店，伸手从口袋里拿出手机。才编辑好的微信还没有发出去，听着包厢里的交谈声，一个想法很快在他的头脑里成形。

周行叙放弃了发微信，点开了薛与梵的电话号码。他将手机搁在耳边，几声"嘟"声之后，电话接通了。

"薛与梵，你再吃一口烧烤试试看。"他声音不大，但是包厢里一下子就安静了下来。

周行叙不紧不慢地继续说："你摸摸你的肚子，你还记不记得你怀孕了？"

电话那头的薛与梵惊讶于他怎么知道自己在吃烧烤，周行叙解释："我在对面吃饭，你现在站在原地，把你手里的烧烤给我丢垃圾桶里。"

电话挂断了之后，周行叙看着他那些家人一脸错愕的样子，勾了勾唇，拿起椅子上的衣服准备有礼貌地和女方家人还有红娘道别。

霍慧文压根儿没有细想，脱口而出："她怀孕了？"

周行叙看她上钩，顺杆而下："嗯，我老婆怀孕五个月了。"

霍慧文还想说什么，却突然意识到了自己的失误，可惜没来得及纠正。对面女方的家人脸色看上去很不好，看见周行叙要离开，干脆也起身准备走了。

霍慧文懊恼地想挽回局面，但是对方想离开的意图已经很明显了，她实在是不好挽留。目送着他们离开，霍慧文看见人群里，小儿子回头朝着她一笑。

薛与梵只在店门口等了两分钟都不到，就看见周行叙穿着外套从马路对面走过来。他走过来的第一件事就是瞥了眼垃圾桶里，看见只咬了一口的鸡翅后，他松了一口气。

但他弯腰捏着竹签，把鸡翅从垃圾桶里拿了出来："去旁边的公园喂流浪狗吧，不然浪费了。"

说着把她手里的一袋子烧烤都没收了。

就当是散步了，薛与梵被他拉着手往公园里走。这个公园不收费，最近天气有转暖的迹象，出来跳广场舞的阿姨都变多了。大约是场地多,阿姨们和隔壁篮球场的小伙子们相处得很融洽。

薛与梵舍不得自己买的烧烤,只是她知道周行叙肯定不给自己吃。看着他把自己买的鸡翅喂狗了,她心疼又嘴馋。

周行叙看到了她咽口水的样子,笑话她都要和狗抢吃的了。

薛与梵:"你们去吃饭,为什么非要在对面吃啊!"

周行叙喂完流浪狗之后把竹签和包装袋收拾好丢进垃圾桶里,带她去了公园后街的面店吃羊肉面,她的心情立马从阴云密布转为晴空万里。

店里虽然没开空调,但是靠着后厨,供暖效果可观。薛与梵把棉服脱下来放在腿上,随口问起他今天周景扬相亲怎么样。

周行叙认真地帮她把碗筷都用开水烫了一遍:"黄了。"

他把自己假装无意间说出薛与梵怀孕的事情告诉了她。薛与梵不解:"这样就黄了?"

周行叙解释:"不管是出于什么原因,一个婆婆连自己儿媳妇怀孕五个月都不知道,没有哪个当妈的会放心把女儿嫁进这样的家庭。"

薛与梵:"你出门前说'等我',不会就是让我等你去搅黄你哥相亲吧。"

"不是。"他摇头,"是等我去帮你赢来你应该有的重视,帮你反击那些你当初应该反击给我妈和我哥的。"

| 番外十三 |

吃完羊肉面出来,薛与梵发现自己棉服的拉链拉不上了。

"有肚子长这么快的人吗?"她还就不信了。

但事实就是拉链卡在肚子上了。周行叙不敢用蛮力给她拉上去,没办法,只能把她棉服两边的口袋拉链都拉开了。

拉拉链时,他的手碰到她肚子,隔着毛衣他突然觉得薛与梵的肚子莫名鼓起一块,很快又消下去了。薛与梵自然是感觉到了,周行叙拉拉链的动作也没有了下一步。

他一愣:"胎动?"

薛与梵也是第一次感觉到,网上说到这个阶段确实会有胎动。

于是薛与梵每天闲着没事干就摸肚子,妄图抓住宝宝的小手或是小脚。但小家伙白天在她肚子里的时候乖巧得不得了,等晚上她和周行叙要睡了,宝宝就在肚子里闹腾了。

薛与梵被肚子里的小孩闹得睡不着觉:"估计是个夜猫子。"

之后几次产检,宝宝和孕妇的状态都非常好。

但医生也会叮嘱一句:"妈妈还是要少吃点儿。"

于是全家上下都开始盯着薛与梵每天的进食量。自从她怀孕之后,只要她伸手,就能够到小零食,基本上家里和工作室的各个角落,她都能找到吃的。

周行叙心一狠,挑了一天把家里的小零食全收走了。

她就像个过冬前辛辛苦苦收集坚果的松鼠,结果一夜之间她囤的粮食被人全部偷走了。

等薛与梵进入孕晚期之后,她一般都睡不了整觉,翻身要周行叙帮忙,半夜起床也要周行叙帮忙。

她开始怕热,盖上被子,没一会儿就要踢掉。周行叙隔天给她换了条薄被子才好一些。他又怕她感冒,把空调的温度调高了几摄氏度。

她习惯性肚子饿了就去摸放在床头柜里的小饼干,摸了个空之后,她就开始哭。不稳定的情绪在孕晚期经常能见到。

薛与梵腰酸背痛,胎动导致宝宝有时候踹她肋骨、踹她胃,总弄得薛与梵特别不舒服。那句"我不想怀了,我们明天去把宝宝打掉吧"的台词又出现了。

但孕检时听见胎心,总觉得特别神奇。

听着那有节奏的跳动声,看着黑白图像上一点点大的小人儿,薛与梵总会想,再忍宝宝一次。

向卉也想让二姐帮忙和同事说说,看能不能提前告诉他们宝宝的性别,但是医院有规定,大家也不想让薛映仪为难,说过一次之后就没有再说了。

不知道也有不知道的好处,就像是拆盲盒。

但薛与梵还是会问周行叙想要儿子还是女儿。

他最近又拿起了吉他。不知道是不是项目告一段落了,他近期比较清闲,薛与梵看他好像在写歌。

周行叙对孩子的性别没有什么执念,虽然他们两个有事没事总是"你儿子""我儿子"地喊。

薛与梵听他说了"都可以"还不行,让他二选一,非要他做一个选择。她还像个老师一样提问,问他为什么要选这个。

周行叙反问她,她问别人时那种刨根问底的"专业态度"没有了,薛与梵也觉得都可以。周行叙学她刚刚问自己的话:"别都可以啊,二选一。"

她偏是只许州官放火，不许百姓点灯，轮到她自己了，她就有权保持沉默。

下午她闲来没事，就收拾并填充了待产包。原本孕晚期的时候他们就计划搬到新家去的，但是也有说法，说这样会冲撞保胎的胎神。

虽然都是封建迷信，但薛与梵也在loft公寓里住惯了。

最后决定等她生完孩子在月子中心坐月子的时候搬家，到时候薛与梵和宝宝出月子之后就直接去新家了。

她在入夏的时候"卸货"。周行叙会开到一半，手机响了。

薛与梵在电话那头喘着大气："周行叙，我要生了。"

他会开到一半就跑了，留下的几个部门主管对周行叙他老爸还有周景扬说恭喜："恭喜恭喜，添丁加口了。"

周父笑容得体地一一应下了，反而是周景扬，活像个吞了苍蝇的人。

周行叙赶来医院，薛与梵躺在病床上在吃小馄饨，和他一路上来时想象中血腥的兵荒马乱的画面都不一样。

向卉站在床边给薛与梵梳头，等会儿她还要洗头。

周行叙松了一口气，坐在床边："吓我一跳。"

薛与梵连小馄饨的汤都没有放过："我也吓了一跳。"

后来洗头这件事交给了周行叙，向卉趁着薛与梵还没生，赶忙去楼下的超市再买些之前落下的东西。

吹风机是借用同病房另一位大姐的，大姐已经生二胎了，她作为一个过来人，有经验，陪床的家人去吃中午饭了，她一个人在病房里也游刃有余。

看着周行叙不太熟练地吹头发的动作，大姐上手帮忙。薛与梵受不起，大姐说："没事。这是你老公吧？得叫你老公练一练了，你要是生个闺女，他得学着扎辫子。"

周行叙把卫生间地上的水渍用拖把拖干净，等他收拾好，大姐也帮薛与梵吹干头发了,她说普通的麻花辫容易松散,她会扎拳击辫,牢固得很,就是一个星期也不会散。

薛与梵拿着镜子照了照,自己以前从来没有尝试过这个发型,有些新奇地看着镜子里的自己。

周行叙把吹风机的线卷好,将吹风机还给了大姐,还道了谢。

大姐把吹风机拿走了,话匣子也打开了,开始和薛与梵说生孩子的事情。薛与梵听得有点害怕,大姐也见好就收。

她是见好就收了,但是薛与梵开始打退堂鼓了。

周行叙坐在床边,拉着她的手:"怎么?害怕了?"

她点头,听完大姐的描述很难不害怕。

周行叙捏了捏她怀孕后有些水肿的手:"没事,有我呢。"

薛与梵摸到了他指腹上的茧子,拉着他的手,放到了自己肚子上:"快点儿,最后一点时间了,猜猜是儿子还是女儿。"

周行叙还是说都好。

薛与梵:"不行,快猜一个。"

周行叙略作思考:"女儿吧。"

薛与梵:"那我要儿子。"

周行叙改口:"那就儿子。"

她唱反调:"那我要女儿。"

三个小时后,薛与梵在剧痛的宫缩开指时想,是儿子还是女儿都不重要,现在立刻、马上从她肚子里滚出来,她不要生了。

她拉着护士,涕泗横流:"我要打无痛针。"

孕妇这个样子护士都见怪不怪了:"那也要再过一段时间才能打无痛针。"

再过一段时间?

那还不如现在给她打上麻醉针,拉她去手术室剖宫产算了。

周行叙给她擦眼泪,她扭头躲开,喊着想要向卉陪她。最后等无痛针打上了，薛与梵才不吭声了，拉着陪产的周行叙的手，默默流眼泪。

双腿分开踩在脚架上，她羞耻，又顾不上羞耻。

最后从开始发力生产到孩子出生，整个过程她只用了一刻钟。

晚上七点零七分，她生了一个儿子。

等薛与梵觉得肚子一空的时候，没一会儿医生已经把孩子抱了过来。也不知道是不是当初的四维彩超给薛与梵设定了一个很低的标准，看见儿子的第一眼，薛与梵撇了撇嘴，然后和周行叙对视了一眼："还行，是个人样。"

助产护士被薛与梵逗笑了，抱着孩子过去贴了贴薛与梵的脸："妈妈亲一口。"

护士说完，薛与梵一副不太情愿的样子。

周行叙弯腰，在她唇上亲了一口："辛苦了。"

爸妈两人亲了一口，独留宝宝一个人在旁边哭。助产护士没办法，只好把他们的儿子抱走了。

生产情况会实时用文字形式投到电视屏幕上，向卉看见了薛与梵的名字后面跟着"男孩，六斤四两"的字眼时，激动地拉着老薛的手："生了，生了！"

薛与梵天真地以为孩子从肚子里出来她就轻松了，就解放了，光明美好的未来穿着漂亮的小裙子正在和她招手。结果等到随之而来的剥离胎盘，薛与梵才知道什么才是人间炼狱。

薛与梵和周行叙的第一个孩子是跟薛与梵姓的，叫薛应忧。

孩子姓氏这件事是向卉强烈要求的。

薛应忧小朋友小时候丑丑的，导致薛与梵在孩子出生的头一个月一张照片都没有发在朋友圈。她说这才是母爱，伟大的母爱让她必须保护孩子，让孩子以后没有看了想换一个星球生活的丑照。

要不是薛与梵发了一张一家三口"石头、剪刀、布"的照片宣布生子,她的朋友都不知道她生孩子了。

月子中心的生活很不错,只是薛与梵很苦恼。

为什么孩子都生完了,自己的肚子还是那么大。虽然怀孕的时候精华油都没有省着用,但是妊娠纹还是会有一些。

肚子还是鼓鼓的。

薛与梵想,产后抑郁估计就是这么来的,想想自己以前的身材,现在因为怀孕,胸部腰部都发生了变化,以前穿的那些小裙子基本和自己没有缘分了。

脸上因为怀孕的激素问题,也没有以前皮肤那么好了。

撩起衣服看着镜子里的自己,越照镜子,薛与梵越难过。

身后卫生间的门锁拧动,薛与梵也不知道是不是怀孕导致自己反应和动作变慢了,周行叙进来的时候,她还没有来得及把衣服放下。

周行叙看她抓着下摆,动作很奇怪:"怎么了?"

薛与梵摇头。

夫妻几年了,不可能不了解对方。

但要让薛与梵给他看自己身体的变化,她还是要鼓起好大的勇气。她不肯说,侧身越过他从门口出去了。

郁郁寡欢的状态太明显了。

周行叙等她喂完奶之后,给宝宝拍嗝,月嫂端上月子餐后,和周行叙说宝宝今天下午没有安排什么项目,他们如果想和宝宝待在一起也可以。

周行叙原本想把宝宝抱回房间,想了想还是把宝宝交给了月嫂。

薛与梵靠在床头无精打采地吃着月子餐,周行叙坐到床边,问她怎么了。她对吃的兴致缺缺的样子还真是难得一见。

周行叙又问了一遍,见她不肯说话,又开口:"和我说说,憋着会憋出问题的。"

薛与梵鼓足了勇气,让他把放月子餐的餐桌拿下去,缓缓掀起衣摆:"你看,我变得好难看啊。"

怀孕和生产的痕迹摆在眼前，周行叙看见那些痕迹一愣，伸手想碰的瞬间，薛与梵把衣摆放下来，眼泪往下淌："难看死了，怎么别人就能变得跟以前一样？"

"难道你看的不是产后保健中心的宣传广告？"周行叙大概知道她这几天郁郁寡欢的原因了，"你又觉得我会不喜欢吗？"

是有那么一点儿怀疑他会不喜欢，虽然知道这种没品的行为他不一定会有，但她委屈的大部分原因还是因为自己都接受不了自己。

薛与梵点了点头。

他抬手给她擦眼泪："这是生儿育女啊，薛与梵。"

薛与梵还委屈着，都说"一孕傻三年"，话讲得不够直白，她第一时间都没有明白。

周行叙伸手去抽纸巾："薛与梵，我们是夫妻，不是那种普通的男女朋友关系。这两者的区别在于我们之间的关系和爱不是简单地建立在皮相之上，皮相不是爱情源源不断地产生的原因。"

"那也得……"她拍了拍手，话没讲全，"太难看了，要是我我都下不去手。"

"我说过，你对我有吸引力。"周行叙看她眼泪止住了，笑，"我们是家人，我们不是为了继续在一起而不得不相爱，我们是不断相爱从而在一起。"

薛与梵蹙眉摇头："太深奥了。"

他抬手把纸巾揉成团，一个精准的三分球投进垃圾桶里："我爱你，你记住这个就好。"

放月子餐的餐桌被重新端了回来，他问她要不要和儿子培养培养感情。

薛与梵喝着汤，很直白地拒绝了："太难看了，不想。"

一个月后，她看开了，宝宝也长开了。

只是那模样，薛与梵感觉自己的基因他一点儿没占，拿她小时候的照片出来一对比，和她完全不像。

等到有一天周行叙的奶奶来看薛应忧的时候，薛与梵得到了一张他奶奶保管好的周行叙小时候的照片，照片上周行叙一岁，抱着一个小老虎玩具。

儿子和那时候的周行叙简直就是难辨真假的相像程度。

薛与梵："哇，和你真的也太像了。"

周行叙从薛与梵手里抢过照片："怎么还有这个时候的照片？"

薛与梵抢回来，放进相册里保管好："等你儿子拍一周岁的照片时，我要把两张照片一起发出来。"

他拒绝。

拒绝无效。

……

薛应忧小朋友一天天长大，自从颜值飙升之后，薛与梵难逃晒娃的魔咒。和她相比，周行叙则是淡定很多，只是手机锁屏和壁纸改成了她和儿子的照片。

向卉悄悄问过她，周行叙的爸妈来看过小孩吗？

周父来过一次，顺道还和周行叙谈了一个项目的内容，也给宝宝带了一对金镯子和一个大红包。

向卉："他妈没来？"

她把孩子丢给向卉，自己坐在沙发上玩手机，手指绕着头发，一副无所谓的样子："不知道，反正我没见到。"

向卉想想还是生气："真是的，现在孩子都生了，还是这个样子。"

薛与梵："他妈没来也好，反正我见了他妈还不开心呢。"

说着，她看见向卉怀里的宝宝，突然来了兴致，伸手去抱："我抱抱。哎呀，你现在也是个有钱人了，金手镯、金脚镯，你看看你妈，什么都没有。"

293

她想到了一件事，扭头问向卉："我要是把我儿子的金镯子熔了，能给自己换条项链和手链吗？"

向卉起身去给薛与梵做饭，起身时听见她的话，瞥了她一眼："你试试，看我打不打你。"

现在薛应忧是个人人都爱的宝，薛与梵生完孩子是根除了周行叙就没人疼的草。

母女俩才说完霍慧文，没过几天向卉来小夫妻的新房看宝宝的时候，就在门口遇见了霍慧文。虽然上次见面还是女儿女婿结婚的时候了，但是向卉一眼就认出了在单元楼下打电话的女人。

四目相对之后，两个女人对对方的身份都心知肚明了。

霍慧文没有小儿子新家的钥匙，想跟着向卉一起去楼上，结果向卉就是不刷门禁卡。

霍慧文手里提着一个金店的袋子，里面装着给薛应忧买的金器。

向卉不肯刷门禁卡，就在楼外和她开门见山直接说了："今天只有我女儿和宝宝两个人在家里，你要是想看宝宝就自己打电话给你儿子，让他带着儿子去见你。"

霍慧文说没事，来都来了就看看，再送个金镯子。

"就看看？你当自己是什么，你当我女儿是什么？你自己说让我女儿别叫你妈，那你现在来看我女儿生的小孩干吗？你当你是小孩的奶奶啊？"

"那也是我儿子的孩子，我还不能来看吗？"

"你儿子？我以为你就一个儿子呢。你的金镯子也拿走，你留给你大儿子的小孩，我们家宝宝不要。"向卉让她走。

正巧单元门的铁门从里面打开了，出来的穿着保安制服的人看见两个中年妇女在吵架，一愣，也不知道自己该不该走出来。

向卉率先朝着那个保安打招呼："保安保安，这个女的没有门禁卡，非要跟着我进去，也不知道她是不是我们单元楼的住户啊！为了我们这些住户的财产安全啊,你赶紧把她带走。"

保安立马让霍慧文出示门禁卡,或是说出自己家的门牌号。

霍慧文哪知道小儿子这个早就买了的房子具体的门牌号是什么,支支吾吾:"我儿子住在这里。"

保安一步也不退让:"那您现在打电话给您儿子,让他过来。"

"他在上班。"霍慧文指着向卉,"我们是亲家,是一起来的。"

向卉立马冲着保安摇头:"我们不是啊,我女儿又不叫她婆婆,也不叫她妈,我们不是亲家。你赶紧把她带走,我女儿女婿交那么多物业费,你要保证我们住户的安全。"

"我们小区一定会保证住户的安全的。"保安看着向卉手里的门禁卡,对她很客气。转头对着霍慧文时,他冷着脸:"这位女士,请您现在立刻离开,跟我去保安室登记身份。"

现在是上午九点多,上班的小年轻早就上班了,向卉这个年纪退休的人,也都买菜回来了。陆陆续续有人路过,干脆都停下脚步看着这出闹剧。

霍慧文脸上挂不住,只能乖乖和保安走了。

向卉把这件事和薛与梵说了,她在给宝宝换尿不湿,听见向卉那么说,也不知道是不是当妈了心肠软了:"怎么说她也是周行叙的妈妈。"

她给宝宝收拾完,给周行叙打了个电话,他那头正好刚结束和小区保安的通话。薛与梵把今天向卉和霍慧文吵架的事情说了:"对不起啊,我妈就是气不过,她觉得我在你妈那里受委屈了……"

他在电话那头说:"我都知道了,刚刚小区保安给我打电话了。"

薛与梵重复了一遍"对不起",问他小区保安那边怎么处理的。

周行叙:"我说我不认识什么叫霍慧文的。"

薛与梵:"……"

295

都说女儿和爸爸亲近，但是薛应忱打小就喜欢周行叙，薛与梵好奇："难道是我怀孕的时候说要打掉他，他都记住了？"

薛与梵的工作导致她上班时间很不确定，单子多的时候，忙到半夜才回家。

有一天，她晚上九点才到家。

结果薛应忱还没睡，在他们的大床上练习抬头。周行叙坐在旁边，手里拿着把很小的尤克里里，不知道在弹什么儿歌。

薛应忱痛苦地爬走了，用尽全身力气，连抬脖子的力气都用完了，最后他逃跑了一分钟，含泪发现自己还在他爸跟前。

周行叙抓着薛应忱的腿，把他拖回来，他一朝回到解放前："儿子，给个面子。"

每个人都有很奇怪的审美点。

以前薛与梵很喜欢看周行叙的手，青筋美学。

现在她喜欢看周行叙抱他们的儿子，小小的一个小孩被他抱在怀里的画面，不管看几次都很让人心动。

当然，现在周行叙抱着被一件黑色T恤装扮成无脸男的小孩这一幕也算在其中。

薛与梵看着儿子脸上的"痛苦面具"，想笑。她抬脚踢在周行叙侧腰上："我疼了一天，就为了生个玩具给你玩？"

薛应忱挣扎着从周行叙怀里下来，哼哼唧唧哭哭啼啼地朝着薛与梵爬过去，一跟头栽进薛与梵怀里。还不会说话的人，只能用哭声来表达自己强烈的不满。

薛应忱也就长相随了周行叙，其他方面和薛与梵一模一样。

满一周岁抓东西，毛笔都塞到他手里了，他看都不看就往旁边一丢，朝厨房爬过去，显然不想参与这场游戏。

薛与梵笑得开心，偷偷和周行叙说："我小时候抓东西的时候，我二姐也来了，她因为没有吃早饭，肚子饿了，就先吃了一个包子。

我妈说我当时面前有一排东西,我看都没有多看一眼,就盯着我姐手里的肉包子流口水。"

薛应忱小朋友也没有遗传他爸的运动细胞和音乐细胞,一听他爸弹吉他,那哼哼唧唧的声音如魔音灌耳,难听至极。

婚后二人的生活似乎因为薛应忱而变得和以前不一样了,两个人的约会无限期推迟,每天一下班就围着这个话都不会说的小屁孩打转。虽然很累,但是小孩有时候也很好玩。

有一天两个人去向卉那里吃饭,向卉买了一只活鹅,想做红烧鹅肉给他们吃。大白鹅被绑着脚放在院子里,薛应忱小朋友刚刚学会走路,跌跌撞撞地跑去围观。

薛与梵这个亲妈,制止了一次之后就随他去了,得吃了苦头他才知道挑衅村头一霸是不可以的。

哭声在院子里响起的一瞬间,向卉锅铲都没有来得及放下,立马从厨房跑出来。

周行叙也出来了,薛应忱一看见他爸,急急忙忙地、摇摇晃晃地跑过去,张开手臂停在他爸跟前,踮脚要周行叙抱。

向卉心疼死了,哄着薛应忱:"它坏死了,我们今天就把它吃掉。哎哟,我们宝宝被吓坏了⋯⋯"

薛与梵这个当妈的没看好孩子,自然也被骂了。

吃晚饭的时候向卉逗薛应忱:"今天晚上不要回去了,和爷爷奶奶一起住,好不好啊?"

小屁孩不会说话,只知道埋头吃饭。

薛与梵挺开心的,甚至提前预判了这一步,把宝宝的日常用品全带来了。

向卉都惊讶她怎么把宝宝的东西都带来了。

薛与梵一笑,挽着周行叙:"今天我们两个人要去约会。"

约会。

久违的约会。

是去看唐洋的演唱会。

这哥终于火了，薛与梵比他本人，甚至比他经纪人还高兴，因为他不仅自己火了，还把薛与梵当初给他设计的那套戒指和项链都带火了。

她终于可以靠着这一套设计吃好几年了。

演唱会的门票是唐洋送的，位置很不错。

周行叙看着门口送的印着唐洋照片的手幅，露出了曾经的乐队亲队友的嫌弃表情。

两个多小时的演唱会，唱了唐洋所有的个人专辑和他参与的所有热门电视剧的插曲、主题曲、片尾曲。

但每一次演唱会雷打不动的，在最后压轴的，永远是那年帮他在歌唱比赛中逆转口碑和局势的小情歌。

台上的人大汗淋漓，脖子上挂着条毛巾，他喝了口水，手搭在立麦上，视线扫过观众席，似乎是在找人："最后两首歌呢，是我大学时所在的乐队的吉他手写的。这人吧，挺奇怪的。当年这哥写了不少歌，摇滚朋克，重金属，反正水平都是那种'兄弟，要不找个厂上班吧'的程度。"

被调侃的周行叙坐在观众席，蹙着眉。

薛与梵倒是没良心地笑得很开心："说你呢。"

周行叙靠在椅背上，双手抱着胸，脸色很难看。

"但是吧……这哥有两首歌我特别喜欢，一首是我发表的第一张专辑收录的歌曲，还有一首是前几天我才拿到手的。"唐洋说完，一直追着他拍摄的镜头突然扫向观众席。

台上的唐洋还在讲话："这两首歌，一首是他写给他妻子的，一首是他写给他们的孩子的。"

在一阵晃动之后，镜头恢复平稳，薛与梵看见自己和周行叙赫然入镜。

旁边传来周行叙的声音:"认真听。"
——听我那时候写给你的情歌。
——听那首在背景音乐里加入了第一次胎心监测时宝宝的心跳声的歌。
——听我用我热爱的音乐诠释"我爱你"。

| 番外十四 |

薛与梵和周行叙的结婚喜帖送到了大伯家里，连带着还有床上四件套和两桶油。

其中送床上四件套和油的规矩，他们这些年轻人并不了解。

最近老妈在薛映仪耳边絮叨了很久："昨天我们陪梵梵去挑婚纱，那婚纱特别好看，你羡不羡慕？"

薛映仪喊来薛献，让他帮自己拿一根香蕉过来："我不羡慕。"

又如，她老妈问："你看看，送东西来的时候，梵梵和小叙出双入对，你羡不羡慕？"

薛映仪吃完香蕉，让薛献帮她把香蕉皮丢了，她躺在沙发上懒散得很："我不羡慕。"

穆锦虹女士觉得薛映仪在硬撑，原本消停下来的想要女婿的心随着薛与梵结婚被重新点燃了，她也开始给薛映仪张罗起相亲。

像薛映仪这样的，红娘总是会给她介绍一些也是二婚有孩子的男人。被骗去一次之后，隔天薛映仪带着薛献回了她自己的小公寓。

薛映仪怕穆锦虹女士再啰唆，她干脆直接报名了派驻外地的爱心医疗队。

她骗穆锦虹自己要去上十年八载，相亲这才没有继续。

本以为自己可以安静好几天，碰巧周末赶上高中同学结婚要办婚礼，薛映仪包了个大红包，想了想把薛献带上了——为了让儿子骗个红包回来，及时止损。

结果她和宋南碰见了。新人是事业有成的两人结合,她是新娘的同学,宋南是新郎的同事。

薛映仪一直都没有注意到他,直到薛献说想上厕所。

因为孩子大了,所以薛映仪不会再带他去女厕所了。

站在厕所门口,她指着男厕所让薛献自己去。

小孩子对陌生环境有一种天然的恐惧,他拉着薛映仪的手不肯进去。

年轻人带孩子向来不惯着:"不肯去?看来你不想上厕所,那我们就回去继续吃饭。"

"没有,妈妈。"薛献撇了撇嘴,"那妈妈你要站在这里等我。"

说完,他还一步三回头,真不知道是谁放心不下谁。

等薛献的时候,隔壁桌的一个女人这时候也来上厕所,看见薛映仪之后和她对视了好几秒:"你是薛映仪?"

薛映仪没从脑海中搜索出这个人的相关信息,对方倒是笑了笑,做了自我介绍:"我以前是你隔壁班的,你当时和我喜欢的男生在一起,我还在厕所里朝你泼过水呢。"

这么一说她就有点印象了。

火药味虽然不重,事情已经过去这么多年了,她现在也是人妻了,但仇人见面还是要眼红一下。

"我听以前的同学说你未婚生子啊?还是大学就怀孕了,听说是那个男的不肯负责是吗?你也挺傻的,居然一个人把孩子生下来了。我真是同情你,像我生孩子有我老公照顾,我都觉得累,你一个人岂不是更累?结婚也有结婚的好处。前几天你妈还拜托我妈给你介绍对象,你带着个孩子不能嫁多好的,但是可以找那种生不出孩子的男人,这样你儿子能享福。"

薛映仪笑,她就说那个红娘不靠谱。如果在酒店外面,她一定脱了鞋砸对方脸上,现在在别人的婚礼上,薛映仪选择了一种文雅的方式。

"我也想结婚啊,但是我现在看你结了婚憔悴成这个样子,看上去比我老了好几岁,我还是觉得不结婚更好。"薛映仪朝她笑。这么久以来在穆锦虹女士的阴阳怪气和冷嘲热讽中,她早就百毒不侵了。

等人走了,薛映仪朝着她翻了个白眼,依旧不太解气。

厕所外的火药味传不进来,薛献踮着脚,但是自己的手还是够不到水龙头。

尝试多次无果之后,他还是没有放弃。感觉到有脚步停在自己旁边,薛献看着几步外高大的男人,并不害怕。

面前的男人蹲下身子,和他平视,抬手帮他把袖子卷上去,伸手抱起他。

可能是因为医生这个职业,他对薛献光用清水洗手并不太接受得了,他又挤了些洗手液在薛献手里。薛献的手跟自己的相比实在是太小了,和自己手掌心差不多大。

洗完手,他抽了两张纸巾给薛献,趁着薛献自己擦手,他帮薛献把袖子放下来。

擦完手之后,薛献手里拿着纸团,看着他。

他将薛献手里的纸团拿走,精准地抛进垃圾桶里:"不怕我?"

薛献看着他摇了摇头,看见因为自己摇头而展露笑容的男人,薛献开口:"我知道你是谁。"

这话让他一愣。

面前的小孩子只是一直看着他,然后说:"你是爸爸。"

这句话远比想象中带给宋南的冲击要大,甚至远大于他当时知道薛映仪把孩子生下来了。他就这样久久地看着薛献,薛献长得有些像薛映仪,尤其是眉眼那一块。

他抬手还没来得及触碰到薛献,厕所外就传来了薛映仪的声音。

"薛献,你好了吗?"

她到底还是不太放心小孩子一个人上厕所,但是她也不能直接冲进去。

薛献听到妈妈的声音立马往外面跑,薛映仪让他小心点儿。结果她刚说完,地上滑,薛献一下子摔在了地上,她过去扶他是不可能的。

薛映仪站在原地让他自己站起来,走过来。

薛献趴在地上看着自己因为撑地而摔红的手,又看了看薛映仪,还没来得及自己爬起来,一双手从上方伸过来,穿过他胳膊下方,将他抱了起来。

薛献回头看,是宋南。

但他立马又扭头去看妈妈,很会看脸色地挣扎着挣脱了宋南的手,朝着薛映仪跑过去。

横在他们之间的鸿沟已经越来越宽,那鸿沟下是引力黑洞,让所有的和解再次坠机。

婚礼还没有结束。

虽然薛映仪自己没有办过婚礼,但是她参加的也不少了,中途会有司仪来活跃气氛,比如丢一些小玩偶在台下。

小孩子总归是喜欢的,只是薛献一个都没有抢到。但薛映仪从小就教导他,喜欢的东西就自己去争取,如果争取不到也不能委屈难过。所以他这会儿也只是眼馋别的小朋友手里的玩具,没有任何无理取闹的举动。

到底是自己生出来的小孩,虽然薛献嘴上不说,心里还是想要的。薛映仪拿起他的专用小水壶,挂在他身上:"帮妈妈连续做一周家务,妈妈就给你买一个一模一样的玩具,好不好?"

母子俩击掌,立马成交。

原本都商量好了,结果婚礼结束,她要坐电梯下楼的时候又碰见宋南了。他手里拿着一个玩偶,要送给薛献的意思很明显。

薛献看着那个玩偶,又抬头看了看薛映仪,最后还是把手收了回

303

来，整个人躲到薛映仪后面。

宋南给他递玩偶的手一直没有收回，薛映仪看见自己的儿子伸过去又缩回来的手，心里突然像是被针扎了一样，她知道薛献想要："送给你的，你想要就可以接受。"

听到薛映仪这句话，薛献才伸手，接过宋南手里的玩偶，然后朝着宋南说了声轻如蚊吟的"谢谢"。

电梯很快到了他们这层，结果一整部电梯却在这个时间点很凑巧地只有他们三个人乘坐。

电梯门可以清晰地印出三个人的身影，薛献将玩偶上面的绳套在自己手腕上，看着旁边那人垂在身侧的手。

那双手和从出生开始就抚摸着自己脸颊的手不一样，很大，手指很长。他扭头看看牵着自己的妈妈的手，又扭头看了看宋南的手。

薛献偷瞄了两个人一眼，慢慢抬起胳膊，握上了那只手。

他只敢先拉住自己的一截小指，宋南低头就看见薛献那得逞的笑容，很可爱。他笑起来时下半张脸真的很像薛映仪。

那拉着自己的手，很软很小，但他还没来得及感受，电梯到了指定楼层，薛映仪抱起薛献就出去了，手指上的温度彻底消失了。

薛映仪只把那次在婚礼上遇见宋南当作巧合。

最近天气转暖，薛献的幼儿园有春游活动，但由于孩子的年龄比较小，报名的时候还需要报一个家长的信息。

这个陪薛献一起去春游的任务穆锦虹女士当仁不让。

薛献挺喜欢外婆的，但他还是有些闷闷不乐。他抱着那天婚礼结束后宋南给他的那个玩偶睡在自己的小被窝里，等薛映仪问他为什么看上去不太开心的时候，他脸颊蹭着玩具，撇了撇嘴："我同桌是他爸爸陪他去的。"

薛映仪不说话了，虽然她和家人都尽力给薛献一个美好的童年，但是缺失的父亲的角色是她倾尽全力也弥补不了的。

小孩子也有小孩子的虚荣心，薛献问能不能让姨父陪他去。

薛映仪义正词严地拒绝了："小姨现在有宝宝了，姨父平时要上班，不上班的时候要陪小姨。"

薛献懂了，是姨父没空，又问："那他有空吗？"

虽然没有说名字，但薛映仪知道薛献指的是宋南。

薛映仪揉了揉他的脑袋，故意板着脸："只有外婆有空陪你，不然我们就不参加了。"

好吧，小孩子还是玩最重要。

春游前一天，薛映仪给他的小书包里装了各种平时不准他吃的小零食。第二天开学薛映仪把他送到了幼儿园，目送着薛献上了春游的大巴。

午休时间，薛映仪看着不久前老妈发给她的薛献春游的返图，他玩得满脸都是汗。科室新来的同事好奇地凑过来："映仪姐，你孩子都这么大了？这是学校春游吗？"

薛映仪："嗯，去游乐园。"

下班前，薛映仪去给住院部送 X 光片，回来的时候路过医院的超市，突然想到上次参加婚礼答应薛献要给他买玩具的。虽然后来宋南送了一个玩偶给他，但那是自己答应的事，不能食言。

拎着小玩具回科室，中午才和薛映仪聊天的新同事慌慌张张的。

薛映仪把玩具放进自己办公桌的柜子里："怎么了？"

"映仪姐，有一辆春游大巴出车祸了，你看看是不是你儿子坐的那辆？"

车祸的所有伤员就近送去了附近的医院。

薛映仪都不知道自己是怎么开车过去的，下车的时候腿都发麻，拨给穆锦虹的第十个电话都没有人接，她感觉自己的魂都要飘走了。

薛映仪双腿打战地走进急诊的大楼，入目的是兵荒马乱的场景，伴随着遍地的哀号。

她也是一个医护人员，可她现在就像第一次上解剖课时一样紧张。

她看见了薛献他们班的一个小男孩，尘埃落定的无力感顷刻间袭来。可又有一股力量驱使着她迈出步子，扫视过一张又一张病床，看见那一张张带血的脸，她的心绞痛。

她的注意力全在病床上，没有注意到被广播喊来援助的宋南。

"薛映仪。"

被他拉住的那一刻，薛映仪才觉得自己的魂飘回来了。

他现在就像是一根救命稻草，她想告诉他这是薛献春游坐的大巴，她妈妈和儿子都在大巴上，但是她张嘴的那一刻，眼泪就掉了下来。还好宋南懂了，他声音有些颤抖，向薛映仪确认了一遍："是献献他们学校吗？"

薛映仪眼眶更湿了，她从来没有这么无助地大声哭过。她喉咙里发出"嗯"的声音，然后点了点头。

她无助极了。

整个急诊科都兵荒马乱的，尖叫和哭喊声刺激着薛映仪的神经。

他动作很快，找到了正躺在手术室里的穆锦虹，她没有生命危险，但是多处骨折。

至于薛献，还是没有人看见。

宋南问了所有能问的人。薛映仪也是医护人员，她当然知道还有一个地方。

负责登记的护士说车上有一个导游，一个司机，一个带队老师，二十个孩子和二十个家长。车祸时由于导游站着，当场死亡了；没系安全带的孩子有三个，送来医院的路上就断气了。

薛映仪往后退了一步，靠在墙壁上，全身的力气都在这一刻消失了。

宋南伸手想扶她，她拒绝了。她缓缓蹲下身子，可能是哭太多了，眼睛有些发烫，眼泪止不住地往下掉。她哭得有些鼻塞了，大口地喘着气。

她怀薛献的过程一点儿都不顺利，孕吐，腰痛腿酸，耻骨疼得晚上根本睡不了觉，孕晚期翻身都困难。但就连宫缩阵痛时她都没有像今天这么哭过。

她不想对宋南说这些，毕竟当初决定生下孩子是她自己的选择。

她不后悔。

薛献很乖，是个脾气特别好的小孩。

是那种自己剥好橘子或是香蕉，但被别人全部吃掉也不会哭闹的小孩。

明明早上她把孩子送走时还好好的，到现在只过了几个小时。

宋南将她从地上抱起来，距离上次抱她已经过了七八年了。她没反抗，抓着他穿在外面的白色大褂，哽咽地说着她怀薛献时的事情。

眼泪很快将他胸口的布料打湿，这时候什么安慰的话都不管用。宋南只是抱着她，一句话也不讲，任由她将全部的情绪都发泄出来。

她哭喊到嗓子都疼了。

直到一声稚气十足的"妈妈"在不远处传来。

车祸发生的时候外婆抱住了他，天旋地转结束后，外婆一动不动地躺在那里，薛献一直守在旁边，就像小时候他生病妈妈守着他一样。

他想给妈妈打电话，但是他的小书包不知道掉到了哪里。

直到救护车来了。

他跟着救护车一起到了医院，外婆被送进了抢救室。病床进了电梯，他被落在后面，他想联系妈妈，可是外婆的手机不知道去哪里了。

这时候他听到了广播里在播报，在好几个名字里他听见了宋南的名字，广播让他们前往急诊大楼。

他找了好久的急诊大楼，最后找到了。

还找到了妈妈。

宋南给薛献进行了全面的检查，只有皮肤表面轻微擦伤。

他取了棉签和碘酒，帮薛献把蹭破的裤子卷起来。白皙的小腿上，伤口看着有些可怖。

宋南小心翼翼地给他清洁伤口，让他很意外的是薛献没有喊疼。

再抬头，看到薛献皱着脸，两只手握紧了拳头。

这个动作一直持续到了宋南帮他处理好所有伤口。

他这才用手背擦了擦从眼眶里落下的眼泪，朝宋南伸出胳膊，想让宋南抱他。

宋南把他抱起来，用掌心擦了擦他的眼泪："你很勇敢。"

薛献吸了吸鼻子，想出去找薛映仪。

薛映仪等在手术室外，宋南带着薛献过去的时候，她刚和护士交谈完，护士让她去缴费，再去准备病人住院时需要的一些东西。

现在她来不及照顾薛献，她老爸在外地还没有回来，她想打电话问问薛与梵有没有空，可想到她都孕晚期了，又不想麻烦她和周行叙。

宋南看出她分身乏术，没把薛献抱给她："让他跟着我吧，我晚上值班。"

也只能这样了。但薛映仪还是先问了薛献自己的想法，见儿子点了头，她也就没有说别的。

宋南把薛献抱走了，没走两步又回来："有需要就给我打电话。"

同事看见宋南抱了个小孩回来，都很惊讶。

……

"宋医生，这是谁啊？"

"小宋，你从哪儿抱来个孩子啊？"

"走丢的？送警卫室去啊。"

……

薛献靠在他肩膀上，越是听到那些人的声音，他就把宋南抱得越紧。

宋南朝着自己的工位走去："我儿子。"

平地惊雷。

这小孩看上去年纪不小了，他怎么突然有了个儿子？

这年头奇葩的八卦娱乐新闻看得多了，听见宋南这么说，一瞬间，大家心里也猜到七七八八了。

宋南从旁边拖了把椅子过来，拉开抽屉想找点儿吃的，却发现自己的抽屉里也就有一些能填饱肚子的饼干和面包，没有小孩子爱吃的东西。

对面的同事说她有巧克力，还有瓶牛奶，是昨天她女儿过来时没带走的。

同事："宋医生，给你儿子吃。"

大约是薛映仪教他的，薛献没伸手，只是看着宋南。

宋南点了点头，他才从椅子上下去，走到同事的桌边，双手接过之后，说了声谢谢。

薛献不是个闹腾的小孩。

有吃的之后他就坐在宋南旁边，默不作声地吃着东西。

有个才下手术台的同事回来，看见了宋南旁边和他有几分相像的薛献："宋医生，这是你儿子啊？多大了？"

多大了？

他记得薛映仪是大学快毕业的时候怀孕的。

现在算起来，六岁了。

他还没来得及说出口，薛献就自己回答了："六岁了，在读大班。还有半年我就上一年级了。"

同事捏了捏他的脸："行啊，等上一年级了叫你爸爸给你买奥特曼书包。"

薛献没躲开，但他似乎不是很喜欢被人捏脸，等同事走了之后他用手揉了揉脸颊。听见宋南同事的话，他才想起来："我书包不见了。"

车祸现场很惨烈，估计是找不回来了。

宋南顺着同事的话说："我给你买新书包。"

薛献摇了摇头。

宋南以为他是担心薛映仪说他，或者是从小就被家里人教导不能乱收东西。宋南将他的椅子转了转，自己也侧着坐，面对着他："就当是给你上一年级的礼物。"

薛献表情没变，仰着头看着他，手握成一个拳头，里面全是糖纸，还有牛奶吸管的塑料包装。宋南朝他伸手，示意他把垃圾放到自己手上。

他也没有放。

宋南知道，应该是薛映仪给他养成的习惯。宋南指了指门口的垃圾桶，他这才小跑过去，把手里的垃圾丢进垃圾桶。

两个人继续刚才的话题。

薛献爬上椅子，两只脚垂在空中，有些不好意思地开口："礼物可以换一个吗？"

本以为他是要别的，比如其他小孩子都有的玩具，或是更贵一点儿的电子产品。

薛献："你可以陪我去一次游乐园吗？我同桌每次春游都是他爸爸陪他去的，你能陪我去一次游乐园吗？"

薛献很有原则，去游乐园必须告诉妈妈。

本来他都做好了妈妈不会同意的准备，结果薛映仪想了很久，点了点头。

去的是薛献去过好几次的游乐园。

他不是个要人抱的小孩，也没有看见玩具就走不动道。

由于年龄限制，他能玩的项目不多，每次排队还要排很久，其实一天下来能玩的不多。

游乐园里的午餐味道也一般。

宋南吃了口汉堡，看见旁边递过来一瓶牛奶，薛献让他帮自己打开。

可能是上次在医院看他那么独立，这次让自己帮他开牛奶，宋南还有些意外。

薛献接过插上吸管的牛奶，猛喝了一大口。两个人买了两样不一样的主食，宋南刚准备继续吃，看见他盯着自己手里的汉堡看，就将汉堡的包装纸往下折了一些，递到他嘴边。

一个小小的月牙印出现在了汉堡的边缘。

他的嘴角沾了一些酱汁，宋南给他擦掉："开心吗？"

"开心，每次都很开心，这次更开心。"薛献两只手拿着一个超大的热狗，点了点头，"但这次，开心得像是飞起来了。"

"那下次我们还来。"

明明应该是听完更开心的话，但是薛献脸上的笑容没有了。

薛献："妈妈说你要和别人结婚了，如果你以后结婚了，有了其他孩子的话可以不带我来的。"

宋南知道有个自己和薛映仪的朋友瞎说，传递了一个错误的消息。

他解释自己没有要和别人结婚。

但薛献也没有变得特别开心："外婆说妈妈一个人生活很苦，你还是结婚吧，不然你一个人生活也很苦的。"

小孩子说出口的话，语气很平静，但是里面蕴含着远超他想象的震撼。他嘴巴里的汉堡突然丧失了所有的味道。

他尝不出肉质的鲜美，吃不出酱料的咸味，汉堡面包的麦香味也一同消失了。

他儿子远超他想象地懂事。

可这种懂事，也让他想到自己当时对薛映仪说"放弃这个孩子吧"。

宋南："对不起。"

薛献没有问他为什么道歉，小孩子好像知道，但是又好像不知道。他重新吃起了热狗，然后摇了摇头："没关系。"

穆锦虹发现薛献今天没来，问薛映仪小孩去哪里了。

薛映仪没隐瞒。

说到宋南这个人，穆锦虹没法不生气。但是这么多年过去了，看着女儿一个人带孩子，知道她累她苦，给她介绍对象她又不同意。

如果两个人还有感情，再在一起，她也能同意。

可薛映仪现在让他带薛献去游乐园，又没有和他重修旧好的想法，穆锦虹弄不懂了："小孩子也需要爸爸，我虽然不喜欢他，但是你不肯找别人，要不……"

薛映仪把排骨汤盛出来，又拿了根吸管，自己坐在旁边吃起了肉："你好好养病，不需要你操心这些。"

因为穆锦虹是住在宋南上班的这个医院，所以从游乐园回来宋南把薛献送去了医院。那头薛映仪正考虑着要不要让她老妈转院，转去她上班的医院，自己照顾也方便一些。

为防止穆锦虹碰见宋南会跟他聊些什么，薛映仪下楼去接了薛献。

小孩子已经睡着了。

宋南抱着他，站在入口那里等她。

薛映仪从他怀里抱走了薛献，薛献立马就醒了，喊了声"妈妈"又立马睡着了。

她转身就准备走，听见身后的人喊她。

她知道宋南想说什么。

"我们没可能的，但以后我不阻止你见孩子。"

住院部楼下的灯光不亮。

时隔经年,她再一次审视面前这个自己十八岁时爱过的人。

可现在她二十八岁了。

十年的时间太久了,久到她已经一个人咬牙走了一长段没有他的路。

十年里没有他,往后也不需要他。

| 番外十五 |

工作室最近单子多,因为唐洋的明星效益带火了薛与梵设计的那套戒指和项链。忙了好几天之后,薛与梵坚持不住了,换了方芹这个细心的人盯着。

今天去老爸老妈那里蹭饭。看薛与梵还有再添一碗饭的架势,向卉纳闷儿:"又怀了啊?"

餐桌上的人一瞬间朝她看来,薛与梵摇头:"上班太累了。"

别小瞧盯梢,监督也是很累人的。

当天晚上还是周行叙给小孩洗澡,薛应忱原本都和他们分床睡了,但是最近降温,他们又把孩子抱过来和他们一起睡。

小孩子精力旺盛,薛与梵洗完澡就躺在床上睡觉了。周行叙陪他在客厅不知道玩到什么时候。

第二天早上,薛与梵没去上班。

她早起不了,但是她儿子可以,早起跟着他老爸出去溜达了一圈,吃了早饭才回来。

回来就是睡回笼觉。

周行叙给他脱身上的小毛衣,最近首府干燥,毛衣一脱,全是静电。

他细软的头发竖起。

周行叙把毛衣重新盖在他儿子头上,喊醒了薛与梵。

当着她的面,他把儿子的毛衣拿起来。

薛与梵睡眼惺忪,抬眸。

卧室的窗帘没有拉起来,房间的采光特别好,阳光从外面照进来。灰尘悬浮在空中,轻轻舞动。

薛应忱坐在阳光之中,头发竖着,每根头发都镀上了金光。

像个蒲公英。

小孩子显然没有发现自己已经成为爸爸妈妈的玩具,听见爸爸妈妈的笑声,他跟着一起傻笑,露出他仅有的四颗牙。

薛与梵掀开被子,儿子立马钻进被子里。她以前手脚冰凉靠周行叙帮她暖和,他通常起床没一会儿被窝里就没热气了,现在她给自己生了一个小热水袋。

她将儿子一抱:"我的心肝啊。"

周行叙把薛应忱的小衣服叠好了之后放在床边,伸手揉了揉薛与梵的头顶:"我去上班了。"

走出卧室前他不忘叮嘱一句:"我买了牛肉饼,你记得起来吃。"

薛应忱小时候特别像周行叙,后来长着长着,还是更像薛与梵。

她的工作相对自由一些,周行叙后来需要去外地出差了。

第一次出差是在薛应忱六个月大的时候,去三天。

晚上打包行李,薛与梵和薛应忱在旁边看。周行叙没带多少东西,行李箱里还有不少空位置。薛与梵拿着手机查了查天气预报:"你不再多带点儿衣服?"

"不带了,够了。"周行叙又检查了一遍是否有东西忘记拿。

薛与梵没再坚持让他多拿点儿衣服:"行李箱空就空点儿吧,到时候你还能塞点礼物和特产进去。"

她说完,薛应忱坐在了行李箱旁边。也不知道是舍不得他爸,还是他脑袋太重了,一个跟头栽进去了。薛与梵没扶他,而是用脚轻轻推他的屁股,让他彻底进去了。

薛与梵:"正好,你把你儿子带走吧。"

周行叙伸手把儿子拉起来,看见自己衣服上已经出现了一小块水渍,口水还是流上去了。

他单手抱着薛应忧,另一只手搂过薛与梵,手臂箍着她的腰,将她也抱起来:"那我肯定得带着你。"

一大早,薛与梵把他送到楼下。

她作为老婆都没有多依依不舍,薛应忧在她怀里哭得气都快要喘不过来了,手朝着他爸离开的方向伸着,弄得她跟个人贩子似的。

晚上,薛应忧还是不太开心,明明只是个小孩子,情感倒是挺丰富。晚上给他喂奶,他咬了薛与梵好几口,疼得母子俩差点儿一起哭。

薛与梵不太相信这么点儿大的小孩能忧愁那么久,第二天他哭哭啼啼得更厉害了,总是在咬自己的手,然后大哭。

薛映仪来看了看,告诉她是小孩子在长牙。

"长牙会哭得这么厉害吗?"薛与梵知道只是长牙之后稍稍放心了一些。

薛映仪说薛献小时候不这样:"他应该是痒,想咬,然后就咬自己的手,咬疼了就哭。"

听到这个回答,薛与梵实在是没办法不笑。

只不过到了晚上她就笑不出来了。

薛应忧开始发烧了。

原本这件事她不打算告诉在外地的周行叙,结果他打电话来的时候还是穿帮了。那会儿她在开车,在去医院的路上,车里是薛应忧的哭声,他一问才知道小孩发烧了。

医生说一般小孩长牙会有发烧的可能性,但是都没有烧得跟薛应忧这样这么厉害的。

没办法,只能打点滴。

薛与梵带小孩看完医生后,给周行叙回了个电话,告诉他只是发烧。

她原本准备打电话请求场外救助的,但天太晚了,向卉他们估计早就睡了。反正只是带着孩子挂水,问题不大。

但是她想太多了。

孩子坐不了,她只能抱着。

薛应忧的脚上扎着针,被她养得白白净净的脚丫子上扎着针。

盐水滴得特别慢,她抱着孩子简直就是一种折磨。

很快浑身都酸痛不已,薛与梵抬头看了看盐水袋,这才开了个头。

她用手碰了碰薛应忧的脚,冰冰凉凉的。

她心里一惊,抬手探了探怀里孩子的鼻息。

还好,还活着。

她反应过来是盐水太凉了,也不好把孩子一个人放在这里她去买个热水袋,没办法,她只能自己用温热的掌心给薛应忧焐着脚。等手冷了,伸到自己脖子后面焐热了再给他暖。

她把外套敞开,裹着他。

这会儿她又累又想哭,想去抱着向卉哭一场。

终于还剩下四分之一的盐水,薛与梵已经两眼昏花了,她抬头转动着酸痛的脖子,四周已经没有什么人了,透过走廊的窗户往外看,外面天色已经漆黑。

她视线晃动,看见一个拿着手机的人。

对方也看见自己了。

那人放下手机快步走了过来,人影从上面投了下来。

薛与梵望着走到自己跟前的人,一愣:"你怎么回来了?"

周行叙看见她的手在帮薛应忧暖着脚,伸手从她怀里将薛应忧抱起:"辛苦了。"

原本他打算明天回来,那样就不会这么累、这么赶,结果他在电话里听见薛与梵说薛应忧发烧了。等他开车回家,看见家里没有人,就知道她还在医院里。

远远走来,就看见她状态倦怠。

薛与梵原本还好,但他现在一说,她就觉得委屈了。

她起身活动了一下筋骨,然后在周行叙旁边的位子坐下来,吸了吸鼻子:"超级累,我原本想让我妈妈陪我来,但是他们《新闻联播》一结束就睡了,我就没喊他们。原本觉得应该挺轻松,我自己可以的,但困难程度远超我的想象。"

周行叙伸手将她那只为薛应忧暖脚而冰冰凉凉的手揣进自己的口袋里:"所以我回来了。"

薛与梵单手帮薛应忧把衣服领子弄开,脑袋靠在周行叙的胳膊上:"嗯,还好你回来了。"

从医院出来,都快要第二天了。

回家的路上他们看见地标建筑。

地标建筑亮着璀璨霓虹,建筑高耸,坚不可摧,不可动摇。楼顶的那盏被誉为"光明之顶"的艺术灯俯瞰着周围的黑暗之地。

"他们说对着光明之顶许愿,愿望可以实现。"薛与梵扭头看着远处的建筑。

周行叙松了松油门:"那你要许愿吗?"

薛与梵嘴上说着不信,但还是双手合十:"希望宝宝健康长大,希望我们长生不老。"

周行叙等她许愿完才加了一些油门:"到时候我们就是老妖怪了。"

薛与梵不以为意:"老妖怪怎么了?"

她为她就要当老妖怪而自豪。

周行叙笑着摇了摇头。

车慢慢驶下高架桥,地标建筑被挡住。

他说:"不怎么,长生不老当个老妖怪也挺好。"

——那样我们能相爱好久好久。